埴谷雄高集

戦後文学エッセイ選3

影書房

埴谷雄高（1984年４月・自宅応接室にて）撮影・佐川二亮

埴谷雄高集　目次

凡例

一、「戦後文学エッセイ選」全一三巻の巻順は、著者の生年月順とした。従って各巻のナンバーは便宜的なものである。
一、一つの主題で書きつがれた長篇エッセイ・紀行等はのぞき、独立したエッセイのみを収録した。
一、各エッセイの配列は、内容にかかわらず執筆年月日順とした。
一、各エッセイは、全集・著作集等をテキストとしたが、それらに収められていないものは初出紙・誌、単行本等によった。
一、明らかな誤植と思われるものは、これを訂正した。
一、表記法については、各著者の流儀等を尊重して全体の統一などははかっていない。但し、文中の引用文などを除き、すべて現代仮名遣い、新字体とした。
一、今日から見て不適切と思われる表現については、本書の性質上また時代背景等を考慮してそのままとした。
一、巻末に各エッセイの「初出一覧」及び「著書一覧」を付した。
一、全一三巻の編集方針、各巻ごとのテキスト等については、同じく巻末の「編集のことば」及び「付記」を参看されたい。

カバー絵＝『ルクレツィア・ボルジア?』バルトロメオ・ダ・ヴェネツィア（一五〇二―三〇）画　フランクフルト美術館（著者撮影）

埴谷雄高集

戦後文学エッセイ選 3

何故書くか

何故書くかという問いに私は容易に答え得ぬ。私にとってその文学は一般から非常にずれた妄想の延長上にあるのだから。けれども、何故妄想するかとさらに問われるならば、私は比較的気が楽になり直ちに答えを返し得る。内的自由の追求——と。

一般的にいって、私達がもっている文学、ひいては私達の精神を支えているあらゆるかたちの文化は、この内的自由の追求という根源的衝動に駆られるところに築き上げられたものなのだろう。そうでなければ一つの精神から他の精神に受けつがれ、その涯も知れぬほどの未来へ向って展開しゆく人類の強靭な生命力は恐らく無意味となるだろう。この場合、私達の生命力が盲目的な基礎の上になりたっているものかどうかは問題になり得ない。問題は一つの精神、例えばデモクリトスが嘗て生き、そして、その精神は私のかよわい精神をなお涯知れぬさきへ駆りたてていることにある。換言すれば、私達の精神はついに判定され得るや否やも知れぬ人類史の価値形成に向ってしゃにむにひしめきあっているのであって、一つの精神が他の精神にとって意味をもつとは、このような全体としての流れのなかに参与し、そこにさらなる一歩を踏み出す自由感をそそりたてることに他ならない。もし私達の精神がこのような浸透力をもたないならば、あらゆる文化というかたちの道具は精神を動かす道具となり得ず、ひたすら嘗てあったものの空しい記録となり果てるだろう。

こういうものの、あらゆる文化は人類史上の装飾に過ぎないのではあるまいかという感慨には私とても屢々襲われる。殊に人類史の窮極目標について思い悩むとき、あらゆるものの意味、あらゆるものの価値が空漠たるところへ消え失せ、私の精神の動きがはたと停ってしまうような瞬間が屢々やってくる。けれども、その私がなおその価値判定もつきかねる精神史の流れへ賭ける理由は、私の妄想が抑えんとしても抑え得ずに動きだすというかぼそい反対証明のみにかかっている。

妄想——。私の内的自由の追求を示す座標がそれのみであるとは哀れである。しかも、私はそこがなお私達が置かれた場所でもあると敢えてつけ加えたい。

私達をとりまく自然は、一つの河、一つの花といえども、さながらそれがそんなふうにあったところのものなのだ。一つの河の流れから、流動体の力学に、音の波動に、さらにまた電波の反射方向について想いをこらしたり、一つの花から吹きとぶ花粉から或る触覚細胞の目覚めゆく過程を考えたりするのは、動かすべからざる美がすでに確立しているこの国では邪道なのである。家のなかで、また、家のそとで不愉快になったり快活になったりする感情のニュアンスをひたすら掘りさげることに専念して、各自がそれぞれの家のなかでのレコード・ホルダアででもあるかのごとくその記録を示しあい感銘しあうことに慣れているこの国では、精神を他の領域へ適用することなどもってのほかのことである。精神の自由など社会的自由の境地でもこないかぎり、岩波文庫の外国文学のなかぐらいにしかないと観念しているのが私達が置かれている現実なのであって、もし私が私の内的自由を保ちつづけようと欲するならば、ついに私が逃げこむ場所は妄想ぐらいしか残っていそうもないのである。

さて、その妄想の所産である『死霊』について――。

これは「近代文学」創刊とともにつづけはじめた長篇であるが、いまようやく序曲のみまとまっただらだらと長い、しかも裏また裏とひねったまことに読者迷惑の作品なので、それについて自ら述べることはさらに迷惑を拡げるようで心苦しい。勿論ここに扱う問題は私がいまだに解決もつかず思い悩んでいる問題ばかりなので、或いは私と同じようなところに衝き当って堂々めぐりしているひとにとってはいくらかの意味を持ち得るかも知れないと思い直すこともあるが、それにしても私があまりに本道からはずれたところで仕事をしているというぬきがたい固着観念が私にあって、友人達がこの作品について触れるときでも自分の意図などとてもまともに述べられぬという一種忸怩たる感にのみ襲われる。そこには、この作品がいまのところ文字通り序曲で、短篇小説でいえばやっと一二頁めくったばかりのところだという理由もあり、また、作品は完成すればそれ自身がすべてを語る筈でその途上に何をいってもつまらぬという鹿爪らしい理由もあるが、とにかく音楽の序曲と同じようにここに一応主題は展開したのだから、たとえそれだけについても何かはいうべきかも知れない。けれども、私が扱っている観念的問題はそこに触れれば触れるほどさらにややこしく手に負えぬほど拡がってくるような問題ばかりで、それだからこそ私はこんなだらだらとした作品にのめりこんだまま身動きも出来ないのであって、結局、その問題のさまざまなかたちは作品のなかでのみ追求され、たとえその問題の所在を概括したところで私がいまだにそのあたりを堂々めぐりしているということのみが明らかにされ得るに過ぎない。私はこの作品のみしか書く意志をもたぬが、ということは私が自分でも扱いきれぬ尨大な観念のなかにのめりこんでいまだにそこから出てこれぬということと同じである。私はその観念にとらわれて以来、これはここ、これはあすことというふうにだいたいこの作品のなかへはめこんで自分の発想を整理してきたのであって、私の精神の成長史とこの作品の成長史とは殆んど似た歩調を辿ってきている。しかも、成長といっても、それはちょっとより大きな振幅になった堂々めぐりに過ぎないのであって、私はいまだにその観念を負いきれない。しかも、そしてまた、この負いきれない観念に私は呪縛されているのであって、私はその他のことがらに何ら興味をもっていない。私はだいたい遊びと名のつくことは何でも好きでその遊びやこの遊びがかちあって自分でも処理しきれないぐらいになってしまうことがあるが、そうした遊びにしても、やや大げさにいえば、この顔が胴の上についていてそこに手足があるので仕方なくやっているといいきってもわたしの本心からはずれていず、あの観念に魅いられている瞬間のふわふわと手足がなくなってしまうのとはまるで別物である。いったい小説を書くのはやはり文学者なのだろうか。恐らくそうなのだろう。本来他へ使うべきものかも知れない手足がふわふわなくなってしまう現代ではそうしてもらっておくのも気が楽に違いないが、私はそうした場所に自分がいるとはどうしても思えぬ。その捉えどころもなく拡がる観念を追求出来る形式はなにか他にある筈であって、私はその選択を誤っているのではないかという気が絶えずしている。というのも、私の出発点がまぎれもない妄想で、文学の大道からずれているという感じに絶えずつつまれているのだから。

そして、このことの説明は『死霊』の出発点の説明にもなるだろう。青年期の私は現在以上に寝坊で、というより妄想癖に憑かれていて起きている時間より寝床のなかにいる時間の方が遥かに長く、一日の大半を寝床のなかで過しながら、しかも、考えつづけていたことは、一日寝ているか、それとも、一日中飛び廻るべきかについてだった。私の考え方は一かばちかで、骰子をふると同時に立ち上がるのである。私は即座に起き上ったが、とたんにオブローモフからピョートル・ヴェルホーヴェンスキイへ飛躍した。その頃の記憶を呼びもどすと、私はいまでも徹夜に強い方で二晩くらい遊びつづけられるが、四日三晩ぶっつづけの記録をつくったその頃にはもはやとうてい及ばない。ところで、そのピョートルが嘗てのオブローモフ以上に妄想癖のある非行動者へ再逆転したのは、当時の青年達が数多くほうりこまれた灰色の壁のなかへやはりほうりこまれて、そこではじめてカントを読んだことに由来する。カント。それは古ぼけていた。観念的ということと駄目だということが同義語であった。そんな当時の雰囲気のなかで直観形式だとか範疇だとかいうのがカントだと思っていた私はその先験的弁証論に接してぼんやりとしてしまったのである。いったい一般のカント紹介はさながら暗記術の見本ででもあるような純粋悟性にからまる図式ばかり述べたてて、恐らくこれほど思考の訓練になるものはあるまいと思われるあの先験的弁証論の壮大な推論に殆んど触れていない。そうした事情は認識論の入口で足踏みしている裡にへェゲルの弁証論が忽ちあたりを席捲してカントの弁証論などあまり古ぼけた語感として何処かへ駆逐してしまったためかも知れないが、とにかくこの見捨てられた領域は私にとって驚くべき発見であった。私はそこに私の精神の鏡を認めたのである。それは一つの重い刻印のように私の上に押しつけられたが、その後時日を経るにつれてさながら強烈な腐蝕剤のように私の魂の上へますます拡がり食いこんで、ついには私そのものと区別しがたくなってしまったくらいである。その後の私がさまざまな観念を雪だるまのようにつけ加えてもつねにその芯には宇宙の塊りのようなそのかけらが入りこんでいて、その重い雪だるまを負った私は殆んどよろめき倒れてばかりいたのである。仮象の論理学とカント自らに呼ばれるこの先験的弁証論は、まず心理学、つぎに宇宙論、最後に神学を扱っているが、そのどれもひとたびのめりこんだらもはや出てこられぬ領域である。その頃私は自同律について私流に思い悩んでいたが、まず自我の誤謬推理を論じた章にぶつかったときこうした推論法もあるのかとただ呆然となった。そこには人間精神の怖ろしい自己格闘が冷厳に語られている。それは、宇宙と人間精神の壮大な格闘を見るような宇宙論に於ても、神の現存在の不可能性を証明する章に於ても、同様であった。そこに扱われるのは、誤謬の、矛盾の、不可能性の証明なのであって、これはこうである、その理由はかくかくという証明法に慣れていた私はただただ眼を瞠ったのである。それはこう考えられる、またこうも考えられる、さらにまたこうも考えられる、ところで、これも誤り、それも誤り、あれも誤り。こうした謂わば無限の可能性を考えつくしたあげくでなければ出来ない不可能性の証明法は、やがて私の精神にも根をおろし、私もまたものごとを無限判断の枠で考えるようになったのである。そして、そこに煩瑣なスコラ哲学的な匂いがあるとはいえやはり否定の論理を無限におし進める仏教書を読みあさったのも同じ理由からである。このような推論式はまたそれまで私が考えていた単純な弁証法ともかなり違っていた。そして、私はすでにカントがその誤謬を、その矛盾を、その不可能性を証明しつくした問題へこと新しくのめりこんでしまったのである。さながらそこにいまだ彼が考えつくし得なかったなんらかの可能性がのこっていて、そして、さらに私がそこでそのなにかを考え得るかのように。

これこそ果てしもなく愚かしい呪縛であった。檻のなかに閉じこめられた獣がその鼻先で土を掘りかえすように私は問題をひっくり返しつづけた。これも駄目、それも駄目、あれも駄目。それは裏また裏と問題を精査しつづける果しもない作業であった。私はついに助け船をドストエフスキイに求めた。形而上学を否定する哲学と一つの形而上学たらんとする文学、私にとってはカントとドストエフスキイは同じものに思われた。形而上学はその探求の本来の目的に対して、神、自由及び永生という三種の理念のみを有する、といってその位置を追求しはじめるカントと、自身の裡に一つの形而上学をうちたてた人物を必ず破滅せしめてしまうドストエフスキイ、そこに見られる操作は、もし誰かが新たな作業を巧みに行えばさらにまだ新たな逃げ道を見出し得るかも知れないと思わせた。けれども、それを見出し得るのはその能力をもったもののみだろう。私はとうてい新たな作業に就き得なかった。私はただ、自意識と宇宙との間に人間対人間の関係を投げ込んでそれを裏にひっくり返したネガティヴな面から問題を処理してみるより仕方がなかった。

灰色の壁のなかで私は七時に寝なければならなかった。夏などは窓にまだ赤銅色の陽の光がかかっていた。寝られぬままにさまざまな妄想にふけった私は次々とさまざまなプロットを思い描いた。そのなかに『死霊』の原型もあったのである。そこへそれぞれの観念をあてはめると、その人物達はより多くなりより複雑化してきた。私は私の観念に思いふけるとき、それをそれぞれの人物の内容に整理して胸のなかで対話する習慣になってきた。何故なら私の観念は直ちに反対の観念を呼び、それはしかもさらに裏返しされるというふうであったから、対話によって整理する方法しかなかったのである。その後灰色の壁から出たとき偶然読んだ耆那教の教典に私の胸のなかで絶えざる無限判断をつづける全否定者に恰好な人物を発見し、そして、そのときこの作品の全体の骨格がきまったのである。

私はその頃友人から二律背反居士という綽名をつけられていたが、その観念はますます尨大化するばかりであった。平野謙と知りあったばかりの頃、私はこのプランを彼に話したことがある。彼は現実密着、私は架空凝視、その方向は正反対であったけれども、自己放棄型という点で似ていた彼は実に馬鹿なことを考えている奴だと哀れむふうに私を眺めた。それは確かに馬鹿げた負いきれぬほど尨大な観念であった。もし書くとしてもこの作品しか書き得ぬだろうと私は思いはじめた。私はノートをとったが、そのノートも進まなかった。その後このノートからはみ出た部分を独立の作品として同人雑誌に発表したことがある。中日事変がはじまり、身辺があわただしくなった。この作品を果して書き得るやどうか危ぶまれる情勢になってきたが、私の人物達は私の胸のなかで絶えず対話をつづけていた。そして、時間がたてばたつほど私に持ちきれぬほど裏返された観念にのめりこんで、私を苛みつづけた。

戦後、この作品をつづけはじめたが、いまなお遅々としてはかどらない。一応私がのめりこんだ問題はネガティヴなかたちで序曲のそれぞれの章にそれぞれの主題として展開したが、その人物達は血も肉ももたず対話しあっているばかりで、それがポジティヴな姿をとって私の前に何時か現われ得るやどうかわからない。そしてまた、この読者迷惑な作品が何時完成し得るやも解らない。完全な能力不足であって、すでにカントに警告されたところをまもらなかった罰である。

あまりに近代文学的な

　幅が四尺五寸、奥行きが九尺ほどの灰色の壁に囲まれたその部屋にはいると、扉の掛金が冷たい鋼鉄の敲ち合う鋭い響きをたてて、背後に閉まった。青い官給のお仕着せをきた私は、その薄ら寒い部屋のなかに敷かれた一枚の畳の上に、ゆっくりと坐った。鉄棒がはめられた四角な窓から、青い空が見えた。これが牢獄なのだな、と私は思った。四角な窓から覗かれる青い爽やかな空に灰白色の光が拡がり、それが次第に薄鼠色の翳を帯びて暮れかかってくるまで、数時間、私は凝然として端坐していた。そこへいれられたばかりの私は、読むべき本も、為すべき仕事も持っていなかった。私は端坐したまま、眼を閉じて自身を覗きこみ、また、眼をあけて眼前の灰色の壁を凝視した。ときおり、頭上の四角な窓から白い光と目に見えぬ風が走っている遠い虚空を見上げた。薄闇が這い寄ってくる宵、この建物の広い区劃から離れた遠い何処かで、号外を知らせるらしく走っている鈴の金属的な響きが幾度か聞えた。五・一五事件の日であった。

　私の記憶には、この入所第一日目の印象は、色が褪せかかってはいるもののなお輪郭を喪っていない一枚の古い絵のように、遠い向うに薄光をはなって沈んでいる。私は、いま所謂主流派の一員としてまた地下へ潜っている松本三益と、ずっと新協の俳優をしていて最近そこを離れてしまった伊達信とともに、その当時出されていた『農民闘争』という雑誌のフラクションであった。その頃、『農民闘争』で仕事をともにした多くの友人たちが、その後二十年に近い年月のジグザグを経て辿りついたところを見ると、その大半は、昔と同じようなもとの戦線に復帰していた。だが、私は横へそれた。コムミュニズムは、私の問題のなかで部分となり、新たに出現した問題が尨大化するにつれて、益々小さな部分となった。とはいえ、それは消滅した訳でもなかった。一度コムミュニズムにとらわれたものは、たとえそれを強く振り離しても、向うからこちらをはなさないものと思われる。ただ私には新たに湧き起った問題があまりに強烈な、鋭い形で迫って、がっちりと私の全精神をつかんでしまったため、もはやそれは生死を賭けるほどの力を私に及ぼし得なくなった。私は、より混沌、より茫洋とした問題へのめりこんで、もしこんな形容が許されるならば、魂の奥底まで殆んど息づくことも出来ぬほど凄まじく震撼された。その契機となったのは、僅か一冊のカントであり、その場所は灰色の壁に囲まれた小さな孤独な部屋であった。

私は、その豊多摩刑務所の未決囚の独房に、昭和七年五月から翌年十一月までいた。ゴリキーは放浪と徒弟生活と餓えの連続した青春の日々を「私の大学」と呼んでいるが、私にとっては、僅か一坪ほどの灰色の部屋でひたすら自身と向きあい、自身と対話しつづけたその期間こそが「私の大学」であった。私の精神の方向は、其処で決定的な変化を受けた。

私の前には一冊の『純粋理性批判』があった。濃い鼠色のベノー・エルトマンの版であった。その当時、天野貞祐訳はまだ上巻だけしか出ていなかった。その岩波文庫を傍らに置いて、私は、あの厳密な論理的スタイルに貫ぬかれた簡潔な文章を一語ずつ辿りはじめた。私がこの書を選んだのは、未決の独房では、尨大な哲学書がふさわしく、また、語学の勉強を積極的にすべきであると殊勝にも思ったからである。私が学生時代を過したのは、さながら運動選手養成所の観があった日本大学であって、そんな学校に似つかわしくなく、ドイツ語が一週間に十八時間もあり、あとの時間はすべて英語で、驚いたことに日本史まで英語であったが、その頃の私は、一人の友達とともにスチルネルの使徒たることを任じて、謂わばデカダンの淵に類するなかで夜昼さかさまの生活をつづけていたばかりであったので、カントを読みこなす語学力などとうていなかった。ところで、その後、左翼へ傾斜し、非合法生活にはいったとき、私達の指針は、イムプレコールによる場合が多かったので、ドイツ語をもっとやらねばならんという気持が私の底で絶えざる強迫観念のように作用していたらしい。それがこの灰色の部屋のなかでカントを選んだ主たる理由なのであった。しかし、この謂わば偶然的な選択が、私の生涯に一つの啓示として決定的に作用したのであった。

私は天野貞祐訳をひっくりかえしながら、たどたどしく読み進んだ。それまでの私のなかにあったものは、主として、エンゲルス、プレハーノフ、レーニン、デボーリンと僅かばかりのヘェゲルで、孫引きされたカントというより孫引きされた新カント派が絶えずやっつけられていた。観念論と坊主主義は、それまでの私の知識のなかでつねに同一物であった。そしてまた、この『純粋理性批判』は、はじめその余りに厳密な図式的な構成で私を手ひどく苦しめたが、謂わば見られたものより見る作用をつねに検証してみる彼の主体的な思考法に次第に鋭く牽きつけられ、強く揺すぶられはじめて、やがてついに、先験的弁証論に踏みこんだときの私の驚愕は、殆んど筆舌につくしがたかったほどであった。

もはや天野貞祐訳は、その章にまで及んでいなかった。先験的弁証論に踏みこんだときの私は、一方には、飜訳書の手引きもない不安で、さながらターフェル・アナトミアに対した杉田玄白のごとくに見渡す限りの大海に一艘の小舟で乗りだしたような覚束なさをおぼえたが、他方には、一つの理解出来そうな単語から単語へ飛び移ってゆくだけで目眩むような戦慄をおぼえた。恐らく人生には、ひとつの決定的な出会いという瞬間があるのだろう。他のものにとってはさしたる事柄でないひとつの事象が、その当人にとっては生死の大事となることがあるのだろう。私にとって、先験的弁証論はまさしくそれであった。晨に道を聞けば、夕に死すとも可なり、とはかくのごときものかと魂の奥底深く酷しく思いしった。私はいまでも思い疑うが、通常のカント理解が、屢々、図式的な感性論と悟性論のみにとどまって、殆んどこの壮大な弁証論の建築に深く触れないのは、何故であろうかと奇異の感を懐きつづけている。恐らく、思考の訓練の場としてこれほど広大な場所はないのである。勿論、この領域は吾々を果てなき迷妄へ誘う仮象の論理学としてカント自身から否定的な判決を受け、そこに拡げられる形而上学をこれも駄目、それも駄目、あれも駄目と冷厳に容赦なく論破するカントの論証法は、殆んど絶望的に抗しがたいほど決定的な力強さをもっている。けれども、自我の誤謬推理、宇宙論の二律背反、最高存在の証明不可能の課題は、カントが苛酷に論証し得た以上の苛酷な重味をもって吾々にのしかかるが故に、まさしくそれ故に、課題的なのである。少くとも私は、殆んど解き得ざる課題に直面したが故にまさしく真の課題に当面したごとき凄まじい戦慄をおぼえた。私の眩暈は、同時に、私の覚醒なのであった。恐らくこのような絶望からの立ち上りの心情については、私達を虚無と万有のあいだに架かった中間者ときっぱり規定したパスカルにも深く知られていたに違いない。パスカルは殆んど比類もないほど安定した堅固な文体で率直にいう。「しからば、その窮極をも本元をも見ることが出来ないという永遠の絶望のなかに、彼は、事物の中間の或る外観を認識するほかに何を為すことが出来るか。」こう彼が感動的に述べるとき、彼の絶望のなかに奔騰する強烈なエネルギイの揺れ動く響きを、却って私は聞きとれるように思うのである。そして、嘗てカントの課題であったものがまた私の課題となったとき、私のまずとるべき方法は極端化であった。灰色の壁に囲まれたなかに、ただひとりで眼を閉じて端坐していること、そのこと自体がもはや私に無限の問いかけを呼ぶ課題なのであった。私が眼前に意識するものより私が意識すること自体が端的な課題なのであった。

私は、屢々、自身を滑稽に思う。青年の日にのしかかったこの最も端緒的な生と宇宙の謎が、その後成長につれて、益々私を巨大な混沌のなかへ沈みこませる愚かしさについて。だが、恐らく、そこにはひとつの遁れがたい性癖があるのであろう。もはや私はそのような私から遁れることが不可能であった。

灰色の壁から出たのちの私は、馬鹿げたことには、ひたすら、論理学と悪魔学に耽溺した。それらは一見奇妙な領域であったが、私にとっては、その二つはシャム兄弟のごとくに一端が結びついている双生児であった。ひとつは私の思考を厳密に統御する巨大な壁にも似た不快な形式で、他のひとつはあらゆる制約と形式を破って奔出しようとする生のエネルギイの最も始源的なかたちと私に思われた。そして、私がそのとき嘗てただ愛読したドストエフスキイを新たな場所に再発見したことは、ひとつのつきせぬ喜びであった。私にとってのそのときの喜びは、カントが謙虚に立ち止ったところで、ドストエフスキイが極限へ向って奔放に飛躍していることであって、小説という手段のなかに形而上学が逃げこみ得るし、また、カントに警告された理性の無限の拡張を行い得るのは、恐らく現在、小説しかないという驚くべき発見なのであった。カントとドストエフスキイ。この二人こそは、私の眼から見ると、そこに別名を仮象の論理学と呼ばれる形而上学を押しはさんで背中合せになったシャム兄弟なのであった。

私は、現在でも、小説をひとつの手段としか考えていない。もし混沌たるなかでよろめく私の思考を十全にいれ得る容器が他にあれば、私はその他の方法へいさぎよく飛びつくだろう。そんな私にとっては、私達の生と存在のかたちを写すものとしての小説の機能は殆んど魅力的ではない。私達のあり得たかたちではなくして、あり得べき何か、謂わば未知のXをはらんでいないかぎりは私の気を牽かないのである。換言すれば、たとえ迷妄の仮象のなかによろめくにせよ、ひとつの怖ろしき創造が同時に認識となってしまうていの何ものかでなければ、私達を未来へ牽きゆく力をもたないというのが、私の小説論となってしまったのであった。灰色の部屋を出た後の私は、数人の詩人にもそのことを確証せしめられたのであった。ブレークのヴィジョン、ポーの幻想、さらに下っては、ラムボオの錯乱、マラルメの結晶作用など、その姿勢と角度をそれぞれ異にしているけれども、私にとっては、そのそれぞれが「仮象の論理学」へずるずるとのめりこんでいるところに深い共感があったのである。そして、相重なる共感はついに強固たる確信ともなった。果てもない未来へ、私達を牽きゆく形而上学はただに或るひとたちの占有ではなく、パスカルの謂わゆる「同時に二つの極端に達しようとするもの」にとっての共有物になる筈だということが、私にとって、もはや遁れがたき出発点となってしまったのであった。

以上が、私の文学上の態度の素描である。本誌の編輯者から与えられた課題は「近代文学」のひとびとの文学上の立脚点ということにあったらしい。けれども、明確に総括出来る立脚点などそこにないのが当然である。もし強いて共通の傾向を探るとすれば、その殆んどすべてが、昭和四、五、六、七、八……とつづく時代のマルクス主義の嵐のなかで、その青春を過し、その影響の下で成長したという一項目に概括されるだろう。恐らくその影響は決定的であったが、しかも、その後の転向時代の混沌を経て、各自の成長の方向はジグザグな屈折であったことにも疑いはない。そのことは、作家の側では、野間宏から椎名麟三を経て武田泰淳まで並べてみれば傾向の差は明らかであり、同じことは、評論家の側でも佐々木基一や花田清輝から荒正人を経て本多秋五、平野謙、さらに山室静まで並べてみれば、また、その差別は極めて明らかであろう。「政治と文学」は、恐らく彼らすべてにとって最大の直接的課題であったが、その解きかたはそれぞれ異なっている。そして、その異なったかたちのひとつの片隅の極端として、恐らく私なども数えられるだろう。私が敢えて自身の推移をとりとめもない偏った文学態度をここに明らかにしてみたのも、「政治と文学」の季節が、どのようなニュアンスと切迫をもって個人にのしかかったかを語りたかったに他ならない。

そのように偏差をもった傾向を、けれども、ひとつの大きな潮流として強いて概括することは必ずしも不可能でもないらしい。「政治と文学」がやはり大きな課題となっているらしいフランスでは、このような傾向をもたざるを得ない文学をサルトルは「大状況の文学」と呼んでいるらしい。この用語は私達にはあまりなじめず、また、のみこみがたいが、そのような文学の例として、サルトルがカミュ、マルロオ、ケストラーなどを挙げているのを見れば、幾分その内容が理解出来そうに思われる。それは、私達が極めて漠然と、実存的、社会的と呼ぶものの緊密な複合体を指しているらしい。「もっといい時代はあるかもしれないが、これが我々の時代なのだ。我々はこの戦争、恐らくは、この革命のただ中に、この生を生きるよりほかないのである。」極端が日常となっているこの時代では、つねに人間全体が問題になっているとサルトルは考えていて、その「極端な状況」にある時代の文学を彼は「大状況の文学」と呼んでいるらしい（矢内原伊作『実存主義の文学』）。このような意見をみると、私達は世界中が同一の問題をもっている世紀に生きていることが解るのである。このサルトルの規定がどうであれ、私達は、すでに昭和四、五年頃より殆んど相似た問題を自身の問題としており、そして、自分流の解決法をそれぞれ混沌のなかに求めてきたのであった。「形而上学的絶対と歴史的事実の相対を結びつけ一致させる文学」、このサルトルの荘重な用語は、私達が絶望の果てで求めたものと恐らくはやや似ている。だが、ブレークを知り、ドストエフスキイを知った私はさらにまた知ってもいる。文学は現代以外でもつねに主体と客体の極限から呼びかけるものに牽かれてきたものであり、その辿る道は自己の血肉を刻む以外にないことを。ひとたびこの極限への道に踏みこめば、恐らくは、或いはひとつの迷妄であるかもしれない「仮象の論理学」のあの果てまで自己の課題を担いゆくより仕方がないのである。それが張りつめた弦のような極度の緊張を要求し、精神を困憊させ、そしてついに、心臓を破ろうとも、もはや致しかたないことなのである。

三冊の本と三人の人物

人生の仄暗い奥深さをぼんやりと感じはじめて、広大な闇の奥からさしてくる数条の微光をそっと覗いてみようとする頃、どういう種類の感動にまずその魂を揺すられるかということによって、恐らく、私達の魂の質がまず決められてしまう。私はここで、魂というような漠然とした言い方を敢えてしているが、というのも、人間の性格の型といったものよりさらに漠然とした大きなものをここで示したいからである。昆虫を例にとっていえば、趨光性とか趨暗性といったものが、それにやや近いものになるのだろう。私達は、或るひとを一瞥しただけで、ゆったりと話しあう好感情を懐いたり、或いは、妙にそのひとの一切を受けつけずに黙りこくったりしてしまうが、このような精神の傾斜はものに対しても起るのであって、そして、或る種類のものに対してだけ傾こうとする精神の働きはついに私達の質をかたちづくってしまうのである。

私は少年時代から濫読のたちであったからどのような種類の書物にもそれぞれの面白さを覚えて、時をかまわず場所をかまわず、手当り次第に読み耽ったが、或るとき、暗緑色の擬革装の書物を手にして読みはじめると、それまでとまったく違った種類の面白さ、いってみれば、この小さい書物の奥から何かがこちらの内面へ流れこんできてとめどもなく漲ってゆくような感じ、つまり、はじめて感動というものの漠とした味わいを思いがけず覚えて暫らくのあいだぼんやりとしたことがある。この暗緑色の書物は『オブローモフ』で私がはじめてぶつかった種類の文学書であった。ところで、私はそのとき偶然にも殆んど間も置かずに続けて、『現代の英雄』と『白痴』を読んだ。この三冊をさながら一冊の厖大な書物のようにつづけて読んだことは、私にとって、年少時のひとつの偶然に過ぎなかったが、しかも、私の魂の質にとつて決定的な出来事だったのである。オブローモフとペチョーリンとムイシュキンは、私の暗室のなかにさしこんだ三つの微光のように感光板の上に翳をおとして、そして、私とともに成長した。ともに成長したというより、むしろ、私が絶えず感光板の上におとされた翳を凝視めていて、ついに、その三つの影のなかへのめりこんだというのが本当かも知れない。私は、青年時もいまも、オブローモフとペチョーリンとムイシュキンの合成物である。互いに異なった内容をもったこの三人物が私にとってまったく同質で、ただひとつの方向へだけ精神を傾ける純一な人物として受けとられたことのなかに、私の魂の質がすでに決められてしまったといえる。

角背で暗緑色の擬革装の書物、『オブローモフ』と『白痴』は新潮社から出されていて、六号か八ポか、虫が這うような小さな活字がぎっしりつまっていたが、『現代の英雄』は瀟洒な葡萄色をし、なお一廻り小さな三五判といった型で、金星堂から出されていた。私は、これらのやや小型な書物を、いわば純粋結晶とでもいうべき小さな人形が隠れている魔法の小箱ででもあるように、幾度、掌の上にのせて眺めたことだろう。もしゴンチャロフとレールモントフに他の作品があれば、私は、何処からでも探しだしてその作品を読んだかもしれなかったけれども、彼等にはより多くの作品はなかった。

従ってドストエフスキイだけを探しもとめる年少の読者となったのが、その後の私の必然のなりゆきであった。（そして、面白いことには、ドストエフスキイを読み進むにつれて、私はまた、ポオとアンドレーフの暗い心酔者となった。もし一方を白昼の明るさ、他方を夜の暗黒のなかに微光を求めるといった二つの型に私達を分ければ、明らかに夜型の芽をもった少年として成長しつつあった私にとって、アンドレーフは断崖から墜ちたドストエフスキイであったのだが、けれどもこれはまた別な話である。）その後私は次第に白昼の思想に憑かれはじめ、ついに青年期には一篇の文学書にも見向きもせずにまっしぐらに揺れかえる政治の渦へ飛びこんでしまったが、さらに後年、その大きな渦からもがきでて、そして、再びドストエフスキイを眺めたとき、嘗て三冊の書物の端に置かれてあったその位置はさらにまったく思いがけぬ位置を占めて私の前に現われた。いわば政治と文学の昼と夜を二つながらかいま見てしまった私の眼にそのとき映った新しいトリオは、カントとキエルケゴールとドストエフスキイだったのである。

同時代人というものは、私達が想像する以上に長い期間にわたって生きているものらしい。神、自由、永生——この古典的な形而上学は、いってみれば、薬指のあたりでカントをおさえ、小指のあたりでドストエフスキイをつかまえていて、あの几帳面なカントにも、このさわれば凡てが切れてしまうような鋭い心理によそおわれたドストエフスキイにも、落日の最後の栄光とでもいった雄大な風格と同時に、また、一種の古めかしさをも与えているのである。恐らく、古典的な形而上学はこのひとびとともに死滅してしまうのであろうが、このような雄大な幻影より以上に私の眼に鮮やかに映ったのは期せずして彼等に共通している苦痛にみちた方法であった。がんじがらめの弁証法。これが、この三人に見てとれた私のいたましい印象なのである。死んでみても、生きていても、どちらにせよ、私は悔ゆるだろう。テーゼとアンチ・テーゼに同じバランスでかかって宙に浮いたまま真下を見おろして動かない永劫の苦痛の弁証法、ついにジン・テーゼを知ることもないこの内的な透視図ふうな弁証法は、ただキエルケゴールだけの方式ではなくカントの宇宙論にもドストエフスキイの作中人物の情熱のなかにもがんじがらめな形でいたましく示されていることに私は目を瞠ったが、そのとき、私はさらに、彼等のなかでの最大不幸者はキエルケゴール、最大幸福者はドストエフスキイであると、深く思いしった。その理由は、大ざっぱにいえば、ドストエフスキイが小説家であって、あらゆる種類の埒を越えた情熱と破滅のかずかずを、さながら実在しているかのごとき人物のそれぞれに肩代わりしおおせてしまうからである。

年少の頃、一定の方向へばかり精神が傾く魂の質を三冊の書物に決められた私は、ついにここで、担うべき課題を三人の人物に暗示され、担い手の注意さえ受けたわけである。爾来、その課題をいさぎよく担ってみたものの、私は、そのあまりの重さに、殆んど身動き出来ないでいるといった始末である。

農業綱領と『発達史講座』

一枚の銅貨をとって表から裏へひっくり返してみれば、それがどちらの面を示して投げ出されても同一の価値をもっているにもかかわらず、まったく異った印象をもたらすごとき相似ない意匠をそれぞれもっている。社会運動が合法と非合法の二つの面をもっているときは、ところで、歴史の上に投げ出された一枚の銅貨はつねに上向きの表の面ばかり示しつづけているので、長い年月の果てには、やがて裏が磨滅してしまって、何時かひとあってその裏の面をひっくり返し覗いてみたところで、そこにはもはや定かならぬ意匠のぼんやりした影を認めるばかりである。私がここに記するのは、もはや磨滅しかかった一枚の銅貨の裏の話であるが、とはいえ、まだそれほど遠い昔の話ではない。

昭和六年の初夏、まだ梅雨にはいらない前の六月の或る日、私の前に、伊東三郎と小崎正潔が坐って、吾国ではじめての農業綱領をつくる打合せをした。この吾国ではじめてという点は私達のあいだで幾度か強調され、のちのちまでも指針になるような立派なものをつくろうやと何度も繰り返された。そのときの党機構上の位置は、伊東三郎が農民部長、小崎正潔が雑誌「農民闘争」内の農民部に直属するフラク責任者であった。いったい、非合法時代の党の或る機関と他の機関の接触は、機械の歯車のひとつと他のひとつの接触のような、極めて小さな、謂わば事務的な、限定されたものであるのだが、この年のはじめ、岩田義道を中心として指導部が再建されたとき、この農民部なるものは非常に親しい仲間どうしを集めていた雑誌「農民闘争」を母胎にしてつくられたものであっただけに、私達はあまりに互いをよく知り合っており、こうした会合の雰囲気も穏やかにのんびりとした親しいものであった。

伊東三郎は、現在、岩波新書から『ザメンホフ』を出しており、その当時も、岩波の出店ともいうべき鉄塔書院から『プロレタリヤ、エスペラント必携』や『プロレタリヤ、エスペラント講座』を出していて、一般には古いエスペランティストとして知られていたが、と同時に、古くから農民運動のあらゆる裏面に必ず影のようについている人物である点が特徴的であった。彼は、どちらかといえば、詩人的で、その考え方の型は直観型で、次々に新しいことを思いついた。彼の着想のよさと、そして、仕上げの手際の悪さは、どちらも私達のあいだで有名であった。「三平はよく思いつくが、どうも底がぬけている。」こういうのが、私達のあいだにすでに公然化してしまっている一般的評価なのであった。彼の思いつきの鋭さとまとまりに欠けた結末は、勿論、彼の素質に由来するものであるけれども、また、当時の社会運動がもっていた特徴的な傾向に助長されたことも否めなかった。彼の思いつきを鋭くさせ、そしてしかも、結末のまとまりを完うさせないことに一種の支援を与えてきた当時の運動の一般的傾向とは、私の解釈によれば、カムパーニヤ形態である。昭和三年、党の組織が潰滅し、謂わばその正面の楯である労働農民党が解散されてから、政治的自由獲得労農同盟をきっかけとする過渡的なかたちのカムパーニヤ機関が次々と前面に押し出されるようになったが、このような傾向があまりにも一般化するにつれて、恒常的なものと過渡的なものとのすりちがえがそこに起り、やがては、組織と機関との正常な関係がついに忘れ去られて、謂わば、頭でっかちの機関のみが非合法の暗黒の彼方にぼんやり聳え立つと見るまに、胴体も手足もないそれらの影から蒼白い文書戦の火花が数瞬虚空に放たれ、そして忽ち、線香花火のごとく消え去ってしまうといった事態が、屢々、招来されたのである。このカムパーニヤ時代に於けるカムパーニヤ的思考についてはここで詳しくつきこんでいられないが、当時の闘争の渦のなかで鋭敏な触覚をたてていた伊東三郎の思いつきが、多くの場合、やはり、機関の設立にあったことは、それが、ともすれば、暗黒の虚空に放たれる蒼白い火花の運命を辿る危険を負っていたということなのであった。彼には、どうしても、ことを最後でまとめる女房役が必要なのであった。そして、小崎正潔がその女房役であった。ところで、伊東三郎をすぱっと切れる鋭角とすれば、この小崎正潔は何にぶつかってもいささかも切れぬような鈍角で、その対照の妙はまことに見事なほどであったが、小崎正潔は私達のあいだで「ズボさん」と呼ばれているように、何処までずるずるとさがりきったら、さて、受けて立つのか、それがついに解らないほどのんびりしていて、ことのまとまりはだいたい予定の倍か三倍ぐらいの時間のびるのが普通といった具合であったから、その頃のこの二人のティームの仕事を遠くから眺めている者があれば、地上かなり高い暗黒へいきなり急速度で飛びあがった鮮やかな火の玉が、その後、あまり速くもなく、といって停ってもいず、ゆらゆらと横へ揺れ動き進んでいるのを見ている観があったかもしれない。

さて、私達がそのとき是非とも農業綱領をつくりあげようと決意した最大の理由は、その年のはじめから再刊されたプリント刷りの「赤旗」に『テーゼ草案』が連載されたからであった。『三一年テーゼ草案』と普通に呼ばれるその文章は、いまでこそ、風間丈吉がモスクワで教えられてきたままを書いたものであることが明らかになっているが、その当時、私達すべてはそれを書いたのは岩田義道であると思っていた。というのも、昭和五年、野坂鉄の海外脱出の噂を聞いたのち、日本に残っていて私達に名を知られていた指導的人物は彼ひとりであり、私達が党へ組織されるとき、あっという間もなく近づいてきて私達の間近かに坐ることになったのが彼だったので、その頃の私達の感じでは、最高指導部イクオール岩田義道といったふうで、私達のあいだでひそひそと話されるなかに実在の人物の名がでてくるのはつねに彼の名だけであった。そのときの指導部は、岩田義道、風間丈吉、紺野与次郎、伊東三郎、及び党の歴史上で最も奇怪な人物であると思われる松村フョードロフによって形成されていたが、モスクワ帰りのひとびとの仕事ぶりについて私達が知ったのは、それよりかなりあとのことである。ところで、『三二年テーゼ草案』のなかで農業問題の部分だけは風間丈吉の執筆でなく岩田義道の書いたものであることが、風間の回想録にあるが、その岩田に向って伊藤三郎が農業綱領をひき受けたのは、農業農民問題に関するかぎりは、自分達が専門家であり、また、私達がやらねばならないと思いこんでいたからなのであった。機関つくりが好きな伊東三郎の足跡をふりかえると、四・一六以後の労農同盟有志団、それが再転して全農革新有志団となり、さらに三転して全農戦闘化協議会となって、その機関誌として「農民闘争」が昭和五年三月から出されていたのであるが、この「農民闘争」によって全国農民組合内の左翼がひとつにまとめられていたのであって、党組織を全国にひろめるための母胎としてそれはまことに恰好なものなのであった。そして昭和六年のはじめから初夏にかけて、雑誌「農民闘争」にいたひとびとは再編成されたのであるが、初期に働いた渋谷定輔と関矢留作はすでに去っていて、そのときにいたのは次のひとびとであった。党農民部へ、伊東三郎、小崎正潔、新たにできた全農全国会議及び農民新聞へ、稲岡暹、青木恵一郎、宮内勇、平賀貞夫、森憲隆、青年同盟へ、石井輝、その結果、「農民闘争」に残ったのは、伊達信、永原幸男、松本三益、松本傑、中川明徳、隅山四郎、守屋典郎、私、及び遠坂良一、内海庫一郎の二少年で、その裡、伊達、両松本、私の四人がフラクションとなった。これで私達の部署は互いにわかれた訳であったが、実際上、仕事はあまりにも連関しあっていて、その後も絶えず互いに動員しあっていた。

ところで、農業綱領は、「農民闘争」でひきうけることになった。私達は綱領を五つの大きな項目にわけ、伊東三郎、小崎正潔の二人にも一項目ずつ受けもってもらい、あとは、永原幸男、松本傑、私の三人に割り当て、まず草案として書き進めることに決定した。さて執筆がはじまったが、それは雑誌のほかに全国会議の仕事が非常に忙しくなった時期で、暑い夏のさなか裸になった脇に大西俊夫や稲村隆一の本を置いて、五枚十枚としゃにむにスピードをあげて書きためて行った記憶がある。私が受けもった項目は、農民運動の歴史、その方向と形態であった。若い年代の軀は極度に酷使できるもので、私は、それからややあとに、四日三晩ぶっつづけの徹夜をやったことがある。昼間は会議、夜は締切間際の雑誌の原稿を書いたのであるが、それからあとの年代の私が非常な怠け者になってしまったのは、恐らく、この時代にエネルギイを使いはたしてもはや残るところもなくなってしまったせいであろうと思われる。私の相棒の永原幸男は肥っていて、寝床にねそべってでなければ原稿が書けない癖があった。また、松本傑はそのときすでに、プレトネルの『日本に於ける農業問題』を訳していて、頭が痛くてもロシヤ語の字引を見ていれば癒るというほど語学好きであった。八月、私は集めた原稿を重ねて伊東三郎の前に置いた。そして、私達はその労苦に対して中央部から報いる言葉があるかと思ったが、やがて指導部で読み終ったあとの報告というのは、思いがけず落第点の通告であった。新しく研究会を開いてみよう、と伊東三郎は慰めるように言った。そして、新しい次の局面に登場してきたのは、野呂栄太郎であった。

それは夏から秋へかけての季節、九月の末か十月のはじめだったと記憶するが、会合は、当時千駄谷に住んでいた守屋典郎の家でもたれた。客側は、野呂栄太郎、平田良衛、確かそれに産業労働調査所にいた岡部というひと、こちら側は、伊東三郎、守屋典郎、私であったが、私達は討論のために用意していたプリントを皆に配った。私達がその前に書いたものは五つの大項目だけで、だいたい、レーニンの『農業農民問題に関するテーゼ』に則ったものであったが、このとき皆に配布したプリントの項目は、小見出しまで書きだした詳細な目次を並べたもので、以前のものを一とすると、これは五ぐらいの幅にひろがっていて、いってみれば、『農業農民問題に関するテーゼ』の前に『ロシヤに於ける資本主義の発達』を加え、そしてさらにその間にカウツキイの『農業問題』をくっつけたといったふうな、理論的分野の完璧性をひたすら期してでもいるような怖ろしく厖大なものであった。私達がこんな細密なプランをつくったことには、私達の書いた草案が採用されなかった落胆の大きさが含まれていたと思われる。さて、私達はその項目を一節ずつ検討して行ったが、討論者の中心は、自然、野呂栄太郎になって、論議がひとわたりして結論が要求されるといった頃合いになると、皆の視線はひとりでにこの『日本資本主義発達史』の著者に向った。多かれ少なかれ私達はこの著作に啓発されており、そして、その著書に一種の畏敬の念さえもっていたのが当時の実情であった。彼は静かに話した。談話というものは一種の反射運動で、こちらから話しかけた言葉が向うにつきあたったと思うまもなく木魂のように応答が返ってくるものであるが、彼はいわば深い谷をかかえた山のようにこちらの音響をすっかり吸いこんでしまい、寂寞の長い数秒のあとで、反響とはまったく別な静かな音声を発した。決して勢いこむことのないこのような静かなものごしと言葉つきは、彼の性格ばかりでなく療養生活から得られたものかもしれない。「僕なら、ここはこうします。」そう静かに言って、彼はプリントのなかへ新たな項目を書きこんだ。野呂栄太郎が党の仕事に積極的にタッチしたのは、私の感じでは、この時期の一般的傾向に従ったためだろうと思われる。学者には出来るだけ実際面の負担を負わせないのが、それまでの習慣であった。殊に、彼のような胸の疾患ばかりでなく片足が悪い者を、会合の多い実際生活へ動員するのはあまりに苛酷と思われた。けれども、指導力をもった人物が足りなくなったことは、あらゆるいたわりを背後へおしやってしまった。それに、岩田義道はこれまで戦列の横にいたものを動員するのに熱心であった。文化団体のなかからもひとを求めたことがこの時期ほど激しかった時代は他になかっただろう。さて私達の前に置かれたプリントに鉛筆の書込みが次第に増えて行って、余白がなくなると、野呂栄太郎は「これではまだ不充分ですね。もっと考えてみましょう。」と静かに述べながらプリント刷りをゆっくり折り畳んで、ポケットにいれた。私は、片足が悪いのに長く坐っている彼の軀を気づかって、なんとはなく悲痛な気がしたが、そのとき、彼のポケットにいれられたプリント刷りのプログラムが、地下では、農業綱領の試案となり、他方では姿を変えて社会の表面に出てゆき『資本主義発達史講座』となったのであった。

歴史を眺めると、一つの理論とそれにまったく矛盾する他の理論が緊密に結びつき一体系をなしてしまっているといった場面が現われてきて、奇異な想いをすることがある。だが、自分がその時代の流れのなかにあって、さて振り返ってみれば、そのような事態が起る成行きがだいたい納得できるのである。私達はすべて過小農制から出発していた。そして私達は、運動の実際面の要求から、吾国の農民組合の実質は小作人組合に過ぎず、広い農民層を組織するために新たな何らかの運動形態が必要であると絶えず感じていた。これは現実の直接な反映であった。ところでまた、私達は他方では、農村に於ける階級構成を問題とするとき、貧農の位置を強調し、さらに進んで、農業労働者について特別に言及しようとした。これは、二七年テーゼから変化して、広範な民主主義的任務を担った社会主義革命を戦略目標としてたてた三一年テーゼ草案がもたらした理論的要求なのであった。来るべき革命のヘゲモニイは貧農と農業労働者の手になければならぬ。ひとつの理論がそうたてられてしまうと、それは逆に自らの論理的映像を現実のなかに要求した。あらゆる萌芽的なものは極度に拡大されねばならず、そして、もし農業プロレタリアートがそこになければつくりだしてでも、といった時代の鋭い雰囲気が私達の上半身を襲うと、たとえ、大地に足をつけた下半身がそれをかすかに疑っても、私達は頭をゆっくり二三度ふったあげく、ついに胸のあたりで両者を統合させてしまうものらしいのである。会合のあと、守屋典郎は農村プロレタリアの研究をはじめた。彼はその頃学校をでて弁護士になったばかりであったが、その推論は将棋の歩が一枡ずつ進むようにあまりに理づめであったので、「守典は難かしい議論ばかりする。」と敬遠され気味であった。冬、彼の労作『農村プロレタリアの研究』がパンフレットになった。私は彼の研究の経過を絶えず聞いていたので、その熱心で真面目な努力を知っていたが、にもかかわらず敢えて言えば、それは三一年テーゼ草案の雰囲気から生みだされた一本の試験官のなかの現実とでも呼ばるべきものであった。そして、それに似たかたちは、やがて現われる『発達史講座』のなかにも同じようにはいりこんでいた筈である。

冬、私は私達の手から離れ去ったかに見える農業綱領のプランについて伊東三郎に聞いた。うん、もうすぐかえってくる、そう彼は忙しげに答えたが、鉛筆でこまかくぎっしりと書きこまれたプリントはついにかえってこなかった。そして、七年三月、伊東、小崎、伊達、私の四人が一緒に検挙されるとともに、私達の完成されざりし農業綱領は歴史のなかにその裏側を永久にふせられたまま磨滅してしまったが、他方、野呂栄太郎に渡されたプログラムは岩田義道に推進され、『資本主義発達史講座』と表面に刻印された一枚の銅貨となって、間もなく社会の流通面へ出て行ったのであった。

歴史のかたちについて

或る瞬間の鮮やかな印象の断片を除けば、古い記憶の殆んどすべての内容は、塗りこめられたカンヴァスの地肌のように、薄暗い大きなヴェールの向うに深く沈んでいて、もはや、その細微にわたった全容をば想い出しがたいものである。闇に沈んでしまったその記憶の部分は時とともにますます模糊たるかたちをとって、ついには漆黒のなかにかたちもなく消え失せてしまう。そして、そこに残るものは闇のなかに眩ゆい白光の輪を浮きだしている或る瞬間の印象の断片のみになってしまうのである。私達の回想がその第一歩を踏み出すのは、この闇のなかに白光の輪を浮きだしている印象の断片からであって、その光の輪が広ければ広いほど、私達の回想は持続的になる筈である。けれども、鮮やかに浮き出ているその白光の輪が、私達の過去の闇のすべてにまで拡がることは、まったくと云ってよいほどないのであって、その光の輪のはしは、やがて忽ちにして晦暗の闇のはじまりと相接してしまう。つまり、この光の輪はつねに謂わば孤独な断片として闇のなかに浮きでているのである。私達が過去を回想するときは、たいていの場合、闇に接したこのひとつの光の輪のはしで立ち止ってしまうのであって、さらに回想を続けるとすれば、闇の向うに新たな光の輪を浮きだたせている次の断片の位置へまで、謂わば不連続的に飛躍してしまわねばならない。ところで、さて、私達がその過去の回想をひとつの記録として書きとめようとするとき、私達の個々の印象の断片と断片とのあいだに拡がっているこの深い漆黒の闇の空間は、いったい、どのように処理されてしまうのであろうか。その処理の仕方は、各々の個人によって、幾分の差異があるであろうが、そこで殆んど共通に見られる事態は、ひとつの印象の鮮やかな断片からそれに近接した他の印象の鮮やかな光の輪までのあいだに、たとえ、手探りも不可能なほどの深い闇の拡がりが横たわっていようとも、私達はその両者のあいだをついに跨ぎこしてしまうということである。つまり、私達は闇の部分の暗い不確かさを感じながらも、ついに、一貫性をもとめる記録の執拗な要求に負けてしまうのである。そして、そのとき、見受けられるものは、過去の事実に於いては、二つの光の輪を結ぶ深い闇のなかにどれほどの紆余曲折の道がつらなり隠れていようとも、いまは思惟の経済の法則に従って、ひたすら最短の距離でその二つの印象を結びつけてしまおうとすること、また、その深い闇のなかでの私達の歩き方が仮構的《フィクショナル》になってしまおうとするということ、この二つのきわだって鮮やかな特徴である。つまり、言い換えれば、私達の過去の記憶の或る部分が闇に覆われているかぎり、私達は自身の裡に新しい映像をつくりだしてでも既知の部分をつなぎあわせようという冒険にとりつかれてしまうのである。そして、しかも殆んどあらゆる場合に、私達の記憶は暗い闇の部分を或る程度のこしているのであるから、私達の回想の記録がつねに或る程度の歪みをのこしているという事態は避けがたい。けれども、また、このことをさらに逆の面から言い換えてみると、私達が記憶の闇を遠望してみれば、そこかしこに鮮やかに点在して見える白い光の輪はその眩ゆい数を増やそうと絶えず試みつづけているのであって、私達の記憶の正確度なるものは、同時にまた、ひたすら、この印象の断片の多寡にかかってしまうということになるのである。

私達の記憶の性質がそうであるとして、さて、私達の歴史もまたこの暗い闇にかこまれた記憶に似ている。私達が、記憶の闇のなかに眩ゆい光芒をはなっている印象の断片のかわりに、白紙の上にさまざまに書き留められた個々の記録を置き換えてみると、たちまち暗い闇につつまれた大きな歴史のかたちを見ていることになるのである。ところで、私達はつねに部分であり、記録の照明が当てられる範囲はまことに小さく、たとえ記録者の視界がかなりの広角度であるにせよ、その時代のはしまで映し出すことはとうてい不可能なのであるから、正確を期するための多様な記録をここかしこから集めて大きく組合せてみようとするならば、私達からの距離がかなり遥かな位置にまで退き去ってしまったときはじめて深い闇をのぞかせた歴史のかたちを見ることができる訳である。多様な記録の光芒を闇のなかにたたえているこのような歴史のかたちは、謂わば、遠い光をはなつ星が動かぬ恒星となってここかしこにきらめいている深夜の暗い天空の彼方のかたちなのであって、ひとたびそのように遠く離れてしまえば、ところでさて、本来はそれぞれ異った質をもっているあらゆる記録の位置が殆んど一様に見えることになってしまうものである。私達がひとつの時代のなかを歩いている姿は、言ってみれば、ひとつのヘッドライトを前頭部につけて光の及ぶ範囲のなかをひたすら前へと突き進んでゆくかたちであるが、その動きの幅も、遠く離れて見るにつれて、ついには識別しがたくなるのである。ところで、もし私達がここで仔細な観察を深夜の天空に向ければ、動かぬ星となって遠い光をはなっている星のひとつひとつはやはりそれぞれに特有な運動をしているのであって、観測者に向って真直ぐに前進或いは後退しているものはそのまま停止して見え、斜めの線上を前方へ或いは後方へ運動しているものは僅かの角度横へずれて見え、そして、最後に、観測者に向って真横に運動しているものは、たとえ前二者と比較にならぬほど短い距離の移動を行ったとしても、著るしい角度横へ走り去って見えるという見掛け運動をしていることが明らかになるのであるが、遠い光をはなって動かぬかのごとき位置にある星が示すこのような見せかけの運動は、また、遠い歴史の闇のなかに浮んでいる個々の記録の上にも適用できるのであって、大きな歴史の流れのなかを、前向きに、或いは、後ろ向きに、また、斜め、そして、横向きに歩いている多くのヘッドライトが照らし出したあらゆる記録は、たとえそこに精と粗、確と不確があったにせよ、やや遠く離れて見ると、まず、満天に点在する星のように同価値に見えてしまい、さらに、より精密に観察するつもりになってみれば、却って、その置かれた状況の複雑さやまぎらわしさや名称の重さなどによって、思いがけぬ見せかけの運動に私達をさそいこみ、そして、屢々、私達を強く誤らせるに至ってしまうものなのである。例えば、クロムウェルの円頭党《ラウンドヘッド》の乱と洪秀全の長髪賊の乱を較べてみよう。後者は前者より二百年も隔たった後代の事件であるとはいえ、満州人の弁髪をやめて支那古来の長髪をたれようと意図したその風俗の特異性は、洪秀全の乱に暗く遠い封建的な陰翳を帯びさせている。ところでしかし、ここで私達が長髪賊という言葉をまったく捨て去って洪秀全が自ら命名した太平天国という名をそのままとりあげてみれば、その印象は忽ち驚くばかりに一変してしまうのである。つまり、洪秀全の太平天国の乱は厳格な清教徒であったクロムウェルの乱より遥かに理想主義的な性格を帯びて見え、しかも、その色彩は東洋風な穏やかな桃源の世界を現わしているかのごとくにさえ思われてくるのである。このような特殊な名称がもたらす歴史の見せかけの運動は、思いのほかに、私達のなかに鋭く食いいって、気づかぬ裡に固定したひとつの視界をつくってしまう。さて、記録は記録されたときにすでに或る種の歪みをもち、遠く離れるにつれて同価値になってしまい、しかも、また、その見せかけの運動によって私達をこのように誤らすとすれば、私達は屢々歴史のかたちを掌の上につくってしまうのではないのか。

小田切君の論文が一本の主導線となっている座談会『プロレタリア文学の再検討』にはじまる幾つかの座談会を読み辿っていると、そこに扱われている或る時代は私の見知っていた時期であるだけに、いくつかの感想が浮んでは消え去ったが、しかも、そのとき、遠い闇に浮んだ一点の灯火のように絶えず私の意識のなかに明滅しつづけていたひとつのものは、以上述べたような感慨であった。ともに、私の見知っていた時代の二三のことについて、微光を放つ遠い二三の星として、私自身もここに書き留めて置いてみようという気分にもなった。或る時代には特有な語感、特有な発想法、特有な雰囲気といったものがあるのであって、総体としてのそれらに支えられて、ひとつの言葉、ひとりの人物、一つの事件はそれぞれ独特な光沢を帯びてくるのであるが、それらの特殊な陰翳がまざまざと感得されるのはまことに僅かな期間だけであるらしく思われる。また、たとえ同じ時代に住んでいたとしても仕事の分野を異にすると、ちょうど野戦で戦線を異にしていたように、戦闘の内容がまるきり違って感ぜられ、そして、その感ぜられ方もまったく別の度合になってしまうもののようである。例えば、私と同じ時期に仕事をしていた平野謙は、不敬罪は治安維持法違反に較べて遥かに少なかったけれども、それに平行するほどあってしかるべきではなかったかという中野重治の意見を引用して述べているが、数字上はそうであったとしても当時の不敬罪がもっていた独特なニュアンスはそれだけでは明らかにならないのである。恐らく、私自身が不敬罪に問われなければ、私とても当時の不敬罪がもっていた微妙なニュアンスを知ることもなかったであろう。不敬罪は、党が天皇制の廃止というスローガンを公然と掲げてから質的に変化してしまったのである。

治安維持法関係の係官のほかに不敬罪専門の係官が独自にいることを、そのとき、私ははじめて知ったのであった。昭和七年の春のことである。そのとき、私達は不手際なことに四人ひきつづいて捕えられて、その当時の言葉で言えば、私達の部署は潰滅的打撃をうけたという具合であった。この事態については別に述べる機会があるであろうが、そのとき、私達の事件を担当した首の太く、短い、精力的な軍曹か特務曹長といった努力型の警部の心証を害して、私は暗黒の地下牢にでもほうりこまれたように長いあいだ放任されたままに打ち棄てられていたことがあった。思いがけぬユーモアを含んだその挿話についてもいずれまた触れることがあるだろうが、私が忌避されていたそのとき、暫らくたつと、そこにまったく別な係官が現われたのである。

その新たに登場した取調官は官僚組織のなかでは珍らしいような皮肉で懐疑的な眼付をした人物であった。取調べている相手をまったく信用していないことが、情熱に動かされることもないその無関心な態度から窺われた。彼は私の前に腰かけ、思いがけなく私が不敬罪にかかっていることを述べ、私達が出していた「農民闘争」という雑誌を数冊連れの補助官から取り出させて机のはしに重ねると、その裡の一冊をとりあげ、あちらこちらと頁をゆっくり繰りながらなにか秘密な文書でも見せるように半開きにした雑誌を斜めに覗かせて、傍線のひかれた該当箇所を私に指し示した。そこには、学生の本に見られるような黒い鉛筆でひかれた太い線が眺められた。私はその雑誌に毎号いろいろな種類の文章を書いていたが、主題として扱ったのでないそれらの章句は、いずれも短く、部分的で、ことさらにそれだけとりあげるのは殆んど無意味に近かった。傍線のひかれたその断片的な章句は、こんなふうなものである。――菊花紋章の前に赤旗が打ち立てられた……。天皇の名による裁判は、かくて無力になった……。懐疑的な眼付をした係官は、雑誌をこちら側へ向けてその傍線のひかれた文章を私に覗きこますと、反応でも見るように正面から凝っとこちらを眺めていた。その当時の運動には立入禁止、土地返還などにからまる法廷の闘争がかなり多かったので、そうした面に触れる文章も自然多くなりがちであったが、それにしても、分析された主題ではなしに、つけたりに過ぎない瑣末な小部分をとりあげて太い傍線をひっぱっているのは、非常に滑稽に思われた。ところで、この係官が皮肉な落着きをもった態度を示しているのは、法律のもつ現実との或る種の齟齬に彼自身も気づいている結果であることが次第に明らかになってきた。彼が懐疑的で皮肉であるのは彼自身の立場と仕事から生じたものであって、習慣が冷静と落着きをあたえているとはいえ、その仕事ぶりには一種投げやりな事務的といった相反するものの融合した趣きがあった。彼は手早く仕事を進めると、私の調書をつくってしまった。それは、掌のなかの毬の糸をするするとほどいてしまうような渋滞もない、手際の好いやり方であった。そして、それは、その後私が屢々心のなかで哄笑し、また、慨嘆した調書なるもののはじめであった。私は、それまで、調書とは、係官が容疑者を取調べてゆく逐次的な経過の記録であって、いってみれば、たった二人きりで部屋のなかに向いあった対話の厳密な速記録という体裁をとったものなのであろうと、漠然と推察していたのであったが、さて、自分自身が調書のなかの登場人物となってみて、あまりに想像とかけはなれているその独特の記録法に吃驚してしまったのであった。私がぶつかった凡ての体験によれば、それは、取調官と容疑者のあいだに交わされる対話ではなしに、取調官自身の独語の記録なのである。取調官はこちらに質問を発し、そして、驚くべきことに、その質問そのままがこちら側の誠実な回答として、調書に記録されてしまうのであった。恐らく、それは時間の経済として初め採用され、そして次第に固定化してしまった方法なのであろうが、この取調法によると、取調官は彼にとって既知であるところの事態のなかを前へ歩き進むのみであって、決して、その枠から踏み出ることは出来ないのである。例えば、それはこんなふうに行われる。この君の書いたものは、天皇の尊厳を傷つけることになるが、勿論、君は本気で書いたのだね、なんとか返事をしたって好いだろう。まさかひまつぶしに書いたのじゃあるまいし、本気なのだろう。うん、すると、それを本心から書いたのである以上、天皇制の否定というのが君の目的になっているのだね……と、こんなふうに取調官は話しつづけるのである。取調べられる容疑者というものは、自分から話すことは絶対にないのであって、たいていは返事もせず黙りがちで、やっと答えるときも、ええ、とか、いいや、とか低い声でひと言述べるのが普通である。そんな態度は、取調べられるという受身から必然に起る消極的な事態であるが、そこには同時に、出来るだけ言葉を少くして、相手の知っている範囲を測定し、相手の知らないところへは最後まで近づかぬように身を持そうとする防禦的な構えが含まれているのである。そして、相手が知らぬという気配はこちらにすぐ解るものであって、例えば、私とともに逮捕された一人物は私と毎日顔を合わせていた親しい間柄であったにもかかわらず、その後、捜査官が私達の関係を問い質したというただそれだけの理由で、ついに私達は互いにまったく見知らぬ間柄ということになってしまい、調書にそう記録されるに至った事例があった。

取調官にとっての問題は犯罪の成立にあって、事実の総体の認識ではないために、ただただ法に牴触する既知の部分だけを歪んだかたちでつなぎあわせ、そして、事件の核心をなしている重要な環を殆んどつねに脱落したまま進行してしまうことの調書なるものは、ひとたびこちらが取調べられる経験に遭ってみると、容易に信用しがたくなってしまうものである。それどころか、自身が審問に遭ってみると、環境と事情を異にする人間が取調べにあたり審問し決定する裁判なるものが一般的に信頼しがたくなるものである。ところでさて、長らくこちらと相対した取調官のお喋りが終了し、それまでの話を傍らの書記が調書に書きとめる段になると滑稽なことに、取調官のまとめあげる文章は次のようになってしまうのである。質問……その論文について申し述べよ。回答……はい、申し上げます。私は天皇の尊厳を傷つけるために、この論文を書きました。私はそれを本心から書いたのでありまして、その目的とするところは天皇制の否定なのであります。それは確かであります。……と、まあ、こんなふうに会話はまったく逆のかたちになって書きとめられてしまうのである。習慣になった事務的な表情でそんな文句を口述している係官とそれを記録している書記を正面から眺めていると、さて、その場がどんなに厳粛に装われていても、どうにも笑いを禁じきれないのである。私は対話するとき、なんという理由もなく微笑する癖があったが、こういう記録法を目前にして、いくたびともなく、その皮肉そうな調査官と目を見合わせて微笑した。黙秘権が一方にあり、そして、また、速記方式になった現在では、恐らく忘れられてしまった気分なのであろうが、二言か三言しか喋らない容疑者をすぐ目の前に置いて、こんな風に記録をまとめることは、たとえ習慣化しているとはいえ、その当時の調査官にとってはやはり精神を石のように保持しつづけなければ、出来がたいことに違いないのであった。私と目を合わせても皮肉な落着きを失わぬ係官はついに調書を仕上げて、その最後の頁に容疑者たる私の署名を求めた。私が署名し終ると、そこでまったく完成した調書の綴りを前に置いて、彼はこちらを正面から凝っと観察した。そして、机の上に置かれた筆を自身でとりあげると、調書の最後の欄へ、具申、として、太い文字を書きこみはじめた。私が机のこちらから眺めていると、彼は落着いてこう書いた。

改悛ノ情ナク、極刑ニ処セラレタシ。

そして、顔を上げた彼はまた私とゆっくり目を見合わせた。私の魂には、破局への情熱といったものがあって、極端なものへならなんでものめりこみたがる偏よった性質があるので、そこに書かれた極刑という言葉は私の気にいったのであった。私は彼と目を見合わせたまま、こう聞いた。その極刑というのは、死刑ですか。凝っとこちらをみつめている相手の眼は、一瞬、習慣になっている皮肉な色にもどりかけ、こちらの気負った無知を憫れむ深い気色をいっぱいにたたえると、不意に笑いだした。彼は私を前に置いたまま、長いあいだ憫れむように笑っていた。懐疑的で皮肉な人物が、不意に、憫笑と好奇をまじえた穿鑿に充ちた眼をこちらに向けるようになり、そして、そのとき、無感動な官僚の衣装のあいだから、経験を積んだひとりの年長者が一歩こちらに踏み出てきたのであった。君達はテロリズムの手段に訴えないから、重罪になることはないよ、と、彼はゆっくり言った。そうだ、軽過ぎるくらいだ、と冷笑をこめて断定すると、彼は自己の職業にとって面白からぬ当時の事柄を次のように述べたのであった。この頃目立つのは、不敬罪の急増である。直接行動に訴える事例は殆んどなく、ただただ文書によるもののみであるというのがその特徴であって、これは天皇制の廃止を唱える君達の宣伝が効いて来た結果だと思われる。お蔭で自分達は非常な繁忙に追われ、しかも、証拠物件がありながら筆者が容易にとらえがたいため、狙った部面から獲物が治維法関係であがってきたときは、その方面との連絡がたいへんである。ところで、さらにたいへんなのは、やっと容疑者をつかまえ、調べあげ、起訴して送りこんでも、と懐疑的な係官は憮然とした顔付で述べた、この種の不敬罪は裁判所で生かされなくなってきている傾向にある。せっかくの自分達の働きは、無駄なものとしか思われない状態である。君達は治維法を悪法だというが、君達が天皇制廃止を唱えはじめたため却って逆にだんだん不敬罪はやすくなって、治維法一本のなかに解消してしまう趨勢になってしまったのだ。不敬罪専門の自分達としては忙しいばかりで、まことに張り合いのない時節なのである。彼はこちらを正面から眺めながら、そんなふうに話し終ると、隠さぬ自嘲をまじえた皮肉な眼付にもどって、さらに、こうつけ加えた。僕は君を極刑に処したいんだけれど、しかし、裁判官が君をどう扱うかはまったくあちらまかせさ。そして、この情熱に駆られない官僚の告白と予想は誤りもなくあたっていた。不敬罪と治維法違反の二本立てで起訴された私が、判決を受けたのは、ただ後者だけについてであった。菊花紋章の前に赤旗が打ち立てられたといった不敬罪の起訴状は宙に浮いた白紙の断片のように、そのとき、法廷の審理のそとへ形もなく消え去ってしまったのであった。とはいえ、それにしても、もしその断片の筆者が治維法にかかった被告の一員として法廷に現われたのでなければ、瑣末な無意味と現在思われるような文章でも不可触な神聖を不遜にも冒したものと見做されていたその時代、当然のこととして、ただ単独の不敬罪の名によって判決されてしまったに違いなかった。それが当時に於ける実際なのであった。さて、起訴は数多く、しかも、判決は数少くなっている統計の裏に隠れている意味は、このように、不敬罪が並列的な位置を失い、他方、治維法にかかったもののひきうける罪状の範囲がひたすら拡がってきて、不敬罪の殆んど大半をもはや重大な価値をもたぬものとして苦もなくのみこんでしまったという趨勢からもたらされたものであって、そして、この趨勢をつくりあげたものは、天皇制の廃止というただひとつのスローガンの公然化にあったのである。

歴史のなかには或る期間にわたってひとつの名称が生きつづけている。そして、その内容が屢々変化したまま同一のもののように受けとられている場合が少くないことは、こちらがその周辺へまで近づいてみれば明らかになってくる筈である。ところで、或る出来事のもつ特別な雰囲気は、恐らく、その時代全体の雰囲気に支えられているのであって、その時代が過ぎ去ってしまえば、もはやそのような色彩と匂いを総体として再現する如何なる術もないのかもしれない。とすると、私達は事実アルファから虚像オメガのあいだに、私達の置かれた時代とその位置に従って、幾つかの後代の意味を次々と投げこんでいるのであって、時が移り行くにつれてそれはまたベータ、ガムマ、デルタ……とひとつの点をめぐって移り行く連鎖のかたちを無限につくりだしているのかもしれない。事実、その時代の雰囲気のまったく消え去った遥か後代に、大きな範囲にわたって鳥瞰される歴史がはじめて書き上げられることは当然であるから、そこに、一つの時代の複製ではなく、後代の望遠レンズの手持ぶれによる或る程度の白と黒の構図の歪みを見ることはまた当然なのである。確かに、それは遠隔物の観測に際してついに避けがたい種類の誤差なのであって、幾次かにわたる他日の修正をまっている筈である。さて、そうであるとして、けれども、そこにはまた別に、永遠の無修正ということもなくはないのであって、もし遠くから観測されたまま仕上げられた一枚の拡大写真の傍らにひとりの目撃者が立ってそれを覗きこむ破目にたち至ったとしたら、そのとき、彼はその心裡に一種不思議な戦慄の走るのを覚えざるを得ないであろう。歴史はかくのごとくにしてつくりあげられるのか、というのが恐らくその目撃者のいだく深い感慨であって、彼は名状しがたい憂愁と暗澹の気分なしにそこを立ち去ることはできないであろう。歴史は憂悶のこころを抱いた数多くの目撃者の沈黙をのみこんだまま、轟々と過ぎてゆく。未来の歴史が或ることを証明する程度以上に、また、歴史は或ることの核心に永劫に触れることなくして過ぎ行ってしまう。恐らく、未来の歴史は、私達の現在の手持ちを整理してしまう唯一の切札なのであろうが、それにしても、もし真黒なスペードのエースからキングに至るまでが過去の暗黒のなかに防塞のようにずらりと並べられれば、私達の伏せられた札を起す力はなくなってしまうのである。そして、未来の歴史は、必ずしも私達の証明者たり得ない、それが或る目撃者にとっての痛ましき確信となってしまうのである。この場合、暗黒のなかに封じこめられて永劫の掌に渡されてしまう経過は、必ずしも、時の忘却のみにゆだねられているのではないのであって、ひとつの時代が言い合わせて口を噤むという奇妙な事態によっても惹き起されることを注目すべきであろう。或る時代には誰にも感じられ、片隅の会話のなかで繰り返し語られながら、しかも、公けの記録にのぼせられることがタブーになっているような一種の暗黒物質が或る時代にはあるのであって、その時代の隅々まで流通していたにもかかわらず、それは、次の時代からはまったく認められずに視界から消え失せてしまうのである。その場合、言い合わせて口を噤むのは、ただ萎縮によってばかりではなく、同情による隠蔽から、さらにまた、なんとなく気がつかぬ盲点に置かれる場合まで含んでいるのであって、歴史のもつ陥穽の種類は後代の思いもよらぬ広範囲にまで拡がっているものである。

そして、その当時には悪意もなく、おもちゃにされて伏せられたものも、子供がほかのことに気をとられ立ち上ってしまったあとには、もはや発見されることもなく永遠に見捨てられてしまうのである。

還元的リアリズム

私の文学上の方法と立場を自ら命名してみれば、《還元的リアリズム》とでもいうべきものである。私は、自分が置かれているこの現実の直接的反映を私が構築した世界のなかへ持ちこまないことを、殆んど絶対的な原則としている。換言すれば、私は模写説の上に立たないが、それには次のような理由がある。

私はものごころついて以来、電車から窓のそとを眺めることに、つねに拭いきれぬ暗い憂鬱を覚えてきた。たとえ何処を通っても、軌道の継目の上を弾む車体の震動とともに胸の中で鳴っているのは、貧民窟、貧民窟、貧民窟……という無限に呻きつづけるひとつの痛憤の繰り返しであった。この印象は、私の胸のなかに傷のように刻みこまれて、そとを歩くときそこらじゅうに爆弾でも仕掛けながら歩きたいような気分の医しがたい基調にすらなってしまった。その後、青年期に獲た思想の大きな枠のなかにそれはひとつの可変的な部分として整理され、置かるべきところに平静に置かれたかたちになったが、そうなっても、勿論、胸のなかで口をあけた深い傷が跡もとどめず消え失せてしまうという訳にはゆかないのである。時折、いてもたってもいられぬような無性に狂暴なものが嵐のように胸中を吹きぬけるとき、より大きな打撃でも将来に用意するかのように絶えず何者ともしれぬものに向って、待て、待て、と当てもなく呟きつづけるのが私の癖になってしまっている具合であった。ところで、さて、このことはさらにその後、私がひとつの手段として文学をとりあげたとき、抗しがたい至上命令とでもいうべき一種奇妙な作用を私に及ぼした。私は、薄汚れた貧困に由来して謂わばみみっちいかたちで現われてくるあらゆるものを、たとえそれが興味深い卑小にせよ、また、たそがれの悲哀へのきざしをもった何かにせよ、私の作品のなかで検証さるべき素材としてとりいれることを片意地に拒否した。私の胸のなかで鳴っている或る種の震動板がまずそれを頑強に拒否し、そして、つぎに、青年期にあらゆるものをのみこもうとして大きな枠を張った私のなかの理論は、たとえ本来的と見えるほど頑強にせよやはりやがては消滅し変貌してしまう過渡期の現象に過ぎないそれを私の操作箱のなかにいれこむことに新たな実験価値がないと明らかにすることによって、その私の拒否を謂わば『理論的』に支持した。つまりそこには二つの面があって、一方では、痛憤を背後に隠した或る種の病的な潔癖症が強烈に働き、他方では、変貌しゆくものの移り変りの一齣一齣にわたる微細な未来図までが、本多秋五の用語法をもってすれば、「すっかり解ってしまった」ので、それを巨大な奥深い空間である白紙の上にいまさら置き並べて考えこんでみる情熱をかきたてられなくなってしまったという具合なのであった。かくして、私が文学上の操作と考察にとりかかるかぎり、私の眼前にある巨大な現実から、見る見る裡に忽ちにして、社会の巨大な部分が姿を消し、欠落してしまうことになった。私の痛憤の度合にまったく照応して、それは強烈な海嘯のように後退し、欠落したのである。人間の微小と偉大、苦痛と闘争、屈辱と歓喜のすべては、従って、最も端的なかたちで、自然のなかに置かれた人間の立場、精神と精神のみが向き合った社会の立場、自己に向き合った自己の立場——それらのなかで追求され、検討されねばならなくなった訳である。ところで、しかし、勿論、それらの立場は現実社会の巨大な部分をひき去られたのちには謂わば凹んだ球面として残されている訳であるから、それらを純粋なかたちで、ひとつの渾然たる全体として見たいと思うならば、まず、それらを組立てているそれぞれの素材をその原質へまでひとたび還元し、そしてそこから逆に、さらに、還元された各部分を強烈な粘着剤、つまり、《凝視によるリアリティ》によって、相互に緊密に支え合うようなかたちに積み上げて行って、ついに、それらの全体の単一な再構成へまで辿りゆかねばならぬのである。私の文学上の課題が、現実社会の巨大な部分をひき去られたのちの謂わばX現実のなかで検証されなければならないということの意味は、《凝視によるリアリティ》つまりヴィジョンの法則の上を歩一歩と辿りゆくこのような還元と再構成の過程のなかに、私の揺れ動く精神が置かれねばならないということなのであって、そのかたちは、さながら、溶解、濾過、凝集の経過を辿る透明な流動体のなかにやがてひとつの小さな白い結晶が現われてきて、次第に確固たる空間を占めて拡大してくるかたちのごときものである。そのとき、もし私がヴィジョンの法則の上を厳密に、そして、徹底的に辿らないならば、つまり、私の課題が単なる思いつきにとどまるならば、そのようなときには、私の前に現われてくる結晶はひとつの架空な空間を占めて涯もなく拡大してゆく潜在的な力をついにもたないであろうことが確実である。目に見えぬ風に吹きちぎられた一枚の葉がひらひらと空間を漂って水面に落ち、半透明な水中をゆっくり沈み行って、沈殿物の重なった底に横たわったまま分解しはじめてゆくその過程の向う側に同時にまた身を起して音もなく揺れのぼってゆこうとする一枚の鮮明な葉を認めること、このような現実から任意にひきちぎられたものの還元の底からの変貌のかたちは、その素材が嘗て支えられていた法則への凝視が極度に徹底的でなければ、また、変貌の第一要因であるリアリティをもちつづけることができないのである。

或るもののその原質へまでの還元と、その還元の底からの再生についてそそがれるエネルギイは、恐らく、同様な苦痛と緊張の幅をもっているが、そのかたちの移り行きは、謂わば両者の矢印しの方向が正反対であるごとくに、かけはなれた差異をもっている。ここに羽をむしられて裸かになった一羽の鳥が横たわっていると、やがて、裸かになっても翼を空にはばたこうとする姿勢のまま死んでいるかたちが次第にはっきりしてきて、そのかたちの向う側に、ピンで背中をつきさされたまま懸命に羽を顫わせて標本箱から飛び出そうとする一匹の昆虫の悲劇的なかたちが見えはじめ、そして、さらにその奥に、滑らかな硝子の面の上を這い動いているひとつのアメーバが隣接した紙のざらついた面へのぼりかけて思わず身を引き、その偽足を空に不意に持ち上げようとする瞬間のかたちが覗かれるようになってくる。ところで、このような還元をつきつめて行った暗い底部にさて立ち止って、殆んど動きもなくなった或るもののかたちを飽きることなく凝視しつづけて、そこに、ついにまったく新たな《飛翔の原型》をさらに逆に見出す操作が再生の部面なのであるが、その底部からの出発点にはまずなんらの動きも認められぬ。言ってみれば、この再生への出発は水晶凝視に似ている。私の前にはなにものかの還元の底部がある筈であるが、透明な結晶のなかにはそれと目にとまるようなかたちの動きもなくまたその内部からやがてあるものの機能が働きでてくるような気配もないのである。このようなものの凝視は、眼前に置かれた水晶の内部の凝視といっても、また、暗い頭蓋のなかの仄明るい遠い一点の凝視といっても同じである。再生の出発点に於ては、私の前にあるのはもはやなにものかのかたちではなくして、謂わば飛翔の意志を秘めたひとつの透明な胚種のみなのであるから。従って、私は、あらゆるかたちの動きを原型の方向へひきもどされて行ってついに動きを見せなくなったその一点を、飽くことなく凝視しつづけ、もしそういい得るならただ私の凝視のエネルギイの渦動によってその一点を動かし、発芽させ、成長せしめなければならないのである。そして、この再生の出発点に於て私が持っているのは、滑らかな硝子の面からざらついた紙へのぼりかけたアメーバが思わず身をひいてその偽足を不意に空へ持ち上げようとした瞬間の鮮やかな記憶と、還元に際してとられた法則は再生に於てもまた適用し得る厳密な原理であるに違いないという確信の二つだけなのである。

さて、私は凝視する。机の上に頬杖しているときは、眼前に置かれた透明な水晶の内部を、そして、腕を背中に組み合わせて部屋のなかを歩きまわっているときは、頭蓋のなかの暗黒の空間を覗きこんだまま、もはや眼をそらすことも出来なくなるのである。凝視のみが与えられた胚種を動かす渦動力であることを知っている私は、何物も認められぬ奥深い底点に向いた姿勢を、たとえ、永劫の時間のなかに立たされようとも、持続しなければならないのである。すると、私がふとぼんやりした瞬間から立ち戻って頭蓋のなかを眺め直してみるとき、ひとつのぼんやりしたかたちが暗黒の奥に身をひそめるように横たわっているのに気づいて、愕然とする。そのかたちは、例えば、地上に死んだまま横たわっている或る種の胍に似ているようにも思われる。恐らく、この瞬間から——私がなにものかの胚種のかたちをぼんやり認めた瞬間から、私の凝視は、いってみれば、意識的な努力と苦痛を積み上げるようになるのである。私は、凝視のエネルギイで横たわった𠘑を起こそうとする。或る瞬間、ふと𠘑が一方の肩をあげて接触した大地とのあいだに僅かな空間を展き、そして、二三度身を揺すったと見るまもなく、また、身を伏せてしまうかたちが、動かぬ透明な死んだ𠘑のかたちの上に、二重映しになって見えるように思われる。私は思わず強く力をこめて右肩を斜めに挙げる。そうしたエネルギイの集中によって、さながら、頭蓋の暗黒のなかに遠く横たわっているひとつの物体に自在な浮揚力が備わるかのように。けれども、私が力をこめた右肩を前に乗り出させて見据え直してみると、身を伏せて死んでいる𠘑は身動きもした気配もなく、永劫のなかで身を伏せているように、凝っと前のめりになったまま動かないでいるのである。私は、また、永劫の出発点にもどる。私は、絶えず、永劫の未発動の出発点にもどる。このような爪立ちのみ繰り返す時の経過のなかで、私の前に置かれた透明な水晶も、私の頭蓋のなかの暗黒も、なんらのかたちの動きをも産まず、永劫の苦痛のなかに停止しているように思われる。すると、或る瞬間、目に見えぬ隙間風に這いこまれて僅かに肩のはしを上げた𠘑がくりとまた前へのめり伏そうとするとき、思わず、手許の紐をたぐるふうに後ろへのけぞって細い一筋の糸を糸車を廻すように切目もなく手早くひっぱると、不意と面《おもて》をあげて正面に立った𠘑がするすると五、六寸こちらへ近づいてくるのに気づいて、全精神がさっと飛び上ったような思いもかけぬ強烈な衝撃に敲たれる時間がやってくるのである。抵抗と顚覆が均衡した境い目のなかで風に立った𠘑の姿が、そのとき、鮮やかに私の正面にある。この瞬間から、私のもつ全エネルギイの内容が験されるのであって、もし私に或る重さをもった思想を空に保持する力がなければ、やっと私の正面に立った𠘑は枠から脱けでたように不細工によろめき倒れてしまうのである。しかも、やっと面をあげたこの凧がゆらゆらと地を離れて浮き上って、そして、さながら生きる力をもった或る種の動物のように自らの力で自在に飛翔しはじめてきたかのごとく見えるためには、その受ける風圧への抵抗、つまり、目に見えぬ糸を伝って送られる私の思索と感性の全エネルギイの緊張が、一瞬の欠落もなしに、宙天へ向って築き上げられねばならないのである。私のなかのなにものかが凝視のなかで成立すること、そして、凝視がまた進展であり、展開でもあることの意味は、このように、私という主体のエネルギイがあらゆるものの微細な部分へまではいりこんで相互に衝突し重なり合って渦動することなのであるが、凝視のこちら側にもあちら側にも主体のエネルギイ以外になにものもないことを考慮すれば、そこにあるのは与えられた思索と感性の互いを推しあった自己変貌のかたちにほかならぬともいい得る。思索への抵抗によって浮揚した凧が樹木の梢すれすれにかかり、青空に浮んだひとつの小さな白い綿雲の下へ昇ってゆくとき、また、自身のなかへ重く沈んでのめり倒れるように歩いてゆくひとりの人物が高く立った一体の樹にふと目をとめ、遠い青空の彼方に浮いている小さな綿雲を眺めて、胸を高く起こしてゆくとき、それらはそこにあるから描かれたのではない。また、主人公の向う側に背景として一本の樹と一片の雲が描き足されているのでもない。それらはそれまで何も見えなかった透明な中心の底部からこちらへ歩み寄ってきた何物かである。つまり、それらは作者の精神の或るかたちとして、私達の前に置かれた胚種の自己拡大のかたちとして、作の意味として、謂わば凝視のなかから自己出現してきたのである。私達の主人公が前方へ進むにつれて、移動するカメラに何物かが近づき拡大されてくるように、それらは殆んど不意に現われてくるが、けれども、といって、ここに主人公があり、かしこに風景があるといったようなものではない。それらすべてが互いに互いを支えあって、そこにはじめて凝視された世界の精神と意味のひとつにまとまった輪郭が次第にぼんやりと出来上ってくるのである。さながら一本、一本の線がガラス板の上に全体としての何物かの映像をぼんやりと示してくるように。

もし私達がさきに述べられた還元の過程に見受けられる操作、羽をむしられて横たわった裸かの鳥の上にピンで留められながら標本箱から飛び出そうとする昆虫を重ね、さらにその上に、新しい環境へ移りかけて不意に偽足を持ち上げようとしたアメーバを重ねてゆく幾次もの操作を《二重映し》の方法と呼ぶとすれば、還元の底からの再生の過程に於けるこのような自己出現のかたちを《枝を延ばす現象》というふうにでも名づけて置くことが出来るだろう。このような分岐運動がなければ胚種は成長し得ぬことはすでに明らかになったが、さて、ところで、私がそこへ注ぎこむエネルギイは私自身の生と存在の全体から汲みとられたものであるのだから、その胚種の枝を延ばしゆく現象が、裸かの鳥やピンで留められた昆虫や偽足をもちあげるアメーバなどの重なりあった種類の《飛翔の原型》に関するイメージにとどまらず、精神と精神の対立を極度にはりつめて行った果てに於ける或る種の革命の分析のかたちが現われても、また、ひとつの銀河宇宙が或る種の巨大な潮汐作用のなかで微塵となって拡散しゆくかたちが現われても、そのいずれをもまた不当な成り行きと呼ぶことはできない。貯蔵された主体のエネルギイが充実した荷重をもって枝を延ばしてゆくかぎり、その延び行った凡ての果てをそれ自身の体系に於いて至当と呼ばざるを得ない筈である。このような立場を自身の立場とすれば、その立場にとって、与えられた現実は、それを写すべき帰結点としてあるのではなく、ただ単なる一出発点としてのみ在ることはもはや明らかであろう。そのとき、ちょうど私の前にひとつの胚種、ひとつの光源、ひとつの水晶が置かれてあるように、あらゆる存在を包括した現実の前には、謂わば、一冊の本が置かれてあって、さながら、或る種のフィルムを逆回転したように、その一冊の書物のなかに未来をも含めた現実がするすると吸いこまれてしまう筈なのである。そして、このような一冊の書物に向き合うことは、恐らく、そこに坐って目を見開いたまま首尾一貫せる白昼夢を見つづけているに等しいことであろう。そうである。私はさきに、文学的なもってまわった言い方で、還元的リアリズムなどとこの立場を名づけたが、より単純にいえば、それは、首尾一貫せる白昼夢、と呼ばるべきものなのである。殆んどあらゆる夢が飛躍と錯綜を孕んでいて首尾一貫性をもたぬが、まだ一字も記せられていない純白の書物に向いあったこの白昼夢は、絶えず展開の厳密性という性能検査を受けなければならない点で単なる夢想と異ならざるを得ない。つまり、私は、屢々、横へ逸脱し、また、未来へ向って何米、何百米かは先走りせねばならぬが、その跳躍の仕方は、ファンタジィではなく、ひたすら、ヴィジョンの法則によらねばならないのである。

私達がそのなかから脱出できない現実に、歴史と文学の殆んど凡てが立脚している。私達が現実のそとへ出られないとき、そこに扱われるのがひとつの事実にせよ、また、ひとつの魂にせよ、その共通項が記録性ということになるのは当然であろう。私達が白紙の上になにごとかを書き留めて置く手だては、勿論、歴史にはじまるが、さて、通常、歴史と文学のあいだの距離は背中合せになった博物館と劇場のあいだの距離でしかなく、階段を降りれば直ぐ隣りの建物へはいりこめる具合になっているのである。そこに見られる著るしい差異は照明法であって、一方、均一な照明が部屋全体へおとされている博物館の部屋では弓や矢や重ねられた衣裳などの死んだ資料が互いに動くことも出来ず並べ合わされており、他方、劇場の舞台では仮装のなかに登場してきた人物は鮮やかな照明をその一点に当てられるためどうにか動いてみせずにはいられぬ具合になっているが、そうした差異を格別とりあげずに両者を見較べてみると、両者とも同じ色調、同じ装飾によってその全構図を覆われていることが、一見にして明瞭である。それらはともに、嘗て在ったところのもの、将来も在り得るだろうところのもののなかにある。そこでは、与えられた枠は、果してそれ以外のものとしてあり得ないのであろうかというような疑念、思いつき、反省など、勿論、毫末もないのである。そこでは、この世界は、永劫に、この世界であるのであろう。さて、ところで、歴史と文学の跨ったこのような世界の現実が終ってしまいそうな極端な果てまでもし力をこめて自身をひっぱり得れば、或る境界を越えようとしてつき当った激しい横ぶれに眩暈すると思うまもなく、一瞬にして白昼夢を覗きこむことになるのであるが、現実の保証と再認のないそこでは、本来、如何なるかたちの伝達も記録の意味をもたなくなってくる筈である。恐らくその印象は怖ろしいほど鮮やかなのであるが、それは、それを見たものにしか存在しない性質のものである。従って、現実に保証されないそれは語りにくく、たとえ、そのなにかを語り得たとしても、再認され検討される記録としての価値をもつことなく、ただ脳裡を掠めゆくなにものかを或る瞬間喚起し得るに過ぎないといえる。謂わば現実生活からの或る種の剰余物であるそれは、屢々、無限の憧憬的価値を賦与されるが、それは価値を零と置いた上でのハレーションが遠望されることによって幻視されるのである。ところで、ここで私が注意しておかねばならぬことは、私の白昼夢が首尾一貫せる白昼夢であるということであって、ある境界を越えようとして、しかもなお、それはこの現実を組立てている根源の法則から脱出したのでなく、謂わば宙天に架かった風の紐のように法則の厳密性の無限の連鎖によって遠くつながれているのである。それは幻の夢として何処かへ飛び去ってしまうのではない。むしろ、この現実をその根源から組み換えようとする絶えざる努力が、同時に、風圧に抵抗する凧を宙に支えておこうと試みているのであって、たとえ目に見えぬほど細い一線によってにせよ、それは巨大な現実の基礎の或る一点とつらなって牽かれている。その故にこそ、遥かへ飛びゆこうとする遠心力の描く円は或る境界に沿って激しく横ぶれするのである。そして、同一法則の厳密な適用というこの基本があるために、私は、その白昼夢に敢えてリアリズムという規定を附したのであって、もし私に幾分の図式的な表現を許してもらえるならば、事実への回想とそれに隣りする虚構への努力に、それぞれ、帰納的リアリズムと演繹的リアリズムの名称をおくり、そして、ずっと力をこめてひっぱった遠いはしにこの還元的リアリズムを置いておくのが私のリアリズムの構図になっているという具合である。

このように自身を遠くの極点までひっぱったところでひとつの白昼のヴィジョンを覗くのは、所謂ヒューマン・ドキュメントとしての文学が現実の枠のなかに置かれた人間の悲痛をつづられた白紙のなかに含蓄せしめるのに対して、敢えていってみれば、枠を飛び出そうとして横ぶれする人間のエネルギイの幅を、希望に充ちた飛躍から絶望の果てのやけのやんぱちの領域に至るまで、また、起り得た筈の現実の横の側とついにやってこない未来の側のなにものかについても、ひとつの仮設によって検証してみたいからにほかならない。ちょうど風洞の縁で絶えず風が鳴っているように、私達の現実の枠をかこむ境の空間ではついにかたちをなし得なかった、また、ついになし得ぬだろう何かが奔出する人間のエネルギイとして絶えず鳴っているのである。

死んでしまったものはもう何事も語らない。
ついにやってこないものはその充たされない苦痛を私達に訴えない。
ただなし得なかった悲痛な願望が、
私達に姿を見せることもない永劫の何物かが、
なにごとかに固執しつづけているひとりの精霊のように、
高い虚空の風の流れのなかで鳴っている。

もしひとたび白昼夢を覗いたならば、その眩暈する果てまで眺めつづけていなければならぬ。この世界にない筈の、ついにかたちをなさないところの、何処かの地点から他の何処かの地点まで首尾一貫したリアリティをもって歩き通そうとするならば、事物の本源へひきもどって行ったその圧縮された力だけ他方の極端へ向ってつっぱしる苦痛を担って歩いてゆかねばならぬ。還元の底へ辿りゆく足取りも再生への積上げもただ凝視によってその第一歩を踏み出されねばならぬ。そして、この広大な現実の枠の境から、擡げ得ぬ体を擡げる緊張の持続のなかに、なにものかをそこに覗かねばならぬ。そうすれば、そこに求めさぐられるものが、在るものへの或る種の感銘ではなく、在ってよかった筈のなにものかへの或る種の無限感となることも、至当な成り行きといわねばならぬ。この種の内的自由は、恐らく、迷妄とすぐ隣り合わせているのであろうが、法則の厳密性という目覚めた紐がそこにつねに働いているため、そのとき、私達の凧は糸の切れた凧として混沌の彼方へ飛び去ってしまう訳にはゆかないのである。つまり、この種の内的自由は、つねに謂わば宙天に停止してぶるぶると震えつづけている強い歯ぎしりの裡にのみある。ところで、たとえ糸の切れぬ凧として中空に浮いているとはいえ、本来、伝達のなしがたいこの自らのみの白昼夢が何故その仔細を他に示されねばならないのか。恐らく、その向けられるところは同じ類の白昼夢を負っているものだけに限られているとして、さて、その同類のあいだで交され得るのはなにほどのことか。その最後の問いに答えるべきこの白昼夢と他のそれとのつながりは、ただそこにカントの《フィロゾフィーレン》と同じ意味合いの生産的思考がいささかでも喚起されれば足りるというべきであろうと思われる。そうとすれば、その目的には一篇の哲学論文をもってしても足りるであろうが、しかし、この私達の生産的思考は、見渡すかぎりの曠野にハードルを置き並べた競争のように無限の条件が設定される白昼夢のなかで験しつづけられるのでなければ、またその微妙な陰影と背景を浮き出すことも出来がたいであろう。私の白昼夢はいささかの生産的思考を他の白昼夢をいだくものに喚起させれば、それで足りる。とはいえ、そこにもし、私と他とさらにつづく他の白昼夢の長い系列がたとえ断続的にせよ次々に辿りゆかれれば、ただに自己についての陰画に似た理想型のみならず、さらに、達成し得ざる宇宙の理想型へまで遠く辿り着かねばならぬのがこの種の白昼夢の運命であるに違いないと思われるのである。

アンドロメダ星雲

病気がよくなってきてもまだ散歩ができない頃、夜、家の前の通りへでて、暗い空を仰いでみるのが癖になった。私にその癖ができはじめた頃は秋で、大きなペガススの平行四辺形が西北の空に架かっているのが、夜更けには地平に近く下って、それを見ると、自身にも名状しがたい楽しさが覚えられた。私はペガススの平行四辺形に向き合うと、何時も、アンドロメダの大星雲を確かめようとした。ところが、このアンドロメダの大星雲こそは、私にとって、最もとらえがたいかたちなのであった。位置は解っていた。アンドロメダは僅かに彎曲した一直線で非常にわかり易く、そのβから垂線をひいた先に大星雲がある筈なのであったが、それがどうしてもはっきりしなかった。いや、だいたいその位置に星はあるのである。だが、それが星雲とはどうしても見えないのである。

私は近眼なので日頃はかけていないのにわざわざ眼鏡をかけ、その上にあまり倍率の大きくないオペラ・グラスをあてているのが、星を眺めるときのいでたちであった。私の頭のなかには六十度ぐらい傾いたアンドロメダの渦状星雲の写真図があって、眼の前のオペラ・グラスに映る光を重ねてみるのであるが、それがどうしても円盤状に拡がっては見えないのである。都会では地平に近い周辺にかなり強いハレーションがあって、地平の僅か上方を横切ってゆく星は、容易に認めがたいものである。例えば、竜骨座のカノープスは、冬、オリオンが東から西へ移ってゆくのを追って、真夜中過ぎまで幾度も外へ出てみなければ、見る機会が殆んどないのである。凍りついた澄んだ空にオリオンの三つ星とシリウスが地平に平行になり、さらに逆になるほど傾いて西方のかなり高い空に架かったとき、ようやくシリウスに匹敵するほど眩ゆく輝いているカノープスを下方に認めて、ほっと安心する。それはすでに数時間前、地平から現われている筈なのであるが、都会の周辺ではハレーションの拡がった層のなかに沈んでいて見られがたいのである。ところで、アンドロメダはこのような場合と違って、殆んど天頂近くを動いてゆくので、それが認めがたいことは光度が低いことを示している訳である。私はβから幾度も線を引いて、ようやく、ぼんやり霞んだ光の部分に視点を固定し、そして、何時も、レンズのなかを覗きこんでいる前頭部からこめかみへかけて奇妙な腹立たしさを覚える。星座図によればこの大星雲は肉眼で認められるふうに示されている。ところが、私が近眼であり、また、このオペラ・グラスの倍率がわるいにせよ、暗黒のなかに集った光の微粒はまことにたよりなくぼんやりと霞んでいて、この私が覗いている微光の集団がアンドロメダの大星雲なのだな、というはっきり対象をつかんだ鮮明で強烈な印象が私のなかに起ってこないのである。私はこの倍率の低いオペラ・グラスで土星を見ることがあるが、斜めに傾いた環と土星がひとつの白熱した凸レンズのように眩ゆく見え、やはり、肉眼とは違った感興を呼び起すのである。それを思うと、黒いオペラ・グラスの鏡胴の向うに霞んでいるこのぼんやりした光の拡がりは、暗い空間のなかに大きく旋回しているあの写真図のアンドロメダ星雲とどうしても結びつかず、凝っと眼をこらして長く眺めていると、頭蓋の奥で小さな苛らだたしさが疼いてくるようにさえ思われるのであった。

このように苛らだちながらも、私が絶えずアンドロメダ星雲を眺めるのは、それが私の想像力のひとつの起点となっているからであった。写真図のなかに拡大されたアンドロメダ星雲は斜めに宙を切っている壮大な円盤であるが、角度が縦に向き過ぎていて旋回している腕のかたちが充分に見られないため、その美しさは大熊座の渦状星雲に遥かに及ばない。けれども、私の想像力にとって重要なことは、このアンドロメダ星雲がわれわれの銀河系のすぐ隣りにあって、謂わば双子のように殆んど同じかたちで並んでいることである。もし少し離れた空間に漂いながら、このアンドロメダ星雲とわれわれの銀河星雲を眺めてみれば、そのそれぞれの直径は約十万光年、相互の距離は百五十万光年であるから、直径一寸の白熱した小さな花火が二つ、一尺五寸の距離を隔てて、暗黒のなかに浮いているのを見る訳である。この距離の比は、やや離れた連星のそれに似ている。もしわれわれの地球を直径一寸の円球とすれば月は約三分の小円球となって三尺隔たっているのであるから、アンドロメダ星雲とわれわれの銀河星雲との関係はこういう言葉がもし使えれば、月と地球より遥かに密接ということになるのである。私の頭蓋の闇のなかに浮んだこの二つの眩ゆい白熱レンズの動きを、ところで、さらに刺激して想像力を駆りたてる出来事が私の寝こんでいる病中に起った。ローカル・グループの理論である。

嘗てまだ年若い頃、ものごとを思索しはじめたばかりのとき、私は戦争の円周運動の方が天文学の円周運動より遥かに早いだろうと考えていた。この円周運動というのは、私が自身とだけ問答するときに使う自己流の用語であって、部落のあいだの戦争から氏族のあいだのそれへ、そして、氏族から封建領へ、さらに、封建諸藩から民族国家へ、そしてさらに、国家から国家群へと地域の拡がってくるそのかたちを、池の真ん中にひとつの石をほうりこんでできる波紋が幾つも輪を描いて次第に大きく拡がってゆくかたちになぞらえた使用法なのであった。大きく拡がった波紋がやがて岸へ到達するように、地上に拡がってゆく円周もそれ以外たり得ぬ自然の法則に従ってやがて地球の円周と同じ大きさになり、そして、ついに、それをつきぬけて拡がってゆくより仕方がないのであって、そのときに、戦争は自動的になくなるのであろう。そして、まだ若かった私は、他方の円周運動をこんなふうに考えていた。大きく拡がった波紋が岸へ達すると同じような天文学上の円周運動の果ては、恒星の彼方の暗黒の空間へ出てしまうことなのだが、そこにはあの厄介な無限という問題が潜んでいるから、この方はなかなか容易ではないのだろう……。ところが、年若い頃の私の予想は忽ちに打ち破られてしまったのである。天文学は太陽をめぐる遊星についてばかり重味のある思索を数百年にわたって費やし、恒星については殆んど足踏みしていたが、ひとたび、夜空にきらめく恒星のすべてが千億箇のそれで形づくられる銀河星雲の部分に過ぎないことが明らかになると、忽ち、恒星の彼方の暗黒に飛びだして、或いは楕円状、或いは渦状の星雲が驚くべく広大な茫漠たる空間のここかしこに散らばっている島宇宙をその課題にするに至ってしまったのであった。それは宇宙論の好きな少年として私が天文学の本を覗きはじめた頃を一踏切点として、一挙にそれまでの数億倍の空間を飛躍してしまった円周運動なのであった。

そして、私が病臥していた最近、てはじめの探索としてわれわれの銀河系の附近が精密に調べられはじめ、アンドロメダ星雲と銀河星雲をほぼ両端に位置する二つの大星雲としてその附近に集っている星雲群がひとつひとつ拾いあげられた。現在、その星雲群の数は十一、その裡には、不規則星雲である大マジェラン雲、小マジェラン雲と四つの小渦状星雲、三つの小さな楕円状星雲が含められ、そして、ローカル・グループと名づけられている。茫洋と拡がった果てもない暗黒の片隅の小さな場所に集ったこれだけの光った物質を頭蓋の奥に凝っと想い浮べていると、《孤独な親しさ》とでも名づけたいような不思議な感情が起ってくる。とにかく、これらの星雲は互いをすぐ真近に眺め合っているのだ。しかも、この星雲群が私の想像力を激しく揺すぶる最も大きな点は、このローカル・グループが、われわれの遊星と同じように、また、銀河の中心をまわっている恒星のように、或る一点の中心を廻っていると推測されることである。アンドロメダ星雲とわれわれの銀河星雲のあいだにあるまだ知られざる一点が、恐らく、その中心ではなかろうかといわれているのであって、私は、その新しい見解に読み至ったとき、この光った物質もつかの間に過ぎてゆく私の生の炎も共通の親しい紐帯で結ばれているという閃めくような直覚に衝撃され、暫らく寝床のなかで瞑目していたのであった。この巨大な光の渦巻もまた暗黒の空間のなかを無原則に漂っているのではなく、或る不可避な一点に牽かれつづけているのだ。

私は、それ以後、アンドロメダのβから垂線をひいて大星雲を確かめるとき、必ず、頭蓋のなかにこの大星雲とわれわれの銀河星雲が向き合って光っている双子の図を想い浮かべ、ひそかに私流の計算をしてみるのが癖になった。両者のあいだに置かれている中心はどの暗黒のあたりにあるのであろうか。暗黒のなかの中心とは、何か。われわれの銀河星雲とアンドロメダ星雲は、さながら連星のごとき運動をしているのか。私はぼんやり霞んだ光の微粒をオペラ・グラスの奥に見上げたのち、暫らく俯向いて、やはり暗黒につつまれて黒い輪郭を浮きださせている家のまわりの小さな通りを歩く。ちょうど一区画まわって、家の前の通りへ戻ってくるまで、時折、一等星か二等星の鮮やかに光った空の一角を肉眼で眺めあげながらも、私がいまその一端の渦巻の腕のなかに立って疾走しつつあるこのローカル・グループについてのあれこれと思い乱れる想念から離れることができない。恐らく、暗黒のなかに拡がる私の円周運動がつぎの新しいグループをとらえるまで、夜、俯向いて歩くときの私の瞑想は、アンドロメダの光の車輪と銀河の光の車輪が相並んで天空のいずくかへ進みゆきつつあるこのローカル・グループから離れることはできないであろう。

いまは、夏、夜が更けるとペガススの平行四辺形はアンドロメダを下方に率い、白鳥の十字形を追って東方から天頂へ向って大きくのぼっている。私に親しい秋の澄んだ夜の星座のかたち、ベルセウス、アンドロメダ、ペガススとそのまま神話に物語られるごとくに天頂から鮮やかに隣りあって並んでいる光のかたちとそれはちょうど逆で、大星雲は北東の地平にかかった厚い層のハレーションのなかにあって、私のオペラ・グラスの鏡胴の奥に容易にとらえがたいけれども、ようやくこの文章も終りかかったいま、これから眼鏡をかけ、黒いオペラ・グラスを握って私は外へ出てみるつもりである。

永久革命者の悲哀

死んだものはもう帰ってこない。
生きてるものは生きてることしか語らない。

花田清輝よ。この長い歴史のなかには、組織のなかで凄んでみせる革命家もいるが、また、組織のそとでのんべんだらりとしている革命家もいるのだ。何処に？　日向ぼっこをしている樽のなかに。蜘蛛の巣のかかった何処か忘れられた部屋の隅に。そんなものは革命家ではない、と君はいうだろう。まさしく、現在はそうでないらしい。だが、それをきめるのは未来だ。ひとりの人物が革命家であるかないかの判定は、彼が組織の登録票をもってるか否かでなく、人類の頭蓋のなかで石のように硬化してしまった或る思考法を根こそぎ顚覆してしまう思考法を打ちだしたか否かにかかっている。一つのきらめきをもった生産的思考は、ひいては、この自然の、この社会の、秩序と制度の変革をやがてもたらす。それは、硬化した思考法を顚覆したひとつの新しい思考法のもたらした結果、ひとつの強烈な、新鮮な、決定的な理論のもたらした結果である。或る憤激に駆られた行動的な人物は、その手足を使って、あちこちの壁にぶつかり敲ちまわり、激しい衝撃をこの自然と社会に与えることができるだろう。だが、たとえ彼の苦労が如何に深く苦痛が如何に酷しくとも、彼が彼自身の手足を用いているかぎり、彼は暴動者たり得るに過ぎない。彼は、革命家ではないのだ。革命家は、法則の把握者でなければならない。私は百も千も繰り返して言うが、理論をもたぬ革命家なるものを、絶対に認めない。そして、さらに言うが、自己の理論的無能及び理論的不足を補うに権力をもってする革命家なるものを、私は、革命家と認めないのだ。

ところで、花田清輝よ、蜘蛛の巣のかかった何処かの古ぼけた隅にいるのんべんだらりとした革命家は、いったい、如何なるところから生じたのか。その答えも、最も単純である。それは、彼が革命家だったからである。彼は、革命家となった彼の原則を最後まで貫ぬこうとしたため、のんべんだらりとした革命家として、ただ未来のみを唯一の同盟者としてもつことになってしまったのである。彼は自身を未来の無階級社会よりの派遣者として感じている。しかし、彼のもつ革命方式が組織のなかで凄んでみせる革命家たちの方式とあまりに違うので、彼はその生存の時代の実践のなかに席をもつことができず、何処か蜘蛛の巣のかかった古ぼけた隅におしこめられてしまったのだ。このような疎外者を、歴史は異端者と名づけるのだろう。異端者とは、何か。権力を握らぬもの、または、権力を握り得ぬものである。それは、非権力者から反権力者に至るまでのすべてを含む。つまり、異端者とは、メフィストフェレス、破門者、反抗者、単独者、デカダン、自殺者、不平家、あまのじゃく、孤独者、潔癖家、予言者、警告家、空想家、おせっかい、おっちょこちょい、こまっしゃくれ、道化、独善家、芸術家、逃亡者、等である。彼等は単なる不平家ではない。権力をもっていない彼等の標識は、自身のみにかかわることをいさぎよしとせず、つねに、真実にかかわっているのだと石のごとく頑なに信じていることである。ところで、彼等の信念はかたくなであるが、彼等の大きさは必ずしも一定していないので、彼等の擁護する真実は、この宇宙にはいりきらないほど壮大なものから甲虫が抱いている一片の小さな土塊のごときものまで包括している。従って、正統派にとって、異端者とは、ときに絶大なる恐怖であり、ときに憐れむべき滑稽である。さて、ところで、彼等のなかに、虫が好かぬといった程度の政治嫌い、権力嫌いとはことなった極度の理論癖をもった非権力者がいると、その変革の理論の最後の証明をただひたすら未来の無階級社会に待たねばならぬという唯一の理由によって、彼は永久革命者になってしまわねばならない。彼の理論によってこの世界の裡に変革されたものがないかどうか、それは未来の無階級社会まで待ってみなければならない。彼の同盟者も判定者もひとしく未来である。このような人物は、ときには頭を擡げて広言をはいていることがあるが、たいていは、その仕事があまりにも広大で困難なので、甲虫が一片の土塊をだいているようなふりをしながら、のんべんだらりとしている。このような永久革命者は、トロツキイの永久革命とはまったく無関係である。永久革命という言葉には芸術家のセンスが窺われ、私はその言葉がたいへん好きであるが、しかし、国内的には生産手段の小所有者である農民を失うべき何物もないプロレタリアートたらしむべく絶えず上からの革命を強行すること、対外的には革命の祖国を擁護するため革命の烽火をつぎつぎにあげて全世界の革命が完了するまで急追の手をゆるめざること、の二つを内容にしているトロツキイのそれは、せいぜい半世紀か一世紀ぐらいの時間の幅をもっているに過ぎず、永久革命者の不可避的にもたねばならない広範な問題と長い時間の幅には及びもつかないのだ。

花田清輝よ。未来の無階級社会がその無階級社会に貢献した革命の歴史を書きあげるとき、そこには革命された内容こそが書きあげられる。私がほかならぬ花田清輝に宛ててこの文章を書いているのは、君が、何者についてもその位置、グループ、組織の関係など外的な状況によって判断するのではなく、ただひたすらそのもつ内容によって、われわれを衝撃するその精神の働きの新しさ、鋭さ、生産性と変革性によって、判断すると信じているからだ。君はここ数百年の歴史の上に漂う多くの観念を、その人物の政治的立場や生活の有為転変を調べてみる意志などもつことなしに、ただひたすらその観念のもつ生産的な内容のみを基準として、われわれの前に展げてみせてくれた。私は一人狼たることを自身に規定してから、ひとの思想によって考えるのをやめてしまったが、いささか通常と異った人物の異った本の異った個所を展げてみせる君の仕事に、未来を見る頼もしさを覚えて声援を送った。だが、花田清輝よ、君はいま危ういところに立っている。精神を触発する苛烈な深い衝撃のかわりに嘗ての洞察力の深さを欠いたその場かぎりのやりとりの低さに君はとらわれかけている。われわれは、問題を質的に高めねばならない。何が革命に役立ち、何が革命に役立たないか、無階級社会にとって役立つのは如何なるものか、非常にかけはなれた側面から論ずるとはいえ、それが私のさらにつけくわえて論ずる問題である。

さて、私は遠くの薄闇へすでに沈んでいる私の記憶をふりかえってみよう。

私の薄暗い記憶のはしに、赤い表紙に黒いラテン文字で STAAT UND REVOLUTION と鮮やかに印刷されている一冊のマルクス主義文庫本がある。この書物の翻訳本には、だいたい意味はとれるものの、それでも気懸りになるあまりに多くの伏字があるので、その××のつづいている部分をドイツ版のマルクス主義文庫を参照して埋める仕事を、私はしていたのであった。だが、その伏字を埋める仕事は私の準備行動であって、私の本当の仕事は別なことであった。私は、そのとき、『革命と国家』という論文を書いていた。青春の情熱が何ものをも怖れない強烈さをもっていることを、私はいま想い出すことができる。私の周囲にいる友達は殆んどすべてがマルキストであって、みな、私のその企てを笑っていた。プルードンの『貧困の哲学』に対するマルクスの『哲学の貧困』は、すでにその題名だけで深い意味があるが、レーニンの『国家と革命』という題名を単にひっくりかえしただけの私の仕事はまったくの無意味だというのである。けれども、私はそれが単に表題の顚覆でなく、内容の顚覆になることを信じていた。私は、そのとき、ひとりの友達と合わせて、たった二人きりのアナーキストであった。私は、アナーキズムとコムミュニズムをわかつ最大の問題は国家の問題であるというレーニンと同じ立場にたって、革命時に於ける権力機関の在り方について、レーニンの見解を論破しようと企てたのであった。まことに、その意気や壮とすべし、である。そのとき、同時に、平行して、第一部は、マフノのウクライナ、コムミュン、第二部は、クロンシュタットの叛乱、第三部は、第一回コムミンターン大会に於けるエマ・ゴールドマンとアレクサンダー・ベルクマンの退場から第一次五カ年計画まで、という構造をもった三部の戯曲を、私は書いた。ロシヤ革命のなかに於けるアナーキストの歴史を纏めようとしたのである。ところで、私の『革命と国家』の数カ月の進行は、ついに『国家と革命』の勝利に終った。毎日毎日が、卓上に置かれた一冊の書物との論争であり、私が有効らしき攻撃を加えたと思うと、忽ち、巨大な鉄鎚を打ちかえされるといった具合であった。私は自身の敗北を認めざるを得なかったが、それは爽快な敗北であった。共産主義へ至るまでの過渡期に於ける権力の使用法が、私のイメージのなかで明瞭になり、私は極端な「反権威主義者」としての立場を克服したと思った。そして、私は、私に鉄鎚を打ちおろした側の戦列に加わった。

この私の出発点は、私にとって非常に特徴的である。私はアナーキストたることを克服して戦列へはいって行ったのだが、普通のもの以上に権力について敏感にならざるを得なかった。私がぶつかって立ちどまるのはつねに権力にからまる問題であり、そして、すぐ想い浮かべるのは『国家と革命』で私を克服した内容であった。ところで、そんな私が移って行った戦列のなかに、やがて、われわれが革命すべき当の階級社会のひとつの強烈な、硬化した縮図を見出したとき、私の胸の裡で、複雑な叫びが起った。

レーニンよ、

レーニンよ。

中央集権的民主主義と自由聯合主義は、余剰価値生産者と余剰価値消費者の比率の問題と並んで、私の完成されざりし『革命と国家』に於ける主要題目であった。結局、私は、過渡期に於ける国家権力を認め、前衛党を認め、国家と党内に於ける中央集権的民主主義を認めるとともに、自由聯合主義を芸術家の団体へまでひきもどした。あらゆる権威の否定は革命運動のなかで非実際的であることを認め、服従の精神をもって、私はその戦列のなかにはいったのであった。けれども、そこに私が見出したのは、大海のなかで船を航行させるに必要な一定の権威と一定の服従の限界を越えた強烈な圧服と支配の体系であった。私の置かれた部署は、偶然、指導部と接触したところにあったが、そこから眺めると、私が党外から遠望していた以上の多くのことがはっきり解った。

　私が次第に悟ったのは、党は選民であり、党外は賤民であるという固定意識の存在であった。花田清輝よ。私が述べているのは、古い時代である。多くの欠陥を余儀なくされた非合法の古い時代である。とはいえ、私はその固定意識を割引くことはできない。何故なら、それは原理的な根強さをもっていたから。花田清輝よ。いったい、前衛とは、何か。或るものが大衆のなかで前衛として先頭に立つのは、彼が認識者であるからに過ぎない。彼が前衛として示し得るものは、一に理論、二に理論、三に理論、それはつねに理論にはじまって理論に終る。そのほかに前衛と大衆のあいだに異なってあるものは何もない。そして、その理論が力となるのは、巨大な大衆が本来もっているものを動かす力に方向づけを与えたときだけである。従って前衛自体が巨大な力だと錯覚したり、また、前衛の組織のなかに認識がなく序列があるだけだったら、これは滑稽で、さらに愚劣でもある。そうなのだ。花田清輝よ。そこには厳粛な愚劣があった。われわれ党員が話してるところに、ひとりの非党員が現われると、その室内の雰囲気が一変した。私は多くの場面を暗黒のなかから浮かびでてくる小さな方形の舞台のように想い出すことができる。われわれの前に坐った非党員は装われた無関心のあいだに、時折、なにかを訴える熱烈な、痛切なまなざしをした。それは語らんとして語り得ざる焦燥のなかにこちらの精神を覗きこもうとしてひたすら身をのりだしている物言わぬ犬の狂おしい悲哀に充ちた真実な眼付を思わせた。だが、彼等は何ごとも発しなかった。こちらからもまた何ごとも発されなかった。そこには「階級の差異」があった。それを乗りこえることはタブーであった。私がこのような心理主義的な要素を重視するのは、それが単に党と党外大衆のあいだの心理的関係を表示しているだけでなく、さながら大ピラミッドのこちら側に中ピラミッドがあるごとく、同様な関係がまた党内に及ぼせるからである。党の一機関のひとびとが話しているところにひとりの平党員が現われると、まったく同一の現象が起った。このような階級心理は、さらにまた、党の所謂上部機関と下部機関とのあいだにも適用できるのであって、党外大衆からはじまった大ピラミッド、中ピラミッド、小ピラミッドの心理的関係の無限の系列にひとたびはいってしまえば、怖るべきことに、そのような心理的関係がひとつの鉄則になってしまう。それは「鉄の規律」の心理的な部分になってしまう。そして、その心理の柵を乗り越えたもの、「階級の差異」の鉄則を犯したものは、叛乱者である。そのような心理的叛乱者は、やがて何時かは或る機会に或る理由を附されて実際上の反逆者とされてしまう。従って、そこには、或る高位の呪術者がひとつの言葉を発するまでタブーがまもられていなければならない原始社会、柵のこちらとあちらの蔭で強圧と術策の行われる階級社会、にあるものがすべてであった。花田清輝よ。私が未来について考えるようになって以来、私の頭蓋のなかで絶えず気にしていることは、何を見ても、そこにはどのような上下関係と認識力があるかという問題なのであった。私のなかにむらむらと燃えたつ精神をかきたてたものは、卑屈、傲岸、無知がひき起す虫ずが走る感触であった。そのような私が私に見事な鉄鎚を打ちおろした側の戦列にはいってゆき、そこに、いささかその表面は装われているとはいえ、根元から顚覆さるべき当のものとまったく同じ原型から生じたところの三つの同じもの、卑屈、傲岸、無知の体系を見出したとき、私は複雑な苦悩に直面した。それは極度に相反した広大な矛盾の空間のなかに投げこまれた苦痛であった。私は、私も私の仲間も階級社会からもちこんできた汚点をまだ身につけている、と考えた。われわれは絶えずそれを克服しなければならない。私は絶えず自身にそう言いきかせた。と同時に、絶えず、この巨大な中央集権的民主主義なるもの自体が、また、この三つの顚覆さるべきものの体系の温床にもなっているのではないか、という怖ろしい疑問が起った。私の見るところでは、何処を隈なく探しても、この酷しい「階級の差異」を積み上げた所謂中央集権的民主主義のなかに自己否定の要素が見出されなかった。それは、私の眼で見たところでは、未来への萌芽を自身のなかに孕んでいなかった。もしこれを延長したかたちが、過渡期の時代を指導したとしたら、「国家の死滅」は覚つかないと思われた。

これは、私の疑問の出発点であると同時に、残念なことに、また、終着点である。私は、いまなお、矛盾の苦痛を担っている。花田清輝よ、薄鼠色にぼやけて奥行きも見通せないほど広いピラミッドの底辺がその頂点の監視者であり、審判者であるという原則が今日ほど強調されない時代のなかに、私はいた。謂わば、今日のように中央集権的民主主義が強調されない中央集権的民主主義の時代のなかに、私はいた。しかし、私は私の感得したものが古い時代にだけあった暗黒のなかの妖怪だとは思っていない。私はいまなおむらむらと精神の炎を白熱させ、両側からまったく同一の力でひき裂かれているような酷しい矛盾の苦痛を負っている。ところで、私が、そのとき、権力のまわりを廻っている巨大な凄まじい風車の多くの風景を眺めている裡に悟ったことは、もしこれらを未来の無階級社会の眼で見通すのでなければ、その全体の意味は明らかにならぬであろうということであった。花田清輝よ、私がもし自身の変革の精神に飽くまで執するのならば、未来の無階級社会に向って一つの弾劾の報告書を提出しなければならぬが、その場合の困難は、ここにとりあげた問題が、歴史のばねを捲き上げるほどの重大さを含んでいるとはいえ、しかもなお、それが未来の厖大な全体の裡の重要な一部分に過ぎないというところにある。つまり、組織のなかで凄んでいるものの支配の体制に私はむらむらとして、その体制を一挙に顚覆してしまいたいのだが、その組織の硬化した部分をつき倒すだけでも、私は未来の全体の完全な複写を掌のなかに握っていなければならないのだ。これは甚だ困難な仕事である。私が自身を一人狼と規定したのは、ただただこの仕事、未来への報告書提出のため自身のなかへ閉じこもってしまうことであったのだが、その仕事があまりにも困難で、あまりにも厖大であるので、ついついのんべんだらりとしてしまっているのだ。花田清輝よ、私が蜘蛛の巣のかかった古ぼけた部屋に横たわってできるだけ素知らぬ顔で仮託につとめてきたのは、ただただ、未来の無階級社会に提出しようとするその報告書以外になんら力をもち得るものがないからである。ここで君と論争するこの一篇など、せいぜい数カ月、われわれのまわりの知人にいくらかの話題を提供するに過ぎないのだ。さて、ここでは、まず、私は革命への姿勢について一つのことだけを強調しよう。それは、私が『国家と革命』の著者の鉄鎚をうけてその戦列にはいってゆき、むらむらとして思わずその名を叫んでからすでに四半世紀、中央集権的民主主義の現在、いまだに私に苦痛を担わせつづけていると　ころのピラミッドの頂点の姿勢についてである。私は、その姿勢について、いささか象徴的に語ろう。というのは、その第一の犠牲者こそほかならぬすでに亡きレーニンであって、このレーニンについて語ることはほかで行われているあらゆるピラミッドの姿勢を謂わば象徴的に説き示してくれることになる筈だからである。

モスクワの赤い広場にひとつの霊廟があり、そのなかにレーニンの遺体が横たえられている。私は、このような公然たるロシヤ革命への侮辱、人民の新しき世代への侮辱、進歩する人間精神への侮辱、未来の無階級社会に対する侮辱が、ひとびとの批判もなしに数十年もつづけられてきたことのなかに、ピラミッドの体制の驚くべき、怖るべき重さを知って、歯がみせざるを得ない。ひとりの人間の屍体は、死特有の敬虔な感情をもたらすが、たとえその敬虔な感情がどれほどの幅と鋭さをもった深い印象を参観者の胸裡に与えるとしても、それが過去へ向っての愛惜であり、畏敬であり、行きどまりの感情であって、なんら認識とつながることのないことは、カトリックの聖者たちの遺体がわれわれの薄明の帳の前に幾度も置かれたヨーロッパの歴史のすでに証明するところである。私は、赤い広場の行列のなかに立っていたひとりの瘠せた、背の高い、ちょうど二十になったかならぬぐらいの青年が仄明るい霊廟のなかへはいって、棺のなかに横たわっているレーニンの眼を閉じた顔をやや遠くから認めた瞬間を想像する。彼は、写真で見慣れていた顔とまったく同一の顔がそこに眼を閉ざしている驚きと死者が自然に惹き起す敬虔の感情につつまれて、そこから眼を離すことができず、棺へ歩一歩と近づいてゆく。この数瞬は、彼のレーニンについての断片的な想念、彼をめぐる周囲の厳粛な雰囲気、などが渾然とまじりあって、その敬虔な気分をさらに深めている瞬間である。そして、彼が蒼白い死者の顔を真上から覗きおろすとき彼は最も深い感情につつまれるが、それは、彼が死者の顔を認めた最初の瞬間覚えたものと同一のものである。この最後の瞬間がきてしまえば、彼はもはやそこに長く停っていることはできない。彼の敬虔の感情は、彼が長く死者の顔を凝視めつづけていればいるほど、退潮しはじめる以外になくなってくる。何故なら、その敬虔の感情は、過去へ向っての行きどまりだからである。レーニンとは、何か。新しい歴史の一頁を開いたレーニンとは、何か。私は、レーニンはただ一揃いのレーニン全集のなかにいて、そのほかの何処にも見出せないと、断言する。花田清輝よ、私は、聖書のみ信じたルーテルと同じ口吻を弄したが、私とルーテルとの差異は、われわれが過去へ向うのではなく、われわれはレーニンを読むことによってレーニンを知り、レーニンとなり、そしてレーニンを追い越すという認識の発展の方式をもっているところにある。そして、それこそが革命の方式である。革命は、古い制度の打倒にとどまらず、古い制度にまったく支配されぬ新しい人間の創出が目的なのだ。レーニンは、過渡期の時代に前時代からの権力機関を用いることについて後ろ向きの部分を切りすて前向きの部面を用いることを執拗なほど強調しているが、それは、新しい世代が新しい制度に習慣づけられてゆく決定的な重要性はいくら繰り返しても足らないほどであることを知っていたからである。支配と服従のない共産主義社会、とわれわれはいうが、そこへの推移には、ただに生産力の増大と教育の全的普及にとどまらず、あらゆる制度、あらゆる機構、あらゆる思考法に、新しい世代からより新しい世代へ、前向きな、自然なバトンの譲り渡しを習慣づけるような意識的な、不屈な操作が決定的に必要である。そして、その必要は、社会主義革命がはじまったときからはじまるのではない。革命家が革命家となったときから、すでに未来社会の方式がその全身に備わっていなければならないのだ。ひとりの青年を霊廟へひきいれることは未来社会へ向うそのようなみずみずしい新人の出現を阻止してピラミッドの礼拝者をつくりだすことに役立つが、しかし、あらゆるピラミッドの保持がそうであるごとくに、そこには必ず歴史の復讐が起らねばならない。われわれの背の高い、瘠せた青年は、真上から蒼白いレーニンの顔を眺めおろして、さて、そこから動き去ろうとするとき、ふと異様な、奇怪な、怖ろしい想念が、その敬虔につつまれた薄暗い感情の隙間を縫って矢のように飛びゆくのを感ずる。

それは、秘密がもたらす奇怪な暗黒の翳りである。階級の上部はその特有な秘密を保持する。古代の僧侶のように。秘密は権力を保つ有力な武器であるが、しかしまた、その秘密自体によって復讐される。ヘロドトスによれば、貴族の婦人の木乃伊化をひきうけたエヂプトの木乃伊つくりのあいだでは、屍姦が行われたといわれる。そして、ほかならぬレーニンについて低い囁きから囁きへ伝えられる浮説が流布されることは、腹立たしい悲痛といわねばならない。一つの浮説によれば、棺のなかに横たわっているのは、レーニンの頭部と両手だけであって、切断面から内部の或る腐敗し易い部分がとりだされ、そのあとは封蠟状の物質で充たされているとのことである。このような実証しがたい臆測が生まれるのは、関係者たちが秘儀に立ち合った僧のように沈黙を要求され、あらゆる技法は神秘の幕につつまれ、その木乃伊製作の秘密が公開されていないからである。もしその製法が公開されていて、或る家族はその愛惜する父母の、或いは、子供の木乃伊をもち、博物館には、ネアンデルタール人やシナントロープスの標本と同じ意味の考古学的見地から、各種族の木乃伊が展示してあるという状況であれば、ひとりの天才の木乃伊としてレーニンの遺体が博物館に並べてあったとしても、ひとつの充たされない暗い矢のような臆測が参観者の脳裡をかすめることはないであろう。それが起るのは覗きこむ部分が秘密の暗黒に充ちており、その暗黒のなかにしかととらえがたい微妙な犯罪の匂いが直覚されるからであるが、しかも、そのような隠秘な臆測に敢えて立ち向って、なお、このような遺体を棺のなかに横たえるのは、ただただ、権力をもったピラミッドの上部機構が自己の擬制を必要とするからである。霊廟が手を触るべからざる礼拝の対象として習慣化されてしまうと、ピラミッドの上部もまた手を触るべからざるものとして習慣化されてしまう。赤い広場の霊廟、それは擬制のためのひとつの空間であるが、さて、そこに横たわった簡素な服装のレーニンの隣りに、元帥服を着たスターリンがさらに横たわることになった。さて、この元帥服こそは、革命と未来の無階級社会とさらに自身へ向っての公然たる侮辱である。

スターリンの元帥服。私は、新聞紙のなかに掲げられた写真をふと眺めてスターリンの元帥服に目をとめると、何時も、一種絶望に似た激情と暗澹たる苦痛に襲われ、そこから目を離すことができなかった。この元帥服は戦争がはじまるとともに着られたが、戦争が終っても脱がれず、さながらスターリンの平服になってしまった観がある。首の太いスターリンには、この元帥服は何時も襟元が締らず、外側へ反り上った肩章はまったく余計な附加物として、無意味な空間へ向って展いているように見えた。赤い広場の霊廟を見るとき、あすこにピラミッド体制の犠牲者たるレーニンが棺のなかに横たわっていると、むらむらした憤懣につきあげられる私が、この元帥服に見いりながら何時も一種絶望に似た暗い気分につつまれるのは、スターリンがすべてを知っていてこの元帥服を着てるのではないかという考えが私に憑きまとっていて離れないからであった。私の前にいるのは、謂わば、ひきもどすべからざる堅固な確信犯なのであった。レーニンの著作に読みいると、そこに奔騰する精神の動きを忽ち見ることができる。それは天才に特有な、枠を越えて広大な空間へ飛びだしながらまた何時しか主題へ立ち帰っている膨らみと触発に充ちた精神の奔放性である。スターリンにはこのような飛翔力はない。彼はぎごちなく、枠通りに、歩一歩と進む。従って、もしレーニンと論争して叩かれれば、主題以外の多くの萌芽がこちらの脳裡に置かれるのを感じて爽快な後味を覚えるが、スターリンと論争すれば、こちらがより多くたたかれても、承服しないという事態がのこる。ふくらみがないため、それまでとらなかった他の部面をとりあげれば対抗できるという心理を絶えずのこすからである。二人の著作を覗いて少し読み進めば、このような差異が直ぐ明らかになるが、しかし、スターリンに見るべきものは、その狭い、枠にはまった自己の思考法を自覚した徹底した抑制である。このようこに自己の文体を統御出来る人物は、自己について充分に観察しているに違いないというのが、私の絶えざる感じであった。その裡に、私をスターリンとつなぐひとつの状況が明らかになった。スターリンには深夜起きつづけている習慣があって、モロトフが相談に呼ばれるのは午前二時か三時であり、外国の使節との会見さえ真夜中過ぎに行われることがあるというのである。これと併せて興味があるのは、毛沢東もまた夜型で、延安の洞窟のなかに夜中起きていたことはエドガー・スノーの書物に示されている。私自身が不眠症で屢々夜明けまで眠れないので、私は夜起きている人物に或る種の親密感さえ含まれていなくもない興味をいだいていたが、深夜、眠れぬとき、私は、時折、クレムリンの奥深い一室にいるスターリンを思うことがあった。私の考えでは、前時代の支配者のいた場所をそのまま使用することは革命家にとって恥辱であった。自己についての省察に欠けていない筈のスターリンがそのクレムリンのなかで何を考えているか、それは、私にとって解き明かし克服せずにいられぬ重要な問題であった。闇のなかに眼を見開いてあれやこれやと物思いに耽っていると、私には、時折、こういう闇の奥に溶明するヴィジョンが起った。花田清輝よ、その光景は、こうである。

もう呼ばれてくる者もなく、広く奥深いクレムリンのあらゆる扉が閉ってしまった。怖ろしい静寂である。さっき遠い何処かで時計が打った。二時か、三時である。

まだそこで叫んでいる、眠りはもう家中の何処にもないと。

グラーミスが眠りを殺してしまった。
それで、コーダーはもう眠れない。
もうマクベスは眠れない。

スターリンはひとりでいる。元帥服を着てひとりでいる。真夜中過ぎの静寂につつまれたクレムリンの奥、天井の高い、広い部屋に、外国の使節にでも会ったあとか、先刻から、灰色の壁に向かいあったまま、彼は凝っと身動きもしない。彼は、何に向かいあっているのか。彼が先刻から向かいあって眺めているのは、壁に架けられている元帥服を着たスターリンの等身の写真である。何処かで警備のものの歩く足音がする。その音に凝っと身動きもせず向かいあっていた二人のスターリンの姿勢がかすかにくずれる。すると、思いがけず、はじめに言葉を発したのは写真のなかのスターリンである。

肖像――笑ったのか、お前は笑ったのか、スターリン。この俺を眺めて、憐れみと痛々しさにひきつれた笑いを笑う良心がまだお前にのこっていたのか。いまは、お前を怖れるものもお前に従うものも、そして、お前の敵も、みな眠っている。俺はお前と話そう。お前は堕落した。元帥服を着たこの写真はおよそひとの住むどこにでも掲げられていて、革命家の恥をさらしている。お前は、この写真を前にしたひとが何を考えるか、考えたことがあるか。世のなかを知っている賢者はひそかにこう考える。ここにひとりの道化がいる。誰かがやらねばならぬ役をこの男がひきうけたのはこの男の不運だ。しかし、これから新しい世界を担っていかねばならぬ青年は若々しい瞳を輝かせながら、こう考える。偉大なる指導者万歳！　俺が何時か元帥服を着るようになったときは、あのスターリンよりもっと格構よく着ることにしよう。スターリンよ、お前の写真が掲げられているどこにでも、無階級社会の心理的な敵対者となろうとする自身に気もつかず若々しい瞳を輝かしている青年たちがお前を凝視めているのに、お前は気がつかないか。もしその青年のなかのひとりが恐怖と流血の果てに元帥服に辿りついたとしたら、彼はまた、より新しい世代にその元帥服を譲り渡そうとするだろう。待て、スターリン、お前はお前の元帥服が現実の切実な必要から生まれたことを釈明しようとする。俺もお前の置かれた現実の重さと苦しさを知っている。だが、現実の必要が同時にまた未来の必要をも含んでいるのでなければ、それは革命家のとるべき手策《てだて》でないことはお前も知っている筈だ。お前は権力に慣れてきた。論争の相手を権力をもって取り除くことは自らの理論的無能の証明であるにもかかわらず、お前はあまりに屢々権力を用いたので、お前は権力に慣れてしまった。お前はいちど着た元帥服が脱げなくなってしまった。お前はいまこそ理論をもって、ただひたすらその理論の深さによって、現在に向うとともに未来をその現在からひきだしてこなければならないのだが、お前は元帥服を着つづけることによって未来を拒否している。スターリンよ、スターリンよ、お前はお前の先行者が与えた教訓を忘れている。新しい世代は、あらゆる制度、あらゆる機構、あらゆる思考法をもって前向きに習慣づけられねばならないことを忘れている。お前の先行者は荒野に投げだされた予言者のように理論をもつことしか許されなかった。理論によって、ひたすら理論によって、彼はひとびとを集めなければならなかった。だが、第二のひとであるお前は第一のひとの結集した組織と機構のなかで、第一のひとに奉仕することや第二のひとびとを語らいあわせることなどによって、つまり、理論のみによってではなく或る種の意識的乃至無意識的な徒党化によって、権力をもつことに慣れてきた。お前はひとびとのなかでなく、党のなかだけに生きてきた。あらゆる組織の硬化と堕落は、この第二のひとびとが広い荒野の視野を失って、その階級をもった組織と機構のなかにのみ眼をそそぐときに生れる。無能と追従とへつらいと茶坊主は、つねにかかるときに生れる。スターリンよ、スターリンよ、危険はただお前が元帥服を着て革命家としての自身を拒否していることのみにあるのではない。お前の元帥服は、この広いクレムリンの全部に容れても容れきれないほどの他の革命の汚辱をも含んでいるのだ。

本人――待て、お前の言おうとするところは、白い手をもつものの幻想で充たされている。お前は、現実の重さと苦しさを知っているというが、そのお前は俺がいまここにこうやっている現実の怖ろしいほどの現実さを知らない。俺が、背後にいるひとという俺に適わしい役目を放擲して、党の書記長から首相と元帥という表側に現われる役目までひきうけたのは、俺自身にすべての指導が統一されるという便宜以上のものをそこに含んでいるからだ。白い手をもった俺の幻影よ。現実とは、何か。現実とは、この石を積み上げたクレムリンの宮殿か。遠い何処かで足音を忍ばせて歩いている衛兵のもっている銃か。深夜運転の工場でいまなお動いている施盤か。納屋の奥に置かれて明日のひきだしを待っている刈入機か。否、それは第二の現実に過ぎない。第一の現実は、俺がお前に向きあっているようにそれらに向きあっている人間なのだ。銃から手が離れると、旋盤に腕が触れられないと、刈入機がうちすてられると、それらは、死せる現実、現実の廃墟になってしまう。白い手をもった俺の幻影よ、現実のなかの怖ろしいほどの現実とは、その生ける人間が死せる現実にとらわれる怖ろしさにほかならない。われわれは与えられた生産関係にはいるだけではない。与えられた関係に追いたてられるのだ。お前は、この現実のなかの怖ろしいほどの現実を知らなすぎる。われわれの党員の数は、果てから果てまでにいまいるひとびとの一割にも遥か足りない。俺たちはまだ裸足の農民がコルホーズにのこっている現実のなかにいる。理論をこのむお前だけと架空の世界にいるのではないのだ。お前は、俺が首相として語ったり、元帥服を着て指揮すると、俺に語られたり指揮されたりするものは、そうされなかった以前より二倍もの力をふるい起して自身を動かすということを、考えたことがあるか。お前は、果てから果てにいまいるひとびとの怖ろしいほどの現実を知らなすぎる。お前は、果たして考えたことがあるか。もし俺が俺の伝説的な、一般化された影響力をも併せつかって元帥服を着なかったら、俺たちは恐らく破滅してしまったに違いないことを。

肖像――傲れるものよ。お前も、権力の座に長く慣れてしまったお前たちも、みな、遠くが見えなくなって同じことを言う。お前たちはお前たちを支えている底辺の力がお前たちを運んでいる唯一の力であることを、次第に忘れてしまう。お前たちは、お前たちの指揮によって底辺の力が動くと不遜にも思いこむようになってしまう。お前たちは、みな、お前たちが権力の笏を握っていることが底辺を前に押し進めることになったと信じている。古代の帝王からお前にまで至る傲れる系列よ。だが、お前は考えたことがあるか。仮りに、お前、お前たちも、みんないなくなってしまったとしたら、お前より劣っているといわれるその底辺の力が果たして破滅してしまったか、どうか、を。いまだ革命家だけで起された革命はなく、帝王だけで戦われた戦争はない。

本人――こまっしゃくれた幻影よ。お前は紙の上の革命に従事して、いまのこのいま、この元帥から兵卒までいる怖ろしいほどの現実を見棄てているのだ。

肖像——否、理論は最後まで革命を見棄てない。だが、元帥服は革命に見棄てられてしまうのだ。お前は、新しい世代に向って未来を拒否しているばかりでなく、お前が唯一の武器としている現在に向ってさえ現在を拒否しているのだ。

本人——というのは、どういうことだろうか。二義的な言葉でなく話してくれ。

肖像——俺がお前に語りたいのは、「同情せられるよりは、畏れらるべし」との箴言をのこしたコリントの王、ペリアンデルのことだ。つねにひとりの賢者のごとく語り、つねにひとりの狂者のごとく行動したといわれるこの王は、また、「堕落、深ければ、悔い、すくなし」と述べた。その彼がこう言っている。「支配権を放棄することは、それを奪われることと同じく、帝王にとって危険である。」ひとたび元帥服を着てしまうと、それが脱げなくなってしまう戦慄は、お前のいう現実のなかの怖ろしいほどの現実なのだ。ペリアンデルは、それをさらに注解してこう言っている。「安全であらんと欲する帝王は、下着に、服従をつけているべきで、警護の士ではない。」深夜ひとりで起きているペリアンデルに不安な矛盾がなければ、彼が賢者のごとく語り、狂者のごとく行動する事態は、勿論、起らなかったのだ。元帥服を着たお前よ。われわれは、お前のいう現実のなかの怖ろしいほどの現実を眺めてみよう。この現実のなかの怖ろしいほどの現実は、確かに、われわれが考える以上に遥かに怖ろしい。それは、われわれが夢想もしなかったものをついに見てしまう。そこでは、起り得べからざると思われたことがついに起ってしまう。それが見られ、それが起ることは、ついに何人といえどもとどめることができないのだ。元帥服を着たお前よ。賢者のごとく語り、狂者のごとく行動したペリアンデルが最後に恐れたものは、彼が畏れられなくなったとき、堕落も悔いも支配権も服従も彼の衣服とならなくなったとき、この現実のなかの怖ろしいほどの現実にそれを見られ、それが起ってしまうことだった。彼は死後を恐れたのだ。彼が恐れたものは、彼の死後の解剖に現われる怖ろしいほどの真実さだった。賢者のごとく語り、狂者のごとく行動したペリアンデルが、そのとき、とった手段は、何か。われわれはそれを、無限殺人事件の韜晦と名づけることができる。ここにひとつの秘密の抜け穴がある。ペリアンデルは、或る夜、呼び寄せた二人の若者に、こう命じた。明晩、そこへ赴いて最初に会った人間を殺害して、その被害者を直ちに埋葬せよ、と。そして、彼らが退くと、四人の他の者が呼ばれて同様な命令をうけた。秘密の抜け穴で出遭う二人の若者を直ちに殺害してその場に埋葬せよ、と。四人が退くと、さらに倍数の者が呼ばれてその四人に対する同様な命令をうけた。かくのごとき無限への渇望に充ちた状況を堅固に設定すると、ペリアンデルは定められた時刻に自らそこへ赴いて、殺された、といわれる。元帥服を着たお前よ。被害者も加害者もともに消失してしまうこの方法によって、ペリアンデルは、彼の希望した虚無と空虚を彼の死の上にもたらし得ただろうか。元帥服を着たお前よ。お前は不機嫌な顔付をしている。お前は、その元帥服によって未来を拒否しているとは信じていない。お前は、その元帥服によって現在を拒否しているとはなお信じていない。お前は、無限殺人事件など信じていない。だが、お前よ、現代に於いては、元帥服の棺のなかにいるほど、虚無と空虚をもたらすものはほかに何物もないのだ。

本人――傲れるものはお前だと、いまは、俺は言い返さねばならない。白い手をもった幻影よ。お前は、現代に触れて、しかも、現代の政治の陰翳について何も知らない。ここにひとつの機関がある。

仮りにそれを、××委員会と名づけて置こう。そこから数万のビラの弾丸が放たれて、大地に打ち倒される或る数の被害者が現われたとする。さて、そこにひとりの審判が登場して、××委員会という帳りをもちあげてみれば、殆んどそのなかは無人であることを発見する。ということは、何か。被害者だけいて何処を探してみても加害者はいないという方程式の魔術がそこに存することが示されているのだ。ところで、ここにひとつの政策の転換があって、薄闇のなかへ消えかけた過去が糾弾されるとする。糾弾者は数万語を発して一挙に過去を打ち倒すが、さて、ひとりの審判が登場して歴史の書庫のなかに置かれた罪過の過去帳を繰ってみると、そこには必然という刻印が押されているのみで、誰もいないことを発見する。この場合には、さて、加害者だけいて何処を探してみても被害者がいないという方程式の魔術が現われるのだ。白い手をもった幻影よ。お前はこのような凹凸と凸凹がつりあっている現代の政治の意味を、果たして考えたことがあるだろうか。幻影よ。そこで、凹凸と凸凹の方程式がぴたりとつりあうのは、あらゆる事件の領域から糾弾さるべき犯人が見事に逃亡してしまうことに由来する。あらゆる犯人はそれぞれ犯人たり得ぬ正当な理由をもって、晦味の暗黒のなかに消えていってしまうのだ。そこには、ひとりの責任者もいない。好いか。それが、現代の政治のもっている最も深い意味だ。虚無と空虚が怖ろしいほどの無限の虚無と空虚に重なりあって横たわっているのは、この責任という棺のなかにほかならない。白い手をもった幻影よ。

肖像——ということは、何を言おうとしているのか。元帥服よ。二義的でなく話してくれと、こんどはこちらが言わねばならない。

本人——もしここに二人の真面目な男がいて、政治について論争をはじめ、互いに頰を殴りあってもまだ結着がつかないとすれば、それは彼等がともに彼等の見知らぬことを論じているからにほかならない。好いか、幻影よ。政治者の側の責任のとらえがたいことと、被政治者の側の見知らぬことのみ論ずる怖ろしいバランスが陸から海の果てまで行ってもつりあっているのが、現代の政治の驚くべき逆説なのだ。お前は、この現在の虚無と空虚の怖ろしいほどの実体を知らなければ、現在について容喙することはできない。好いか。見知らぬことのみ論ずるひとびとにとって必要なのは、究極の証明者ではなく、ひたすら権威ある提出者なのだ。彼等はすべてを他の権威ある判断によって判断する。友人、上部のひとびと、新聞、そのどれがひとびとに論題を提出するにせよ、それは権威者と認められねばならない。そのとき、たとえその権威者自身、見知らぬことであっても、あくまで全能の透視者のごとくふるまわなければならない。何故なら、暗黙の裡に関係者相互の共犯の密約がなければ、如何なるかたちの政治の体系も存続し得ないのが政治自体の運命なのだから。ひとつの権威者が倒れると、見知らぬことを論ずるひとびとの論議は一変する。従って、ひとつの権威者が倒れるときは、必ず、つぎの権威者がその同じ場所に立っていなければならない。たとえ次の瞬間打ち倒されようとも、全能の権威者のごとき風貌を示しながら。好いか。これが現代の政治の怖ろしい逆説なのだ。白い手をもった幻影よ。お前はこのいまのいまを知らない。そのようないまのいまのなかに元帥服が置かれると、それがひとつの鋭いねじとなり、強い拍車となる怖ろしさをお前は知らない。スターリンの元帥服、それは現代の政治という暗い虚無と空虚のなかに置かれた責任らしきものの唯一の表示、権威らしきものの最後の基準なのだ。お前は未来の精算人たることを自ら規定して、収支決算の報告書を未来に提出しようとする。だが、究極の精算など欲しないのが政治の意志だということを、お前は知らない。政治はただただ現在にしかないのだ。いまのいま、この元帥服は、この国の大地を持ち上げる堅固な挺子となって、ここかしこにさしこまれている。それは、そこに平常にある力を二倍に、三倍にする強い拍車となって、果てから果てまで駆けまわっている。好いか。それが、すべてだ。

肖像――誤ってはならない。権力に慣れたものよ。そこに生れる力、それはつねにお前が与えたものではないのだ。工場の集会室からひとびとを眺めおろしている一枚の元帥服の写真も、複雑な機構に沿って政府の機関に掲示してある膨大な役員の名前も、見透しのきく流れ作業の工程の傍らに立っている厳格な監視も、そんなものはすべて生産に無縁だ。好いか。そんなものをみな取りはらっても、そこにいまある力がなおあることを、俺は断言する。管理はより少なく、さらにより少なく――それが俺の標語だ。お前の医しがたい誤りは、あまりに長くピラミッドを掌裡にもちすぎたので、ピラミッド自体を疑わないことにある。お前の脳裡にはつねに二つの部分があり、お前は、すべての底辺は頂点によって力を与えられると思いこんでいる。この傲れるものよ。お前は理論によって、ただ理論によって、そこにすでにあるところの力を新たな面へ方向づけ得るに過ぎないのだ。好いか。その方向づけを果たすものは、元帥服ではない、役名ではない、監視ではないのだ。それはただに事物の顚覆した位置をさらに顚覆してみせる革命的理論以外に何物もなく、そして、革命家の意味もまたそこにしかない。おお、権力に慣れたものよ。お前は俺の警告を受けいれずについに元帥服を脱がなかったが、それがついに何を意味するか、お前は知ってるのか。スターリン、スターリン。好いか。お前はいまそれを脱がないと、お前は元帥服を着たまま棺のなかに横たえられ、永劫の恥辱のなかに曝されることになってしまうのだ。

遠くで鳴った微かな時計の音とともに、二人のスターリンの会話がはたと停った。凝っと自身の写真を眺めていた元帥服のスターリンが酷しい顔付で立上って、広い部屋を出て、長い廊下の遠くへ去って行くとともに、私の闇のなかのヴィジョンも消える。

花田清輝よ。私にとって、スターリンは二十世紀に於いて最もといってもよいほどの興味のある人物であったので、不眠の夜、屢々、彼について想い悩んだが、ほんとうのところ、元帥服などそれほど重い意味で考えたわけではない。それは、不屈の革命家からイワン雷帝に至るまでの多くの興味ある面と謎を備えたスターリンについて思索する場合は、僅かな比重しかもたない。スターリン自身の分析にとってそれほど重要でないその元帥服を、ところで、私がここで何故このように強調したかといえば、花田清輝よ、それは、この元帥服もレーニンの遺体と同様にピラミッド体制の犠牲者として用いられているからである。元帥服を着たスターリンの写真がデモンストレーションの列中に掲げられることは、勿論、スターリン自身の汚辱である。しかし、より大きな汚辱は、スターリンの写真を掲げることによって自身の位置を掲げようと絶えず試みる大ピラミッドや中ピラミッドや小ピラミッドの尽きざる体制のなかにある真犯人が絶えず表面の犯人の蔭に隠れようとすることだ。大きな顔に引きのばした写真を掲げて進んでいるデモンストレーションの行列は、遠い未来の眼をまたずともここ数十年の裡に、恐らく、最も愚劣な見世物となるだろう。私は歯がみする憤懣と闘志をもたずにこの大きな顔の写真を掲げている行列を見ることはできない。それは、選挙の馬鹿騒ぎを思わすが、働くものの創意の圧殺がこれほど堂々と白昼のなかに示されている光景を、私はほかに知らない。もし写真が掲げられるならあらゆる種類の働くものの姿が多くの工夫と創意をもって示されるべきであるのに、そこには、一枚の働くもの自身の姿も見当らないのである。何故か。ピラミッドの体制が大衆に向って自己の支配を要求し貫徹する手段として、このデモンストレーションまで抱きこむからである。われわれは、政治のなかにもひとつの流行を見ることができる。嘗てレーニン時代、執行委員長が党を代表することは何処の国でも共通であった。その後、スターリン時代には、党の実力者は書記長となり、スターリン死後、またたくまに第一書記という名称が普及した。そのような素早い適応性はピラミッドの体制のつねにさしだしている触手の敏感さを示している。スターリンの元帥服の写真は、それ自身の必要性で掲げられるのではなく、あらゆる場所の大ピラミッド、中ピラミッド、小ピラミッドが自己の体制を安定させるために掲げていたのであったから、それは忽ちに驚くべき速度で、驚くべき範囲に拡がった。そして世界中のそれぞれのピラミッドにそれぞれの肖像写真の引きのばし競争が起った。歴史はこれを二十世紀に最も普及した愚民化政策の一つの方式として、記録して置かねばならない。

私がむらむらと苛らだってくるものとして、このピラミッドの掲げる肖像写真のほかに、さらにもうひとつのピラミッドの姿勢をとりあげよう。革命記念日やメーデーの日の赤い広場の写真を見るとき、何時も、祭典の祝福と祭典の汚辱をそこに同時に見なければならない重い苦痛に私はひきさかれる。花田清輝よ。私を苦痛にひきさくものは、閲兵である。そこには、数千年にわたって支配者が被支配者を閲兵してきた常套的方式とまったく同一の方式しか見られず、壇上に並んだ閲兵者の前をデモンストレーションの列が行進している。大臣という名称の代りに、人民委員という名称をとることにしようと、レーニンが提唱したのは、単に名前の変更を意図しただけの意味ではなかった。新しい歴史の一頁は、あらゆるものが新しい姿勢をもって、やがては、支配と服従なき社会へ躍りこめる溌剌たる踏み切りの姿勢へまで移りゆくところに発しているが、そこでは、あらゆるものの姿勢がもはや過去と異なっていなければならない。新しい頁のなかの絵と古い頁のなかの絵と重ねあわせてみると、一見、重なりあうように見えながら、しかも、精査すれば、劃然と異なることが明らかになるといった具合でなければならない。そこに二つの写真を並べて、もし説明文をつけなければ、どちらとも解らぬような構図があれば、それは、歴史への恥辱である。祭典は、過渡期に於いても、すでに交歓の性質をもっている筈である。行進者を迎えるものは他の行進者であり、或る地区の居住者であるが、その迎えるものが、さらに、他の場所で迎えられるものになるという交歓の方式について創意をこらすこと、そのことこそ、あらゆる都市、あらゆる地区に於ける祭典の原理になっている筈である。それは、革命の祭典であり、未来へ向う祭典である。革命への貢献者の名が刻まれている赤い広場も行進は通る。だが、そこで閲兵されるのではない。赤い広場の壇上に立っている者はなく、すべてが行進の列のなかにはいっているのだから。私はそのような私流のヴィジョンを二重写しのように現在の構図の上に重ねて無理に気晴らしをしてみるのだが、それでも、何時も、むらむらとする。ここには、ピラミッドの否定の姿勢が見られない。ピラミッドの体制を誇示し、強化する数千年来の帝王の閲兵の形式しか見られないのだ。何故数歩降りないのか。私はつねに疑わしく思うが、閲兵者はこのような高い壇上に数時間も立ちつづけているあいだに、自己の革命家としての喪失を一瞬も覚えないものだろうか。

花田清輝よ。私は、この文章のなかで、ただひとつの姿勢についてのみ語った。組織のそとでのんべんだらりとしている私と組織のなかにいる君とのあいだには、まことに多くの分析さるべき問題、とりあげるべき多くの現象が、まだほかにある。私は、その他の問題を今後とりあげて論争するのを楽しみに思う。けれども、私は、まずはじめに、ただひとつのピラミッドの体制のなかの姿勢のみをとりあげて、一筋に強調した。何故なら、私の考えでは、このピラミッド意識は、わが国の個々の特殊な問題のすべてをも貫きとおしている深い象徴的な意味をもっているからである。それがまず追求されなければならないからである。このなかに三年いると、少なくとも三度は自己の良心を圧殺しなければならない。私がそう深く思いこまざるを得ない苦痛を嚙んでからすでに二十年以上たったが、その当時のピラミッドの体制の重さがなくなっていないと、いまなお思っているからである。私は、自己の精神を三度圧殺してそこに三年棲みついているものを、こう責めることができる。汝の気持が反射的に立ち上がろうとするのにつねに目をつむって、事物とひとびとを見殺しにしてきた汝よ。胸に手をあててよく考えてみるがよい。汝は、第一に卑怯であり、第二に、保身的であり、第三に、自ら気づかぬふりをしながら、やはり、抑圧者の地位にのぼりたい願望を秘めているのだ。そして、第四に、すべてを眼前に眺めはなしにしている汝には、このような現象が発生する理由、機構の歪みの原因を分析する能力がないというべきである。だが、私がそう責めたとしても無駄である。彼はピラミッドの足下に腹ばっているスフィンクスの硬い謎のような風貌を示してぼんやりこちらを見ているだけである。そのような石の表情を眺めつづけると、私はまた、こう思うのがつねである。このピラミッドの体制の重さは、沙漠のなかのピラミッドが人類を眺めおろしているよりも長く、数千年にわたってわれわれの精神の秤の一片の上に乗っていて、それにつりあう他方の一片に服従の美徳と秩序の習慣と思考の抑制の数えあげがたいほど多くの組合せを置きつづけてきたのであるから、それを顛覆するためには、沙漠のなかのピラミッドを片手でつぎつぎにひっくりかえせるほどの力が要る。それは、部分的な力では倒れない。未来の全体を掌のなかに握って、全力をあげ、懸命に打ちつづけなければついに傾かないのだ。従って、私が未来の全体を凝集して私自身の掌に握るまでは、このピラミッドの体制のはしをいくらおしても、徒労である。しかも、蜘蛛の巣のかかった何処かの部屋の隅で、未来の全体を凝集する作業にとりかかってからすでに二十年以上たったあとでも、なお、のんべんだらりとしていなければならないほど困難な仕事がその仕事だとしたら、このピラミッドの体制への敵対は名状すべからざるほど容易なことではないのだ……。従って、私がまずここでなし得るのは、一種の苦痛と憤懣の呻き、ひとつの象徴的なものの執拗な強調だけである。ところで、花田清輝よ。私がこのような苦痛と憤懣の呻きをこめた文章を書いているあいだに、そのピラミッド体制の重さを軽減する試みが、「革命的組織の内部から」なされるのに際会した。当然な試みである。私は、まず、ひとつの新しい情景を知った。ひとりの指導者が、指導者達に向って送る代議員達の嵐のような拍手を制して、諸君は共産主義者らしく振舞い、諸君こそ大会の主人であることを示さねばならない、と述べたとの報道である。私はその報道を見て、ダムにひとつの漏孔がつくられた以上、やがては拡大決潰するだろうことを直観して、翌日、私をこの論争に勧誘した編輯者に電話して、すでに書きはじめられていた私の文章を取りやめると通告した。組織内部で是正すれば、これにまさるものもなく、荒野からの声を送る必要などないからである。すると、その翌日、さらに他のひとりの指導者がスターリンについて批判している報道に接した。私は、このような前進がやがて組織と機構自体へも踏みこんでゆくことを喜び期待しながら、その演説内容に見いっている裡に、ふとひとつの章句にぶつかって、私の視線は停ってしまった。私は、幾度も幾度も、その章句を繰返して読んだ。それは、こういう章句である……。その理由は、ほとんど二十年間というものわれわれは事実上、集団指導制を持たなかったからであり、マルクスやレーニンによって非難されてきた個人の崇拝ということが栄えていたからであり、その結果、党の情勢や党活動に対し著しく否定的な影響を与えることになってしまったからである……。この章句の上に私の視線が数分停って動かなくなってしまい、やがて、ぼんやりした霧のような眼前の咫尺の空間を眺めている裡に、私は、私の暗い内部に不意と名状しがたい痛憤と悲哀が湧き起ってくるのを感じた。

死んだものはもう帰ってこない。
生きてるものは生きてることしか語らない。

それは、絶えざる囁くような暗いリフレインを繰返した。二十年？　何をいってるのか。何故、そのとき、組織のなかで闘わなかったのか。何故、そのとき、組織のそとへ出て原因の探求に精根をこらさなかったか。この二十年のあいだに私の知り合っている幾たりかはすでに死んでしまった。その裡のひとりは、自殺し、ひとりは、気が狂った。彼等に、お前達は否定的な影響を受けてむだな自己消費をしてしまったのだといっても、もはや彼等はもとへもどらない。彼等がどんな入念な是正をされても、そこに暗い悲哀はのこるだろう。いままでうちすてられていたものが不意にとりあげられると、それは忽然と深い意味をもつようになる。だが、権力が問題をとりあげるのは、その権力が目標をもったときだけである。私が幾度も繰返して読んだ章句のような言い方は、ただただ、権力保持に典型的な言い方である。花田清輝よ。為さざるよりは為した方が好い。しかし、これは権力保持に必要な部分的な取り上げであって、決して全体へ及ぼさないやり方であることは明らかである。何故なら、全体の意味を問うて、根本的な顚覆を試みるなら、まず自分自身を顚覆しなければならないから。私は、眼前のぼんやりした空間に長い振子のような想念を往ったり来たりさせながら、幾度か思いまよったが、やがて、そのひとつの章句にひき起された重苦しい深い無念さと口惜しさのなかに、また、この文章を書いて置く気になった。内部の批判は、部分的な問題しかとりあげず、全面的な顚覆を避けているのだ。しかし、ついに避けとおすことは絶対に不可能である。

花田清輝よ。蜘蛛の巣のかかった何処か忘れられた隅にいるのんべんだらりとした永久革命者ばかりでなく陸と海のあいだに埋もれている権力に関わりをもたぬあらゆる異端者は言う。

霊廟も愚劣である。元帥服も愚劣である。プラカードのあいだに掲げられている肖像写真も愚劣である。閲兵も愚劣である。それらの現象を支えている隠秘な階級支配の本質は愚劣である。すべてを、ピラミッドの階段にひきもどす過去から見るな。すべてを、上下関係のない宇宙空間へひきゆく未来から見よ。針の先ほどの些細な不審も見逃すな。汝の熱っぽい掌の上で験してみよ。たとえそれが現在如何に激烈に思われようと、それらが未来から見て愚劣と看做されるものは、すべて、必ず変革されると、私は断言する。いま眼前にあるものは革命家の心のなかに棲みついていた権力への意志であり、革命の組織のなかに置かれた八十八の階段である故に、その顚覆は容易ではない。だが、未来の歴史から出現してくる新しい世代は、支配と服従を巧みに温存して置こうとするあらゆるからくりを必ず受けつけやしないのだ。花田清輝よ。私が未来に届けようとする暗黒星雲に似たひとつの報告書の仕事は容易にできないが、もし次の章ができあがれば、そこにはこういう一主題がある。——革命家は革命家たるためには革命が到来すれば直ちに死んでしまわねばならない。これは比喩的に解釈されようと、実際的に解釈されようと、どちらでも構わないが、もし幸いにしてその章ができあがれば、そのとき、われわれは革命と革命の意味の問題をまたむしかえそうと思う。君も私も、ともに、最もすっきりしたかたちで支配と服従の死滅した世界へ飛びこみたいに違いないのだから。

戦後文学エッセイ選3

埴谷雄高集

（第三回配本）

栞
No.3

わたしの出会った戦後文学者たち（3）

松本昌次

埴谷雄高さんは、一九九七年二月一九日、八七年の生涯を閉じた。その死は、新聞・雑誌等で大々的に報道され、「未完の大長編小説『死霊』で知られ、戦後の思想界にも大きな影響を与えた作家」として、その生涯は最大級の表現で讃えられた。同月二四日、東京・新宿の大宗寺というお寺で、「お別れ会」が開かれたが、寺院の前の広い広場から入口の階段にかけて、定刻前から延々と弔問者の列がつづいた。まるで有名タレントの葬儀のように、読者とおぼしき若い男女も見かけられた。いかに埴谷さんが多くの人たちに慕われる存在だったかをあらためて知るとともに、戦後の一時代の終焉を象徴するかのような印象でもあった。

わたしが一編集者として埴谷さんに出会ってから四〇年余、亡くなってからでもすでに八年がたつ。未來社の編集者時代の一九七一年に書いた拙文を中心に、のちに機会あるごとに綴った短文のいくつかを抜粋・構成し、それを補足・訂正する形で、埴谷さんの著書刊行のいきさつを記しておこう。

*　*　*

一九五六年の初頭、わたしははじめて埴谷雄高さんの武蔵野市吉祥寺のお宅を訪ねた。（現在はとり壊され跡形もない。）四回目の結核の発病を、ストレプトマイシン、パス、ヒドラジット等の新薬で克服し回復に向っていた時期だと記憶する。わたしは、未來社に入社するにあたって、『死霊』と『不合理ゆえに吾信ず』という、恐らく「人間と人間との関係の機微」を主題とする文学に馴れ親しんだ人間では、とても間尺に合わない二冊の本を書いて、われわれ文学仲間の間で畏敬と特別な位置をもって重々しく語られていた「埴谷雄高」という奇妙な名前を持つ人の本を、ぜひ作りたいと願った。当時、真善美社刊の『死霊』第Ⅰ巻と、月曜書房刊の『不合理ゆえに吾信ず』は、版元の倒産と共に、いわゆる古本屋のゾッキ本の棚に五十円から二十円の範囲で時折見かけることができた。わたしは、『死霊』が全十巻揃う壮観さをひとりで想い描いてみたが、埴谷さんが心臓病や結核や、その他万病の巣窟みたいに病気を抱えているという風評を聞き、こういう超天才は、あるいは惜しまれつつ世を去るので

200

はないかと思った。（まだ病勢衰えなかった一九五二年はじめ、見舞いに訪れた平野謙さんが、寝台に横たわる埴谷さんの顔を見た瞬間、「もうだめだ」と思った顔を、逆に、埴谷さんが直感したというエピソードがある。）今から思えば実に失礼な推測であったが、そこでわたしは、せっせと『死霊』をゾッキ本屋で買い、未完の第一巻を十冊書棚に並べることで、『死霊』全十巻の完結を勝手に祝おうと考えたのである。しかしそれは考えただけで、買ってきた『死霊』は、片っぱしから同じ値段で友人の書棚の方へ移って行った。

ところで、埴谷さんの最初の評論集『濠渠《ほりわり》と風車』が刊行される過程、及びそれ以後において、三つの難関が未來社と企画・担当者であるわたしに訪れたのである。

難関の一つは、まずとりあえず一冊の評論集を編む予定で話をすすめていたのだが、原稿枚数が集めてみるとほぼ千枚近くに達したことであった。当時、それこそ少人数の「秘教の集団」のなかで秘かに尊敬され語り伝えられていたというにふさわしい埴谷さんである。いかに未來社が少部数の堅い本が得意とはいえ、また、余り売れないかも知れないが戦後日本における最もすぐれた芸術・思想家の一人というわたしの宣伝で、西谷能雄社長が快くその刊行に同意してくれたとはいえ、「ハニヤユタカ」と正確に名前を読める人も少ない時代に、千枚ほどの評論集を作ることはそれほど簡単なことではなかった。しかしわたしは、まさに埴谷さんの「断簡零墨」に至るまでの全エッセイを編むつもりであった。千枚のなかから取捨選択し、出版常識にかなった一冊の本を造るという安全策をとりたくなかった。わたしは、埴谷さんから頂いた千枚ほどの原稿を、ええままよ、あとは野となれ山となれ、一挙に印刷所に放りこんでしまったのである。案の定、校正が出てみると、ノンブルは六〇〇ページを遥かに越えた。B6判、九ポ一八行×四二字詰で七〇〇ページになんなんとする本を刊行するわけにもいかず、これを校正の段階で二冊に分けたのである。いわばそうなるであろうことを予想して、枚数計算を間違えましたと西谷社長に詫び、現在のような、「一方は文学的な主題をもったものを柱にし、他方は政治的主題をもったものを柱にするといった編集法」がとられたのである。

さて、第二の難関というのは、かくして誕生の迫った評論集の書名が、埴谷さんから『濠渠と風車』および『鞭と獨樂《こま》』と命名されて提示されたことであった。わたし個人としては、いかにも埴谷さんにふさわしい書名として納得でき が、いわゆる普通の出版常識からすれば、意図的に本 なくするような難解な書名であった。それは、埴谷 が書いているように、「読者が目では書名を見てもったまま発音できないところの奇妙で風変わあった。埴谷雄高著『濠渠と風車』未來社刊——著者名も書名も出版社名も、どれひとつをとっても、お義理にも一般性はなく、まさに「秘密の隅」で心ある少数の人びとの手にしか渡らないこと請け合いであった。試みに、以後現在まで（一九七一年当時）に刊行された埴谷雄高評論集の書名を書いておこう。——『墓銘と影繪』『罠と拍車』『垂鉛《おもり》と彈機《ばね》』『甕と蜉蝣《かげろう》』『振子と坩堝《るつぼ》』『彌撒《みさ》と鷹』『渦動と天秤』『兜と冥府《めいふ》』といった具合である。

第三の難関は、かくして当然のことながら刊行後に訪れた。埴谷さんの「志向」に忠実な本の売れ行きだったということである。その志向とは、「私は極めて当り前のことを当り前に書いているつもりだったのに、現実から遠くかけ離れたことを晦渋難解に扱っているというふうにみられる場合が多かったので、そう思うひとびとの目にはできるだけ触れさせず、同じような思考の方向と性癖をもった誰かにだけ何処かの暗い隅で『一種秘密な、隠れた状態』で読んでもらいたいとひたすら志向していた」その志向である。（埴谷さんは、みずからの著書を「本来は流通しない贋造紙幣」と呼んでいた。）『濠渠と風車』初版一五〇〇部、『鞭と獨樂』初版一二〇〇部は、著者の「志向」に忠実に、ポツポツと四百人足らずの「誰か」の手に渡っただけで、あとは、暗い隠れた倉庫の片隅に山積みにされてしまったのである。策略を弄してまで作った大事な二冊の評論集が、著者の「志向」にのみ忠実で、編集者の「志向」には不忠実な様子を、倉庫に入るたびに横目で睨みながら、すぐれた芸術や思想は、必ずある時期、静かに眠っているように見えるものだ、「今に見ろ」と、わたしは心にいい聞かせた。（ある時、税金を滞納した未來社に差押えの執達吏がやって来た。そして、倉庫のなかでもひときわ目立つ埴谷さんの本の山に、出荷停止の札を何か所かべたべた張りつけたことがあった。ただでさえ、動かざること山のごとしであったから、何の痛痒も感じなかったが、まさに贋造紙幣が発見・摘発されたかのようであった。）

すでにその時までに、真善美社・月曜書房・近代生活社の三社を、どれもこれも潰してきたわたしですから、お宅も潰すかも知れませんよと、埴谷さんは、評論集を申しこんだわたしにたびたび警告してきた。そのたびに絶対そうはさせませんと答えてはみたものの、余りにも二冊の本は、出版社と編集者の「志向」にそむき過ぎるのであった。不安と口惜しさと二つながらわれにあり、であった。それが、一九六〇年の安保闘争以後、次第に暗い隠れた倉庫から、一冊一冊とそれらの本は誰かの書棚に移って行ったのである。本が、著者の「志向」に反逆しはじめたのである。それは、埴谷さんが変わったのではない。相手が変わったのだ。埴谷さんは、近著『闇のなかの黒い馬』『姿なき司祭』（河出書房新社）に至るまで、終始一貫、みずからの思想と芸術の「志向」に忠実なのだ。かくして、以上のような三つの難関は、どれもこれも、見事な逆転劇を演じてしまったのである。

埴谷さんが戦後五十年間、『死霊』を書きつづけたことは、すでに生前から伝説的に語り草になっていたといってもいい。そして、それまでの日本文学の枠内ではとても理解できない『死霊』の作品世界ほど、多くの作家・批評家等によって、畏敬の念をこめて論じられたものもない。しかし一方で、埴谷さんの真価は、同時代の戦後文学者の仕事と人間を、多くのエッセイによって書きとどめたことにある。特に、相手に対する人間味溢れた評価の見事さは、追悼文によって発揮されたといってもいい。

影書房の出発にあたって、埴谷さんが「応援」の思いをこめて刊行してくれた『戦後の先行者たち』(一九八四)は、副題に「同時代追悼文集」とあるように、原民喜・梅崎春生・三島由紀夫・高橋和巳・椎名麟三、花田清輝・武田泰淳・竹内好・平野謙・荒正人・福永武彦氏を悼む文章四十九篇を収めたものである。それらは、埴谷さんの言葉をもってすれば、「戦後文学が遠くなったことを示す」「死におくれたものの悲哀」に満ちた書物なのである。特に年若くして逝った高橋和巳や、日常的にも親交の深かった武田泰淳などに寄せる埴谷さんの痛恨の言葉は、読む者に惻々と迫ってやまない。埴谷さんは、まるで、追悼文によって戦後文学者たちの果たした精神的遺産を次代に手わたそうとしたかのようである。

この本以後も埴谷さんは、多くの追悼文を書いた。橋川文三・島尾敏雄・磯田光一・富士正晴・澁澤龍彦・石川淳・草野心平・秋山清・大岡昇平・開高健・鮎川信夫・野間宏・井上光晴・北村太郎・安部公房・藤枝静男・佐々木基一・武田百合子・谷川雁……。どこまでもどこまでもつづく埴谷さんによって建てられた墓標であり、これらの墓標を一つ一つ辿って行けば、戦後文学の全体像はおのずからうかび上がってくるのではなかろうか。『死霊』も近代文学史上、稀有の作品といえるが、これほど死者を手厚く葬送する追悼文を多く遺した人もいないだろう。いま、埴谷さんは、それら先行者たちの一人一人に感謝の念をもって迎えられていることであろう。

埴谷さんは律儀であった。文庫本を作らないと決めたら、どんなに金に困っても作らなかった。外国旅行は自費でやった。自分を先生と呼ばせなかった。深夜でも、友人は暖かく歓待した。なによりも、日常茶飯において自らの主義・主張に忠実であった。評論集・対話集は、はじめの約束どおり、未來社で刊行、亡くなった時、評論集二十一冊、対話集十二冊に及んだのである。

単性生殖

処女マリアという考え方が千年以上も続いてきたヨーロッパには、処女生殖についての関心が、想像以上に深いらしい。それは関心というより、奇蹟を渇望する永遠の心といった方が好いかも知れない。

ところで、先頃、イギリスで処女生殖騒動とでもいうべきものがあって、私は海を隔てた遠くから興味をもった。

単性生殖は下等動物には多く見られるが、脊椎動物では魚ぐらいになり、哺乳動物では殆んど絶無だといわれる。私達は鶏が所謂無性卵を生むのを知っているが、これは孵化しない。ところで、騒動は、一医学誌につぎのような記事が掲げられたことにはじまる。もし人類にそれが起ったとしてもそれは甚だ稀である。それは六つ児の誕生と同程度に稀であり、僅か三十二億千二百八十万回に一度起るだけである。……これが、騒動の発端になった。

人類に於ける処女生殖の子供は、勿論、女の子である。その子は、（父親がないのだから、）ただ母親からの遺伝子のみをうけて、恐らく、母親にそっくり生き写しであろう。そして、或る雑誌がさらに読者に向って、こういう申し出をした。この国に男性との接触なしに赤ん坊を生んだ女性が或いは十人位かそれ以上いるかもしれない。自身の産んだ娘が処女生殖と信ずる女性は申し出られたい。彼女は権威ある医者の検査にゆだねられ、インチキは許されない。検査は厳重である。もし事態が正しいと認められたら、彼女とその娘は医学の歴史を飾るだろう。ところで、私が遥か離れた極東の島から、息をのんで、成行きを眺めていると、私を失望させないためかのように驚くべし、三人の女性の申し出があった。彼女達は著名な医者の検査にゆだねられたとまでは報道されたが、その検査の結果は勿論、なんら報告されていない。

私がたいへん好きな文章に、キェルケゴールのこういう文章がある。

「人も知るごとく、イギリスの某処に一つの墓がある。それは別段見事な記念碑があるとか、乃至は、周囲の配置が物悲しいとかいうので珍らしいわけではなく、ただ『最大不幸者』と小さく刻まれているその墓銘が風変りなのである。此の墓を発ばいてみたところが、内には死骸の影も形も止めなかったということである。死骸のなかったことを不思議とすべきであろうか、それとも墓を発いたことが、より多く不思議であろうか。」

われわれは、処女生殖の娘を生んだと信じて三人もの女性が申し出てきたことを、不思議とすべきであろうか、それとも、人間に於ける処女生殖など信じてもいないくせに、三十億万が一、あり得るかも知れないと頭蓋の何処かの隅でわずかに思って数人の医者が真面目な顔付で検査している光景がより不思議であろうか。

踊りの伝説

踊りについて、私が想い出すのは、どういうわけか、ゴーリキーの自叙伝ふうな作品、『番人』に出てくるひとりの駅長である。この駅長は実は公然たる泥棒であって、カスピ海の港から来る貨車を支線に引き込み絹や食料などの貨物をとりこんで売り飛ばしてしまうのである。この窃盗はその町の公然たる秘密で駅内にも警察の内部にも共犯者だらけであるが、この駅長があらゆる貨車から大胆不敵に盗み出すのは、単に私利をはかるためでなく、村から部落から若者や娘達を集めてロシヤ流の陶酔と律動にみちた宴会を開くためなのである。この宴会はギターや手風琴の響きにのった色々な種類の踊りがつづいて、一つの旋回する頂点へ向ってゆく饗宴である。トレパークから始まる踊りは部屋中の若者達を次第に陶酔をこえた躁宴にまでみちびいてゆく。足踏みの音、口笛、金切声が色様々なスカートの熱狂的な動きとともに、爛酔と興奮につつまれた強烈な一定したリズムにまで高まってきて、ロシヤ特有の蹲んだり、跳ね上がったりする激しい動きの踊りが、部屋中の者を一つの大きな旋風に巻き込んでしまう。運動と音響の波が頂点に達する時、剛胆な泥棒の首領であるこのロシヤの駅長は、壁を負った部屋の隅から「女を裸にしろ」と怒鳴る……。

この放逸と狂乱の渦巻いている驚くべきロシヤ的な混沌を、後年、ゴーリキーは回想して、この肉体の狂暴な奔騰の中に自由への渇望を秘めた健康な力の余剰があったと認めている。

いったい肉体を動かす踊りの中には、弾力をもったエネルギーが外側へ溢れでる健康さと同時に、自身の肉体の枠への一種の反抗、普通の足どりですすむ秩序から脱する或る種の喜悦をまじえた狂暴な悪徳に似た気分が含まれている。フランドルの画家達に描かれた農夫達の祭典、ケルメスの図をながめると、見渡すかぎり群れ集った男女の踊りのかたちは放埒とも躁宴ともつかぬ驚くべき渦の中に横倒しになっている。私も、人間であることの肉体の枠への憤激から、そしてまた宇宙の中で人間をこう造ったものへの反抗から、軀を強烈に揺すってみたいのだが、どうもゴーリキー時代のカスピ海附近の町や、フランドルのケルメスの中の一員というわけにゆかぬので、甚だ穏当なダンスをしていざるを得ない。

汝の軀を楽師が竪琴をあつかうごとくにあつかえ。もしその汝の軀がもはや汝に仕えなくなっても、汝はまだ伴奏なしにうたうことができる。

これはプロティヌスの言葉であるが、竪琴をあつかうように自分の軀を踊らすことができたら、恐らく無限のなかを流動しているような夢幻的な感じがするだろう。例えば、嘗ての映画、『舞踏会の手帖』の中のワルツのスロー・モーションに写された動きのように、白い裳裾がふわりと膨れ上ってゆっくりと開いてゆくといった具合に軀を動かせられれば、まさに肉体が一つの音楽になったようなものだろう。だが、このような夢幻の中の芸術のかたちは私達の踊りにはほど遠い。私達は自身であることから飛び出す何らかのかたちの衝動に駆られて、軀を動かすのであるから、白い裳裾がふわりと巻きあがってゆく夢幻的な踊りにはほど遠く、むしろ、躁宴的である。私はダンス・ホールの中の人みしりした取り澄ました顔をしているソフィスティケイトした感じに苛だたしくなる性《たち》なので、仲間が集まる家庭ダンスの乱雑な雰囲気の方が好きであるが、これにはまた、家庭の主婦が男とまったく同一の性質の面白さとエネルギーの消費量をもって遊べるのはこれくらいしかないという理由も含まれている。恐らく、このことは、ダンスの必要性の重要な理由である。

私はカスピ海の附近に生まれなかったので不幸にして泥棒の駅長にはなれなかったが、プロティヌスの竪琴いまだ吾を見棄てざるや、あらゆるものがそこら中にごたごたぶちまけられた戦後にぶつかったので、いまこそ邪教の開祖になろうとして、ルーシフェルのごとく夜の闇のなかで宣伝煽動、忽ちにして十二使徒をまわりに糾合して、手を舞い足を踏ませることにした。そのとき、悲しいかな、弟子にさせられた犠牲者達の名をあげると、佐々木基一、野間宏、平田次三郎にはじまって、椎名麟三、梅崎春生のごとき万人の認むる非ダンス的人物にまで至っている。

この弟子達のなかで異色ある竪琴を数えあげるとすれば、まず、野間宏を挙げねばならない。彼は、象のような眼をして笑う厚味のある善良感に示されるごとくに、感覚の伝達機構が皮膚と肉を十数枚重ねた遥か彼方の奥の迂廻路を通って走っている感じで、あらゆることがすぐぴんとこないのである。眼前でかなり手ひどい悪口をいわれながらもなんとなくにこにこして聞いていてしまい、ちょうど家に帰りついて玄関の戸を開いたとたんに霹靂のごとくに首筋を打たれて、その悪口の意味がはじめて理解でき、急にむらむらしてくると、彼自身告白しているくらいだから、あらゆる動きが重く、緩慢で、運動神経など皮膚の内部のどこかの隅にその先端の頭部を潜め、隠し、蹲って、永遠に表面の白日下に現れてこないだろうと思われるほどであった。しかし、天は平衡の計量器であって、一方の足りざるところを他方の過剰をもって補うのだろう。その運動はスロー・モーション・カメラに撮られたヘヴィ・ウェイトの選手のパンチのように鈍重であるが、しかし、彼には標的を地の果てまで追尋して止まざる驚くべきほどの息の長い理論癖があった。その頃花田清輝の関係していた真善美社は赤坂の溜池にあったが、そこに集っているあいだそれまで習ったダンスの足型を全部私に描かせた彼は、さながら貴重な秘宝であるごとくにその十枚ほどのフィギュア図を胸中にしまいこみ、そして、それ以後、道を歩いているとき不意と立ち止って胸のポケットからその足型を取り出して眺めていることが、屢々、彼に起った。それはこんなふうに起る。まず何かが顎から肩のあたりでつかえたような、何かがまさにはじまらんとして不意に止ってしまったような、夢の中のような奇妙な顔を彼はする。眼は霧につつまれたような眼前の一点に捉えられ、口の片隅が彼特有の歪み方でゆがんだかとおもうと、彼は不意に立ち止ってしまい、そして、おもむろに胸の内ポケットから丁寧に畳まれた十枚ほどの足型を取りだして眺めるのである。ところで、驚くべきは、ただに白昼の道路の上ばかりでなく、知合いばかりの家庭パーティの席でも、文字や絵の判読しがたい薄闇につつまれたホールの真ん中でも、この突然の停止が起ることであった。薄闇のなかにゆるい渦となって移り動いている人々の肩の影を透かして向うを眺めると、渦の中心の一点のように停止したまま動かない箇所があるので、首を傾けて注目してみれば、そこに両腕をあげて薄暗いなかで足型の図を眺めているのはまさしく彼なのであった。そんなとき困るのはパートナーで、これまたぼんやりした物思いに耽ったような顔付をしてその宙にもちあげられた足型をのぞき上げているしか手がないのである。周りに踊っている人々の流れが真ん中に立ち止った彼につぎつぎとぶつかってくるが、ひとたび眼前に掲げられた足型理論にのめりこむと、彼はもはや一塊の鈍い物体となって、他の一切のことに感じないのである。荒正人はこのような野間宏に感嘆して、往年小林多喜二はダンス・ホールへ行くのを黙っておいてくれと隠したのに、戦後のコムミュニストはまったくこだわらないと繰り返し驚いたものであるが、そのとき、野間宏は闇のなかのルーシフェルにひきつれられて、広大の、無辺の邪教の虚空の中を飛んでいたことを忘れている。そして、荒正人がさらに感嘆するとしたら、眩く輝いているイヴニング・ドレスのあいだをかきわけながら、鋲の打ってある兵隊靴で滑らかに光ったダンス・ホールのフロアの上に踏み込んでゆくことを驚くべきだろう。首をこころもち斜めに曲げ、口はしを僅かにゆがめて、がたりがたりと悩ましい響きをたてながら薄闇の奥のパートナーの方へ歩いてゆく野間宏の姿は『崩解感覚』の延長で、戦後という時代のなかでなければ決して現出し得なかったものである。

椎名麟三と梅崎春生の二人はその頃同じ場所に住んでいたので、一人だけができるようになって他がとり残されては困るという梅崎春生の申し出で、二人一緒に私の祭壇の前にならんだが、この健全なる市民の一人は跳びはね型、他の一人は恐縮型で、邪教のなかに惑溺する気魄をもったデカダンスの陰翳にいささか欠けていた。梅崎春生についていえば、音楽のリズムに乗って或る瞬間から飛び出そうとするとき首を擡げた精神はすでに飛びだしてしまっても軀の姿勢は一瞬あとに残っているので、僅かに食いちがった空間のなかではずみのついてしまったその軀の全体は、やっと飛ぶのを覚えた雀の子が首を突き出しながらもんどりうって巣から落ちるように、ちょうどリズムが一拍子過ぎたあらぬ瞬間に前へのめって飛び出してしまうのである。そして、のめった姿勢とあとから追いかけるリズムを動いている軀のなか自体で調整しようとするものだから、手足はぎくしゃくしたあらぬ方向へ勝手に延びて行ってしまう。想い返せば、このような主体と客体の統一が食いちがう絶望の果てにこそ私の邪教の秘儀は潜んでいる筈なのだが、幾度繰り返しても張子の虎のように首と肩ばかり前へのめって飛びでる正確な力学的な格構に陥ってしまうものだから、照れやの梅崎春生はすぐに諦めてしまった。ところで、一方、椎名麟三はちょうど蒸し暑い夏の夜のことで汗にびっしょりぬれた善良素朴そうな顔を白いハンカチで抑えながら、一モーション毎に、パートナーに向ってどうも済みません、どうも済みませんと丁寧に挨拶していちいち腰を曲げるのでいよいよ輝いた宝石のような汗のきらめきのなかに埋まり、そうした絢爛たる姿で弟子たることをつづけることに自ら恥じいり恐縮して、さらに、これまた身を退いてしまった。このような穏和な非邪教的な弟子達に較べると、いささかバトンを託するに足りるは佐々木基一ひとりという貧寒な教団で、プロティヌスの竪琴いまだ東方に飛翔せずという感の深かった無力な踊る宗教であったにもかかわらず、或るとき、カスピ海のほとりの混沌たる生の躁宴にくらべると水爆と爪弾きぐらいに違っている私の家のささやかなディオニソスの饗宴にその当時「文芸」の編輯長であった杉森久英が奇妙に跳ねあがる臑で家中あちこち飛び廻りながら一晩徹夜するや、埴谷家の舞踏会という造語が風に乗った放射能のごとくに伝わり、爾来、私の踊りは雲の中の伝説化してしまったのである。

そのとき私が闇のなかで駆使した邪教の開祖の教義とは、何であったか。まず第一は全人癖で、この宇宙にあるすべてを掌の上にのせてみて、いやなものまで含めての森羅万象のありとあらゆるものを、ひとつとして決して斥けぬという大調和、大肯定の精神を極端にまで貫くこと、これである。第二は、その全人癖を目の前に現われる神にでも悪魔にでも動物にでも誰にでも否応なく適用してしまうこと。つまり、誰にでも逢えば幸運な初心者と看做してすぐこちらの全内容を皆伝せしめようとする怖るべき教化癖を発揮することである。これに加えるに、邪教の開祖たるものには徹底した愚かしきサーヴィス精神がなければならない。その宴席に並んだひとの総数が三十人なら三十人ともに洩れなくサーヴィスして、たとえ咽喉奥に息切れしてその場に悶絶しようともついにやまざる謂わば無償の悲愴さを含んだ精神が備わっていなければならない。さて、ところで、この三つの内容の結晶を完璧に組み合わせて奮闘したときでも、どちらかといえば、邪教史上、不運な開祖といわれるほど優秀な邪教家を得る弟子運には、めぐまれなかったのだから、病気になって寝込んでからは、軀を竪琴のように動かす魔力に向って精進することなど思いもよらず、糸の切れた竪琴の胴体を茫洋たる空間のなかに徒らに横たえたまま、もはやわが邪教の未来は闇の彼方の見知らぬ無のなかに響きもなく消え去ってしまったごとき感があった。

……準備せよ、
汝の魂の飛び去りゆき、汝の軀の地の向うを。

私はもはや踊りの伝説を払拭して、ブレークにつき従って木管のような静かな挽歌をうたわなければばならぬ時期に立ち至ってしまったごとくであった。というのは、昨年の暮、久しぶりで邪教の二代目たる佐々木基一宅のクリスマスの舞踏会にヴィタ・カムファーを左右の腕に注射してふわりと出かけて行ったところ、いまや邪教の開祖たる資格は、冬の夜の地平に架かった大熊座の杓子のように大地の向う側に落ちてしまっていることが明らかになったからである。私が私の古き原理であるサーヴィス精神を奮い起して全部のパートナーに仕えると、忽ちポムプのはしに暗い穴があいたように、息ぎれして暫くはひと目につかぬ隅でこの世にあらぬ顔をしながら休んでいなければならない。嘗ては竪琴の美しき結び目であった筈の足の関節は、破れたコントラバスのように鈍い響きを立ててもはや床を滑らない。そして、その夜の最後の時間に、何びととともに踊ろうという私の邪教の歴史を決定的に顚覆してしまうような出来事が起った。

いったい相手が神であれ木石であれ、踊らざるものを一つの甘美な竪琴たらしむべき運動と音響に関する任務をもち、敢えてその義務の遂行の苦痛を担うべきが、プロティヌス以来闇の中に起きているものの原理であるから、私は、そのとき、二人の踊らざる相手を敢然と勧誘した。けれども、最後の不幸に適わしく、私はあまりにも質実堅固な人物にぶつかったといわざるを得ない。その宴席で踊らざる人物とは、壺井栄、佐多稲子の二女史であって、この二人がたとえ雷鳴に打たれても踊らぬだろうことは恐らく誰もが認めるところである。だが、不可能に向って後退せずという戒律に決してそむかぬところの私は二人に向ってこう言った。恐らく生涯を通じてこんなに無理強いして踊ってごらんなさいというひとはありませんよ。僕がこうして無理強いしていることは、或いは最初にして最後の機会かも知れない。さあ、さあ、出て下さい。けれども、壺井栄はどっしりと根を大地にのばした木のようにこちらをまったく相手にせず、自然、執拗な、宗教的情熱をこめた勧誘はのこった佐多稲子ひとりに立ち向い、席上のあらゆる視線がこの思いがけざる可能体としての竪琴の出現に集中されることになってしまった。さあ、いま立たなければ、踊るという感覚は永久に失われてしまいますよ。いいえ、いいえ、解らなくてもかまいませんわ。間に置かれた手風琴を互いにひいたり押したりしているような勧誘と拒否の連続する健全な哄笑と当惑のなかに軀をすくめながらも、その場に立ちあがってふわふわと浮揚する風精の奇妙に膨れあがった自己疎外の気分に駆られる瞬間は、ついに一瞬も私の相手に起らなかった。嗚呼、もはや私は無力であり、私が嘗て憧憬したところの邪教の開祖たる魔力の最後の奔出は恐らくすでに終ってしまっていたのである。夜も昼もベッドの上に力なく横たわって頭蓋のなかの暗黒を見詰めている裡に、わがルーシフェルは不屈の力と力が拮抗する本然の闇の彼方に飛び去ってしまったのだ。私は、そこで、もはや飛び去ってしまって再び帰ってこないプロティヌスの竪琴の震える韻律に呼びかける最後の呪文のように、立ち去り際にひどく神秘的な顔付きをしながら、健全の象徴である佐多女史に向ってこう言ったのである。(好いですか、深夜一人目覚めたとき申し出に応じて踊らなかったことについての深い後悔が油然と湧き起ることを僕は期待してやみませんよ。そして、このつぎ出会ったとき何を置いてもそちらから申し込もうという気に無性になりますように。)そして、私はもはや最後の糸が切れてしまってぴーんと虚空のなかに共鳴している細長い竪琴を追うように、星の架かっている遠い闇のなかにふらりと揺れでたのである。

存在と非在とのっぺらぼう

「思うという言葉によって、私は、すべて直接われわれ自身によって感知せられるという仕方でわれわれにおこるものの一切を意味する。理解する、欲する、想像するということばかりでなく、知覚することも、ここでは思うと同じことである」というデカルトの言葉は、文学における思想性の問題にとってたいへん示唆的である。けれども、私は、ここでは、文学の内的な機能からではなく、或る時代が避けがたく負っている謂わば外的な課題の面から、問題を扱ってみたいと思う。

文学もまた人類全体の壮大な行進のなかの一つとしてある。そのことを最も端的に啓示したのは、十九世紀の文学であって、哲学と宗教から無限と神という問題をひきうけて自身の課題とすることによって、自身すら予期もしなかった巨大な膨らみをもち得たのであった。この時代は、「形而上学はその探究の本来の目的に対して、神、自由及び永生という三種の理念のみを有する」とカントに呼ばれたところの、謂わば、設題のみあって解答不可能ともいうべき、形而上学的な理念の時代であったが、カントが壮大な序幕の喇叭を吹いた「経験が直接にわれわれへ提示するところのもの、即ち心理学から宇宙論へ進み、それからついに神の認識へまで進み行く」という偉大な空中楼閣の夢の過程は、必ずしも彼が示唆したとおりではなかった。例えば、心理学から神へまで目眩むような幅広い深淵の上に跨ったドストエフスキイにしても、宇宙論へ架ける橋はまだしかとかたちをなさぬ暗示的なものにとどまっているのであって、その課題は次の時代まで持ち越されているのである。

たいへん長い引用であるけれども、私達の時代に手渡されたドストエフスキイの次のような言葉は、その暗示がどのようなところにとどまっているかを如実に示して、興味深い。

「理智を有するということ、つまり意識というものを君が何のためにあらゆるもののうちで最高の存在物と考えているのか、それが僕にはわかりません。僕の考えるところでは、それはもはや科学ではなくて信仰ですよ。ですからもしお望みならいいますが、この場合には自然の手品があるわけなんです。でいってみれば、自己を重んぜよということは、自己保存にとって、必要欠くべからざるものです。あらゆる存在物は自分をあらゆるものよりも一層高きものと考えねばならぬのです。南京虫だって確かに自分で自分のことを君よりも高きものと考えていますが、もしそう考えることが出来ないとしても、確かに人間なんかになりたがりはしないでしょう。そして南京虫のままでいるんです。南京虫は秘密です。そして秘密は到るところにあるんです。何故君は他の者の秘密を否定しようとするんです？　さらに注意して御覧なさい、恐らく、不信仰は人間に先天的な附属物なんです。何故といって、人間は理智を何よりも高きものと考えているからです。ところで理智というものは人間のオルガニズムのみの特性となっているのですから、そこで他の形の生命つまり死後の生命というものを理解もしなければ、また、それを欲してもいないのです。死後の生命がさらに高いものであるとは信じてもいないのです。他面からみると、その性情の上から人間には絶望や呪詛の感情が特質となっているんです。何故なら人間の理智自体、自分ってものを絶えず信じなかったり、絶えず自分で自分が不満であったりするように造られているからです。それで人間には自己の生存を不充分なものと考えたがる癖があるんです。この点から死後の生命に対する信仰へ引きつけられるようにもなるんでしょう。確かにわれわれは過渡時代の存在物に違いありません。そして地上におけるわれわれの存在は、明らかに、蝶に変りゆく蛹の一過程、絶え間なく相続く存在のうちの一つに相違ないのです。まあ、次の言葉を思い出して御覧なさい。——天使は決して倒れない、が、悪霊は常に横たわっているほど強く倒れてしまったのだ、人間は倒れたり立ち上ったりする、というではありませんか。僕は人間は悪魔になるか、或いは天使になるのだと考えています。永遠の刑罰は不公平であるとひとびとは言っていますし、また、なかなか利き目のあるフランスの哲学は、万人が許されるだろうと考え出しました。然し、地上の生活は転生の一過程にあるんです。君が悪魔に転生されたのは誰の罪でしょう。何もかも、結局定められているんです。然し、それは実際、結果ではありませんか——ちょうど地上でもつねに或るものが他のものから生れ出て来るようにです。『最早時はあらざるべし』と天使が誓ったことも、忘れてはいけません。さらに悪魔も知っていることに注意して下さい。恐らくは、死後の生存においても意識や記憶があるんです。そしてそれは確かに、恐らくは、誰のでも非人間的なものでもないのでしょう。死ぬことは出来ないのです。存在はあっても、不存在ということは決してないのです。」

これは、『悪霊』のノートのなかに記されてあるスタヴローギンがシャートフに語る言葉である。ここには、私達をそそりたてる或るぼんやりした怖ろしいような暗示がある。確かに、南京虫は秘密である。そして、われわれの存在は蝶に変りゆく蛹の一過程、といえるだろう。けれども、それはまだ生の一つの面から存在の門口を覗いてみた僅か一つの暗示なのである。

　二十世紀は事実と事物の世紀であって、そのなかに置かれた文学の特質は、一方では、《戦争と革命》に対する力学を掘りさげることと、さらにまた、他方では、暗黒のなかで微光をはなっているような《存在論》を掌のなかに握って、宇宙論的ヴィジョンのなかに私達の生を置くことにある。ここでは存在に目を向けてみるが、その茫洋たる表面をかいなでられるかどうかも解らない漠たる出発点から出発しなければならない。

　私達は自然と社会のなかにいるごとく、存在のなかにいる。さて、そうであるとして、私達が存在のなかにいる自分を謂わば自覚的に規定しようと試みたのは、ようやく私達の世紀にはいってからであって、いままでに示された僅かの成果を見れば、この課題は、十九世紀における社会と個人の格闘を掘り下げて行ってひとつの見取図に達した一種立体的な努力に較べて、いってみれば、互いの部分へのめりこんでいる無数の円球の幾つかを無理やりひき離してみるような、恐らく、容積に容積をかけた数千倍のエネルギイを必要とする仕事であるごとくに覗見される。存在のなかにいる私達が自身をさながら玉葱のなかのひとつの皮のように、また、逆に、存在のつらなりを茫洋ととらえがたい或る種の無慈悲な実態のごとくに感じるのは、勿論、私達が存在自体のなかにありながら、存在を客体とし自身を主体と見做す二元的な思考法を自然に用いているからであるが、時とともに、ますます勢威をふるいはじめた存在が海嘯のように私達を次々に侵蝕して主体のありどころをいよいよ狭めるにつれて、私達は殆んど自分自身から追い出されかけて、敢えていってみれば、自己の断崖にぶらさがった自己に最後の手を延ばしているといった状態にある。嘗て、社会に対して個人を最後の拠りどころとしたように、私達は存在に対して意識を、謂わば頑強に対立し得るであろう抵抗線として持ち出したが、この至当と思われる第一の措置は、たとえ全的な潰滅でないにせよ、殆んどあらゆる地点で破られつつある事態にたちいたっているのである。

存在は私のすべてをのみこむ、
獲物をつかむ爪から仲間によりそう翅に至るまで。
存在を理解する永却の唯一者である筈のこの私、
自らのなかに築いた跳躍台からもんどりうって宇宙の暗黒のなかに飛びこむこの私、
その洞察の網の目につつまれない如何なるものも、
その飛翔する想像力に俯瞰されぬ如何なるかたちもない筈と、
存在の踵をしっかり摑んだ私も、
車輪をつかんだままの腕のようにやがてはついに存在にのみこまれてしまう、
さながら時間がついに存在をのみほしてしまうように。

遠くを眺める眼でみれば、襲いくるこの海嘯の渦を怖れてあらかじめ堡塁を築いて置く作業がなされていないこともないのであって、経験によらない純正な科学として数学が称揚され堅固な要塞に仕上げられたとき、その設計者はやがて来るであろう大きな不吉の翳を予感していなくもなかったのである。そして、意識のうしろ、頭蓋のうしろ、主体の遥かうしろへまでひきさがって、ひとつの公式がうちたてられたとき、その設計者は深い安堵をこめて、そこにあるものはそこに規定されるごとくにしかあり得ないものであると論断し、存在論は認識論としてのみ処理されるという方式のなかへ、さながら、広角レンズを備えた堅固な暗箱のなかへ逃げこむように、閉じこもったのであった。この方式によると、私達は甲羅のなかに閉じこもった蟹のように、時折、眼玉を潜望鏡のごとく擡げて遠くを眺め、放射状に網を打って、獲物をひき寄せるのであるが、そのとき、広角レンズで近くのあたりを映したときと同じ程度の精密と妥当が遠い空間からももたらされることが明らかになったのであった。私達は、かくして、あらゆる存在を掌のなかに握ったかのごとく見える。私達は存在の最初の、そして、最後の解説者となったかのごとくであった。けれども、抽象の極限へまでひきさがることによって時間と空間を超える巨人にまで膨れあがった堅固な主体の暗箱から覗かれたこの世界の一義的な様相は、まさに、ひとつの暗箱から覗かれたが故に、一貫した連続性を展示しているのであって、もしそこにたったひとつの単眼レンズの唯一無二性を保証する何物もなくなってしまったとしたら、たとえ最初の解説者たる位置をようやく保持し得たとしても、それはただ一瞬の記録者に過ぎなくなってしまうのであろう。たとえば、ここにそれぞれ構造のまったく違っている眼を備えた百の異なった動物がいて、そのひとつの眼をつぎつぎにつむって眼前の存在を眺めていたとしたら、この百の動物が交わす存在についての対話は、恐らく、現在の私達の想像を超えているに違いない。このようなかたちに暗示される主体のさまざまな設定については、いまだ何人も考究していないが、このことは、人間が人間から脱出することに如何に思い及ばないものであるかを如実に示している。存在の多様より、まず無限と永遠のなかに於ける観察主体の多様について吟味してみること、この問題は、私達人間の独自性を恐らくは脅かすかもしれない驚くべき重要な課題のひとつであるけれども、そこから如何なる多様な成果がもたらされるか、なおいまのところ予測しがたいのである。

広角レンズを備えた堅固な暗箱のなかに逃げこんだこの世界の設計者が、或るとき、そこに何物も写っていないのではあるまいかと動揺するのは、ところで、しかし、これまでのところ、そのような主体の側のなにかからではなく、客体としての存在自体のなかにおける或る種の攪乱に惹起されるものなのである。甲羅のなかから延ばされた単眼レンズは、謂わば静力学的な見取図をそこに写しだしたのであって、もし存在の攪乱と変容が彼方に望見されれば、そこに働いているのは観察主体たる自ら以外の何物かであり、暗箱自体自らを顧りみて、その創成についてはまったく無力であることを容認せざるを得ないのである。

認識がすでに或る種の創成を含んでいることは、嘗て、暗い混沌の覗見のはじめ以来、暗箱自体ひそかに気づいていないことではなかった。けれども、存在のひとつの渦動がまったく新たに出現したかのごとき変容をすぐ眼前に展示するとき、暗箱は、謂わば断続したトンネルのなかとあいだを走っている急行列車を見るように、存在のなかに或る種の胚種の弾丸がその光った弾道を隠見させながらつき走っているのを感ぜざるを得ないのである。しかも、私達の暗箱は、過去と未来の長いトンネルのあいだの細い裂け目を覗いて、右から左へ一瞬の尾燈をひいて飛ぶ弾丸をかいま見るばかりでなく、もし注意深くあたりを見渡すならば、屢々、暗箱自体が何時のまにか中枢部を射抜かれていて、何時ともなく傾き歪んでいることにも気づくのである。そのようなとき、暗箱自体が右から左へ射抜かれてがくりと傾くとき、私達は思わず眼を暗箱内部へ向け、つぎの一瞬、左側の壁を破って飛び出す弾丸を追って視線を投げながら、その弾丸を摑もうとする。そして、自身の胸のなかに、謂わば命令するように呟きこむのである。胚種の弾丸を追跡せよ、と。もしその逃れゆく因子をとらえ得れば、回転と攪乱の原理は掌のなかに握られてしまうように。

足場を与えよ、さすれば、地球を動かしてみせよう。
一つの緑色の天体儀の前に坐って、
そう述べたものにならって、
巨大な暗黒の空間を覗きながら、
私も言おう。
原質を与えよ。しかるとき、宇宙をつくりかえてみせよう、と。

私達が存在に浸入され、攪乱と回転の部分としてこの空間と時間のなかに投げだされているかぎり、私達は存在の掌のなかに握りしめられているのであって、一見、その逆はついになりたたないかのごとく見える。もしその逆の状況がなりたつとすれば、私達が、胚種の弾丸とともに走ること、端的にいえば、私達自身が胚種の弾丸となって時空の境をともにつき走ることが存在と私達に与えられねばならない。さながら、私達が乗っている急行列車の窓と平行に走っている一台の自動車のなかの人物と絶えず手を振りかわして或る種の信号と通信を行いながら、生起する風景の変化とともに私達自身の様相の変化をも示し合うように、謂わば、存在の因子と同一速度で私達は前方へつき走らなければならないのである。ところで、もし存在に遊戯の精神があれば、確かに、宇宙は、私達にとって手旗信号のかわされるひとつの遊戯場となってくれるかもしれない。換言すれば、私達の申し出と喝采に応じて、存在は、まず、ひとつの変容を見せてくれ、また、新たな変転の途中で停ってみせてくれさえするかもしれないのである。つまり、私達は、時間に関する私達の観念を担保として、存在を実験する権利を暫らくもつのである。さて、存在の因子と顔を見合わせながら、互いに平行に走ってゆくというこの操作は、月夜の中空を目を見開いたまま飛んでゆく幻想にも、目を失ったまま暗黒の海底を這ってゆく触感にも似ていず、無理にいってみれば、回転している巨大な独楽の心棒を、眼を開いたり閉じたりしながら眺めつづけている光景にやや似ているだろう。それは、相手のすきをとらえるほど巧妙に眼を閉じてみても、また、再び眼を見開いても、不動のまま変化していないように見える。けれども、或る瞬間、ふと眼を見開いて見据えると、独楽はばたりと横へ倒れ、心棒はゆらゆらと揺れているのである。

さて、単眼レンズを備えた暗箱のなかで静力学的な見取図を描きとっていた設計者がいまや困惑したことにはやはり外界の変容は起ったのであった。存在の踵をつかんだ私達の申し出に応じて、存在は、ひとつの変容をみせてくれ、そして、さらにまた、新たな変転の途中で停ってみせてもくれたりしそうであった。踵をつかまえられた胚種の弾丸を担保として、彼自身を実験する権利を暫らくのあいだ、完全に私達へ渡してしまったふうであった。古き哲学に対する自然科学の勝利が現われ、そこにあるものはそこに規定されるごとくにしかあり得ないという認識論の嘗ての公式は、そこにあるものは以前にあったものの新しき変種であり、次に来るべきものの鋳型であるという謂わば子供の工作に用いられてしかるべき粘土細工風の定理にとって代られたかのごとき観が生じた。ここに至れば、もはや存在論は一枚の実験報告書として始末されてしまい、原始の存在を閉じこめたフラスコとともに実験室の棚の上に乗せておけばよいように見えてきたのである。

ところで、観察主体の側の気づかれぬ凹所に、それぞれ違った構造の眼を備えた百の異なった動物が潜んでいるように、この実験を唯一の保証とする客体の側にもそれまで気づかなかった、というより、気づくことを欲しなかった何物かが潜んでいなくもなさそうである。それは、例えば、目もなく鼻もなく、耳もなく《のっぺらぼう》で、つゆさら手応えもない何物かであるかもしれないのである。嘗てそれは、非在と呼ばれたが、私自身は、それを、《のっぺらぼう》と名づけておく。というわけは、非在と、《のっぺらぼう》は、恐らく、同一ではないのであって、非在は、哲学的思考法によって論理的に措定されたネガティヴで空虚な何物かであるが、《のっぺらぼう》は、文学的思考法によってのみようやくひそかに暗示し得るところの、一種の暗いヴィジョンにつつまれた何物かなのである。

《のっぺらぼう》がとらえがたいのは、勿論、それが、《のっぺらぼう》だからである。それはついに掌のなかにとらえ得ぬ何物かであろう。けれども、一瞬と永劫、停止と回転が同時に表象されるのは、ただ私達にのみ許されていることであるから、もし私達に徹底した遊戯の精神があれば、それは、私達の遊戯場に姿を見せないこともないのである。《不意に……》という停止された時間の無限の拡大を、出来得るかぎり濫用したのはドストエフスキイであるが、彼は、この文学的思考法の特権のひとつを極度に濫用することによって、ブレークやポオのあとに、《のっぺらぼう》の姿を恐らくかいま見た唯一者であるように思われる。他のものは——文学者となり、文学的思考法というたぐいまれな特権を賦与されたにもかかわらず、つねに、その対象は眼前に織りなされる実在の光と影であるとのみ信じて、見られもさわられも感ぜられもしないところの、《のっぺらぼう》を窮極的な対象にすることなど、まったく、思いも及ばなかったのである。はじめから思い及ばなければ、勿論、その問題についての思索を深める試みなどなされはしないのも当然であるだろう。ドストエフスキイにしても、自ら意図することなく、はからずも《のっぺらぼう》の姿をかいま見たのであって、この領域に意識的に踏みこんだものはいまだ誰もいないのである。そこにはまだなんらの道もなく、なんらの方法も試みられていない。そこへはいろうとするものは、事物の背後の暗黒へ絶えずのめりこもうとする自身の、謂わば異常に片意地な偏向のみを携えて、さながら自身の背後に沈みゆくように沈みこまねばならない。そして、たとえ、ゆくりなくもその《のっぺらぼう》の世界へもんどりうって倒れこんだとしても、そこになにかを得るということは期しがたいのである。

私達が、いま、この、《のっぺらぼう》について気づいていることは、けれども、僅かとはいえ、すでにいくつか、ある。時を停止せしめたドストエフスキイがふとかいま見たところのぼんやりした死人の顔のような気味の悪い印象が、まず、そのひとつである。彼は、自然とか永遠とかを、キリストを無造作にのみこんでしまう物いわぬ巨大な獣とか、何処か、田舎の忘れられた風呂場に架かった蜘蛛の巣とかいうふうに腹立たしげに述べているが、それは、彼がかいま見た、《のっぺらぼう》を充分に表現し得ない苛だちから生れた或る種の情熱の象形化といった風に解釈できないこともないのである。彼は、生涯、神の問題で苦しんだ、と自ら公言するが、彼が苦しんだ最大の理由は、彼のかいま見た神の顔が、《のっぺらぼう》であることが彼を納得せしめないことを、彼自身理解しなかったことに由来する。彼は、神の顔は、《のっぺらぼう》でなければならない、という新しい方向に、一歩踏みきってしまえばよかったのだ。けれども、そこへ踏みきることなどついに思いもよらぬところに、十九世紀の枠のなかで生きた彼の苦悩の理由があり、そして、また、一般に、ひとびとが、はじめから、《のっぺらぼう》など、永遠に問題にしない最大の理由があるのである。もしそれに気づけば、あとはまっしぐらに進めるのであろうが、眼前に在っても鼻先をかすめ通っても、ついに気づかぬという事態は、眼帯をかけられてしまった思想のもつ角度が如何に曲げがたく覆えしがたいものであるかを、切実に示している。

このような一定の角度の伝承は異様な思考者の異様な憤懣を深い底に埋め葬ったまま数千年にわたって踏み堅められて、鋭いドストエフスキイの視界にすら或る種の目隠しを与えることに効果をあげているが、しかしそれにしても、私達の思索のはじめからすでに或る種の異常な暗示がなくはなかったのである。飛んでいる矢はそこに停っている、とゼノンが矛盾論の狼火をあげたとき、そこには、この世界に対して一方的な定言を無理にでも立てなければならないときの精神の苦衷が切実に現われている。もしこの広大な空間を三百六十度見廻す強靭で広角な視界をもっていれば、ひとつの定言が置かれようとするそのとき、その同一瞬間に、また、他の相反する定言が《不意》と現われて、彼が事態に厳密であろうとすればするほど、そこに或る種のバランスと格闘がせめひしぎあって、まず、見慣れぬ論理の異様な構造のなかで吃らねばならなくなることは明らかである。いったい、ゼノンは何をいおうとしたのか。私達をからかおうとしたのか。否。ゼノンは考えられる限りにおいて最も包括的な立場にたって、事実のもっている不思議な陰翳をひたすら語ろうとしたに過ぎないのである。周知のように、ゼノンは運動の不可能についての三つの論証を行った。出発不可能。追いつき不可能。前進不可能。

出発点を飛びだしたものは、ゴールへ向った直線上を走るのであるが、彼の足はその直線上に並んでいる無限の点の上を、さながらエスカレーターの階段を踏むように、無限に踏みつづけているのであって、それは、換言すると、絶えず、その出発点の第一歩を踏みだしているに過ぎないのである。この第一の定理の変形が、第二のアキレスと亀の定理であり、第三の定理は、空中に停止している矢と呼ばれる。それらはともに、空間を無限小に分割すること、また、同様に時間をも超精密なフィルムに写すように無限小の瞬間にまで分割すること、の二つの方法の仮借なき適用であるが、空間と時間を彼の論証の材料とする以上、彼の矛盾論には、必然的に、相対的な考え方が背後に厳然と控えているわけである。運行している車はどのくらい動いたか、それは、観測者が停止しているか、それとも、動いている車に乗っているか、そして、斜めに遠ざかりつつあるか、真すぐに近づきつつあるかによって、それぞれ評価が異なってくる、と彼はいう。恐らく、彼は、あらゆる物体を眺めて思索しはじめると同時に、その物体自身に転化し、あちら側でこちらを眺めているものにまずなり、さらにそれを眺め返して思索するといった習慣を身につけてしまったのであって、永遠の渦動のなかに動き揺れるこの森羅万象は、彼にとって、謂わばとどまることなく流転する視点のかりそめの仮泊地だったに違いない。そして、観測されるものが客体であるとともにつねに主体であることを知っている者は、自身の立ったより大きな立場をそのまま旋回させて論理化する徹底的な苦痛を味わわねばならない。走っている地球はその場に停止している、こう述べるものは、そこに述べられる以上の多くの陰翳をその背後に知っていなければならぬと同時に、一面的な視界しかもち得ぬ論理を、謂わば多視的な回転軸をもった論理に仕立て上げるという極度にねじまげられた語法を敢えて積極的に駆使する大胆な飛躍的な機智をもたなければならないのである。これまで見慣れた現象世界の背後に隠れているものがその異様な顔を覗かせるのは、恐らく、これまでの論理の破調のあいだ、定言と定言の割目のあいだにしかない筈であると気づいたとき、或る種の憤懣に似た絶望と勇気が彼をまったく新しい語法に駆りやる。私は、屢々一定の構図をもった壁画のように思いかえすが、ソフィスト達が奇矯と思われる新たな想見をつぎつぎとうちたてて、その矛盾のかたちのさまざまを正常論理の権化であるようなソクラテスにとがめられ、自己撞着の困惑と苦痛のなかで口ごもっている瞬間に、自身もしかといい得ないなにかが彼等の傍らに去りやらぬ影のように佇みつくしているように思われる。哲学が存在を向いている裡に、やがて、逆に存在が哲学をとらえ、闇のなかに立ち上ったような《のっぺらぼう》の名状しがたい翳がさっと眼前をかすめすぎて行ったとき、運動不可能なゼノンも、自己撞着の困惑と苦痛の理由も自らしかといい得ず立ちすくんでいるこのソフィスト達も、歴史のはじめに生れてきて解答不可能な設題を負わされたのであろう。その事態は示唆的である。

文学は長いあいだ存在に対して真すぐ向いてきたが、怖ろしいことには、いまやついに存在が文学をとらえてしまうのっぴきならぬ世紀にはいってきたと思われる。ブレークやポオやドストエフスキイがふとかいま見ただけで前のめりになるほどの重荷を負わねばならなくなったところの《のっぺらぼう》のかたちが、この世紀のあいだにどのような凄まじい徹底性をもった広角度のヴィジョンのなかにどのような暗い巨大な翳となってうつるのか、カフカやサルトルの数歩ふみこんだ努力にもかかわらず、いままだ予想しがたい。けれども、ただつぎのことだけは明らかである。そこには、まったく新しい飛躍的な語法が必要であること。そしてまた、或る種の憤懣を含んだ絶望と自身の背後に沈むようにもんどりうって闇のなかへ逆さまに倒れこむ勇気が必要であることも。

闇のなかの思想

　ひとが寝静まってしまった深夜、そこだけ区劃されて照らされている小さな仄白い空間のなかに坐って、ひとり仕事をしている気分は、やっとついに自分のなかに坐りこんで頭蓋の奥の暗い戸棚から何か取り出しているといった、なんだか中世紀の錬金術士が一種不思議な期待と自己麻酔のなかでフラスコを眺めているような、奇妙に気分の好いもので、たとえ仕事自体は時折額を前の机のはしにぶつけてみたくなるほど苦痛に充ちたものであるにせよ、その深夜の仕事の習慣がひとたびつくと私達はもはやそこから遁れられなくなってしまうものである。もう頭蓋のなかの何処を探しても、どう揺すっても何もでてこないという苦しみの極の焦慮と絶望のなかでぼんやり放心していても、深夜、闇の一隅にひとり起きているそれはしかもなお極まりもなく甘美な時間であって、屢々、逆に、その甘美な時間のなかへのめりこむだけのために一行も書かずに数時間も凝然と机の前に坐りつづけていることさえあるほどである。そんなとき、もはや誰も通る筈のない闇の外をまったく思いがけぬものが通ることがある。

　或る夜、私の部屋の窓の下をなにか細長いものが息使い荒くすり抜けるような音がしたと思うと、思いがけず、その先方の闇のなかでけたたましい鳥類の叫び声が起った。それが圧倒的な相手に迫られて狼狽と恐怖の極にあげられた一羽の鶏の叫びであり、息使い荒くすり抜けた何物かが恐らく犬であると理解できるまでには、息をのむような暫らくの時間がかかった。この深夜に鶏が歩いているのも奇妙であるが、不意に起って、けたたましい一声だけではたと消えてしまったその動物的な恐怖の叫びはまた数瞬息をとめたあとに大きな渦の尾をひいた不安を長くのこすほど無気味であった。

さらにまた或るとき、殆んどそれ以前の微かな物音も聞えずに、不意に何物かが私の部屋の窓のすぐ向う側で立ちどまる気配がした。私は凝っとその気配に耳を澄ましたが、その何物かは確かにそこでこちらを窺っていた。その窓と違った側の窓は闇にあけ放たれていて、そこから不意に異様なものの顔が覗くのではないかという気分に次第に私は襲われてきた。私が窓から覗こうとするのと殆んど同じ瞬間にそとから、どなたか起きてるんですか、と声がかかった。それは深夜窓が開いているのに不審を懐いた密行中の警官が声をかけたのであって、そう声をかけるまでは、私と同じように何かに向きあっている無気味な気配を彼もまた感じていたに違いなかった。

深夜、窓のなかに燈火が見えると、職業上要求されているこの警官ならずとも、そこを通りあわせる誰の胸のなかにもぼっと黄色い燈火がともって、一瞬、気持はそこに立ちどまるものである。その部屋のなかで或る種の苦痛と甘美な時間を過している者は、さすれば、そのとき闇のそとを通るものに眺められ、そして、或るときは長い時間立ちどまられて、漠然とではあるけれどもそこに燈火がついている意味について考察されさえしていることをものみこんでいなければならないのである。

このような闇につつまれた深夜について考察することからはじめたのは、ただに私がいまひとの寝静まった深夜にこの文章を書いているばかりでなく、武田泰淳もまた恐らくいま、筆をおいては一点を凝視して考える深夜の苦痛を一歩一歩と追いつめながら、今月一応完結しなければならない小説を書いているだろうと考え、そしてそう考えると、その苦しい作業自体に闇のなかにぼっとけなげに点いている燈火の決して屈せぬ意志とそれをなお隙間もなくひしひしと締めつける闇の物言わぬ巨大な力について思いをはせざるを得なかったからである。

その小説の出だしは私を喜ばせた。武田泰淳は一つの世紀のなかでも容易に得がたい作家であるが、その得がたい資質と作品の内容が渾然とからみあっている幾つかの短篇のほかに期待をこめて長篇に目をやると、長篇に於いてはこれまでのところそのどちらかが出ばって無念の力瘤をいれて読んでゆく凸凹の印象がここかしこにのこるのを免れなかった。けれども、滑稽と荘厳、善と悪、強者から弱者にまでわたる人間の全体を示し得るのは彼のごとき作家をおいて他に見出しがたいのであるから、さながら私達の上に置かれた動かしがたい重し石のように一つの渾然たる長篇が歴史のなかに置かれて、それ以後の流れを監視する事態になってしまうことを私はこれまで絶えず願いつづけてきたのであった。その私の願望をこんどの長篇の出だしはみたしてくれるかのごとくであった。私はたいへん喜んだが、その長篇のその後の進行は私の願望通りにならなかった。どうしたのだ、と私は胸のなかで作者に向って叫んだが、ここでも示されている非常な緻密さと私の思うようには踏みこんでくれない直滑降による一種のでこぼこは、読み進んでいる裡に、作者のあらかじめの考察不足や準備不足に責めを帰するより、私達の思考と思想史のあいだに拡がりつつある一種巨大なずれに由来するところ少くないと思われてきた。そして、それを象徴的に描きだせば、この文章の冒頭に私がひきだしてきた闇とそのなかの燈火ということになるのである。

私達はいま不思議な時代のなかにいる。容易にできないことがやがてできると信じていて、また、その十億分の一ほどは実際にできつつあるため、そう信ずることを頑強に拒否するものまでいささかの留保づきにせよ信じなければならないという気分にすでになっている不思議な時代のなかにいるのである。闇のなかの恐怖、闇のなかの不安、闇のなかの無気味さは闇のなかにぼっとともった黄色い小さな燈火のなかで判断され、そしてその小さな燈火のはなつ光芒が巨大な闇の隅をいささかより多く照らすと、私達は、この恐怖に充ちた巨大な闇が次第にせばめられ、やがてはついに片隅にまで追いつめられてしまう日がくるだろうことをぼんやりと感じ、そして堅く信じているのである。その予感は不思議なほどの信念に支えられた確実さで私達をとらえている。私達がいまそのなかにある暗い悪徳のすべてはやがて必ず克服されるだろうというのがそのぼんやりした、しかも恐ろしいほど確信された予感なのであって、そして、そこでまず克服されるだろうものの第一を挙げれば、殺人ということになるらしい。

この予感はたいへん不思議である。恐らく私達が知り得る数千年の歴史のなかで私達の世紀のように大量の殺人を敢えてなし得た時代は嘗てなかったばかりか、その殺人を最も巧妙に合法化する試みが最も人道的で最も真面目なものをもとらえて論理的な窮極点へまで連れて行った不思議な時代も嘗てなかったと言い得る。宗教戦争の時代にとられた神の栄光と冒瀆の論理はもはや私達の世紀には通用しなかった。私達の時代の合言葉はひたすら科学であって、ひとりの人間が細菌に襲われ、発病し、格闘し、困憊し、死亡する自然的な必然を説明するかのごとき極めて論理的な構築作業がそこに行われており、あらゆる戦争に自らは防衛、敵は侵略という呼び名がつけられているが、その政治のなかの大量殺人について最も納得し得るごとき論理的斉合性をもって殺人を許容なし得た頂点はプロレタリアートの祖国防衛の論理であった。けれども、政治の暗黒のなかにまだ科学の光などないと見透している炯眼なものから見れば、ところで、それもまた一つの仮装であって、殺人という巨大な闇が私達の胸のなかの黄色い小さな燈火のはなつ光芒によって、片隅へまで追いつめられている現実的徴候などまだそこになんら見受けられないのである。

とすれば、私達の予感はどこからでてきたのだろうか。現実に大量殺人を人類前史の闇として追いやっている証跡がなく、やがて追いやり得るだろう確実な保証も実はまだないのだとしたら、そして、あらゆる政治的施設が殺人を準備する修羅場としていまなお構築されつづけているのだとしたら、私達の暗い悪徳のすべてがやがて克服されるだろうなどという漠とした曖昧な予感はいったいどこからでてきたのであろうか。

その答えは極めて簡単である。殺人も隠蔽も恐怖も、あらゆる暗い悪徳のすべてはやがて克服されねばならないと、私なども加わって当もなくがやがやと騒いでいるからである。それは闇の奥で思いがけず一声だけ叫んだ鶏のような極めて非実際的でしかも悲愴な悲鳴であり、単純な反射音であり、極めて危うかしいゾルレン的信念の表白に過ぎない。けれども、さて私達がここで立ちどまって考察すべき極めて重大な徴しは、実はなんら確実な保証もないその悲鳴の雑然たる合唱が、容易に底流をかえがたいこの私達の暗い現存を深く洞察している武田泰淳のごとき強者の観察にも一種無意識的な、また、半意識的な手控えをなさしめてしまっているという不思議な事態にある。

いま私達の眼前に眺められている殺人の量と、何時私達がその善意に充ちた犯人となり悪意のみもった被害者となるかもしれない内容の複雑さは、ドストエフスキイが嘗て眺めた犯罪のあずかり知らぬほどの意味をもっている筈である。武田泰淳はそのような現代の問いかける暗い意味をたじろぎもせず眺め得る恐らく唯一の作家であって、ドストエフスキイが最後まで犯罪を手放さなかったごとく、武田泰淳もまた手放すことができない筈であるが、『蝮のすゑ』『流人島にて』『ひかりごけ』のときまだ掌のなかにそれをもっていた彼が『風媒花』で優れた現代殺人論を展開することによって逆に現代の犯罪そのものを手放してしまったように見えるのは、いま考え直すと、闇のなかにともった一点の黄色い燈火によって闇自体に迫ろうとする未来へのあやうい合唱の方へ無意識的に近づいていたためかと思われる。この強者にしてなお現代より踏みでてしまいたい瞬間があるかと微笑ましいが、しかし、安易に未来へ踏みこんではならないのが頑強な洞察者たる武田泰淳に課せられた任務である。

私がその出だしでたいへん喜んだ『貴族の階段』第二章の終りは暗示的な悪魔論で、第一悪魔である父の言葉が悪魔がついていない息子に通ずる筈がないと母は言う。しかし、息子の方から話せば、或いは悪魔の皮が破れて正しい言葉が流れこむかもしれない。そう母に言われた第一悪魔である父は息子にこういう力強い要求をする。

「そうか。それはありがたい。ぜひ、そうしてもらいたいね。義人、何か正しいことばをしゃべってくれ」。何か正しいことばをしゃべってくれ。これは不意に胸元をとられたようにぎょっとするたいへん重い要求である。勿論、息子はそれに対して何もしゃべることはできない。彼ができるのは何かを行動することである。そして、もし彼が現代で何かを行動すれば犯罪からはなれることはできない。正しいことばをしゃべるのはどのような結果を示すことか解らないけれども、明らかなのは、そう要求されるものは、大きな意味で、犯罪からついに離れることができないということである。

この長篇の結末を私は知らない。いまこの文章が書かれているとき、その結末もまた深夜の闇の奥、小さな黄色い燈火の下で書かれているのだろう。いま私が言い得るのは、ぎょっとする正しい言葉に触れようとするかぎり、作者は、現存して去りやらぬ恐怖と無気味の根源である殺人の深い批判からついに離れられぬということである。二月二十五日の夜、雪が積ったあと、二・二六がやってくる。私達の内部をまだ走っているこの異様な渇望の深さを眺め得る作家が武田泰淳のほかにあるのを知らないだけに、一点の黄色い燈火の傍らにがやがや聞こえる未来の声など顧慮することなく、ドストエフスキイが金貸しの老婆の部屋に立ちつくしたごとく、この闇の世紀の殺戮の真っただなかに最後まで佇みつくしていることを心から望みたいのである。

夢について——或いは、可能性の作家

私達すべてが自己独自の鮮やかな表象の世界のなかにおり、可能性の作家であることを端的に示すものは、夢である。闇に横たわった私達の暗い頭蓋の隅に仄かな輪郭が現われはじめると、謂わばこの現実世界の外側に向って開いている銃眼からひとつの弾丸が飛びゆくように、私達はひたすら果てもない未知へ向って驀進する。

ポオは、つぎの瞬間はもう眠ってしまおうとする夢とうつつのあいだの一瞬の時間を《影の影》に充たされた一種霊妙な、恍惚とした幻想の瞬間と呼び、頭も体も具合のいい或るときは、この状態が起るのを自ら制御できるようになり、また、この夢とうつつのあいだの恍惚とした幻想の瞬間から即座に覚めてはっきり記憶にとめることもできるようになったと述べている。次の瞬間に眠りこんでしまおうとするこの夢とうつつのあいだの微妙な一瞬は、私達の意識の発生と経過について絶えざる興味をもち、従って眠りに対しても特別な関心をもって追跡しているものには、恐らく、幾度か体験されているだろうと思われる。このような一種霊妙な、恍惚とした瞬間は、眼を閉じて自己の暗黒のなかへ閉じこもるとともに白と黒の輪郭を備えた夢をもつことの出来る私達の誰にも無縁ではないのであって、ポオが述べているように、その制御にまで達するのは困難であるとはいえ、「心理的にも生理的にも完全に健康で、魂が極度に落着いたとき」には必ずしも不可能ではないのである。

ところで、このような夢とうつつのあいだの一種霊妙な瞬間についての自己実験ばかりでなく、さらに微妙な幅を暗黒のなかにつき進んで夢の閾の上に足をかけ、ほんの端緒的な操作ながら、夢そのものを制御してみることもまた必ずしも出来がたいことではない。

すでに遠い昔のことであるが、夜と昼が逆さまになったまま、自意識のかたちについて論理的にも心理的にも思い悩み鬱屈した無為の時間を過している時期が私にあった。そのときの私の実験材料は私自身であり、その実験室は私の頭蓋のなかであったから、頑固な不眠症に支えられた眠りがやってくるときは、勿論、その眠りも夢も最も身近かな私の実験の対象になったのであった。

眠りは私達の表側の意識が蹲まり、うつ伏せになった状態であるという理由そのものによって、眠りの全容を私達の意識は頭を擡げて眺めとおすことはできない。けれども、私達が眠りを前にして自己訓練を絶えず繰り返せば、ポオと同じように、いわば《影の影》に充たされた霊妙な状態、僅かな時間の一点をかいまみることができるようになるのである。つまり蹲まり、うつ伏せになってしまうまで明確に保たれている意識と眠りのなかへ沈下してゆく軀とのあいだに或る種の均衡した速度を置き得るようになれば、次第に近づいてくる暗い波動と予感の果てにうつ伏せになってしまおうとする最後の意識は、軀中に溢れてせりあがってくる眠りの水平面を、一瞬、眼前にまざまざと覗き見たまま水面下に没入してしまうのである。さらに換言すれば《影の影》に充たされた霊妙な時間の一点とは、うつ伏せになってゆく意識とせりあがってくる眠りの海の交叉する一点なのであって、相接近するこの二つのものをさながら頭蓋のなかの巨大な目盛りに従わせるかのごとくに緩徐な速度をもって近づけ得る習練がもし私達に出来得るようになれば、その交叉する一点の瞬間は、暗い変容の魔のごとき一瞬となって忽ち現前する。私もまた、屢々その瞬間を味わったのであった。

暗黒のなかに凝っと仰向いたままその意識と眠りの交叉の一瞬を待ちうけている私は、そんな自分を、何時も、闇の海面に仰向けに浮身になっているかのごとくに感じた。呼吸が深く長くなり、脈搏が緩くなってくるにつれて、私の軀は均質の霊性を帯びてコルク玉のような微妙な重味を得てくるように思われる。胸腔に空気が充たされ、或いは、押し出されると、ゆっくりと盛りあがっては低くなる波の動きに揺すられるごとくに、私の軀は宙に浮く感覚と、それにひきつづいて自身のなかへ沈む感覚に交互に襲われ、そして、その二つの感覚の幅のあいだにゆるやかに揺すられている裡に次第に眠りへ近づいてゆき、謂わば眠りの海面へ目と鼻と口をともすればざぶりと漬けそうになってくる。尤も、闇の海面に私が仰向けに浮身になっているという譬喩は必ずしも適切とはいえない。何故なら私達が水面で浮身をしているときに胸から息をはきだすとともに軀はぐんと水中へ沈むのであるけれども、私の実験によれば、眠りに際しては深く息を吸いこんだ胸腔が膨らみつくして殆んど停止しかけたときに眠りの黒いヴェールが抗しがたい強さで重なってくるのであるから。けれども、呼吸のたびに私達が暗い眠りの海面へ向って沈んでゆくという点では、どちらも同じである。深く息を吸いこんで殆んど停止しかけたときに眠りの黒いヴェールが重なり知覚のひとつひとつがかき消されてゆくという事態は、或いは、脈搏とともにゆっくりと弱くなった私達の血流の鈍い動きによって脳のあいだに無数に置かれた小さな水門が次々と閉ざされてゆくことに由来するのかもしれない。そして、深い呼吸がちょっと停った或る休止点で、海面へすれすれにつかった鼻と口へざぶりと暗い水面が盛りあがり流れこむさまを薄目を開いて眺めている私に、すると、不意に思いがけずその開いた薄目と暗い海面が同じ水平面に並んで交叉する瞬間がやってくる。いま、眠るのだなというまだ明瞭な最後の意識がもはや真暗な私の脳裡をかすめすぎる。そのとき、私の全体は眠りへ陥没しかけて、一瞬の裡に、眠りの水平面とその断面図を殆んど同時に眺めているのである。

闇の海面に浮身をつづけているというこのような譬喩ではなく、闇のなかに眼を閉じたまま暗い頭蓋のなかを意識の眼を開いて眺めつづけているさまを記述すると、事態はこうである。私達の視覚はただに外界からの光を知覚するばかりでなく、その視覚自体に内包されている謂わば貯蔵された光をも眺めることができるのであって、暗い頭蓋のなかを飽くこともなく覗きつづけていると、微妙な光のきらめきがついに頭蓋の暗黒の奥に知覚されはじめてくる。私はこれを別の機会に私の暗い頭蓋の内部における《光の自発性》と名づけたことがあるが、恐らくそれがポオのいう《影の影》の生理的背景なのであって、いままさに眠らんとする私達の頭蓋のなかには意識の向うに揺蕩する何かが幾重にも重なった影の世界の透し絵のように遠くぼんやりと認められる。それは、まさに眠りのなかへおちこもうとする一瞬に眺められるのであるが、と同時に、私達は暗い眠りの海に沈んでしまうのであって、そして、私達の目覚めた意識の活動は、一見、そこで終ってしまったかのごとくに見えるのである。

けれども、眠りにおちこむに際してどういうふうにか意識を保持する仕方、さながら暗い海中へ軀が沈んでゆくときに片手の上に意識を捧げあげて軀からどうにか切り離しておくといった仕方が毎夜の習練によって僅かでも可能になってくれば、この眠りへおちこむ一瞬前の影の影の世界は、いわば極度に圧搾された意識の単一体がやっと通り得る細い小さなパイプのような一過渡期にほかならなくなってくる。それは内部へ向って喇叭のように開いているひとつの圧縮管であって、駱駝が針の穴を通らなければならないようなその小さな管をどのような圧縮されたかたちにせよもしくぐり抜け得れば、忽ち、喇叭のように開いたその内部では異様な開花があるのだ。そして、その開花を私達は夢と呼んでいるのである。

私達は通常、眠りの海面をもって私達の頭蓋の真んなかを仕切っていて、意識の活動と夢の展開のあいだに劃然たる境界を置き、夢の発現をいわゆる無意識と呼ばれているところの深層部に潜み隠れている失われた記憶や抑圧された欲望の頭を擡げ蠢めくかたちと看做して、私達の明確な意識と夢とのあいだに直接な連繫を認めないのである。けれども、手近かに何時も行えるところの自己実験によって、影の影であるその境界を覗き見る操作を自己のものとなし得れば、この両者のあいだの連繫のかたちは忽ち明らかになってくる。不眠症に苦しんでいる頃、私は、やっと寝つくとき、闇のなかで眼を閉じたまま暗い頭蓋のなかを眺めて、眠りにはいる瞬間の幾重にも重なった影の世界を殆んど何時も意識の隅にとらえたまま眠りの領域へおちこんだが、そのとき、私が間もなく気づいたのは、意識的な観察が失われてしまうこの向う側の領域は、眠りの領域というも夢の領域というも殆んど同じであるということであった。眠ったときは夢を見ているのだという事態は、なんら夢など見ることもなく眠っている場合が多いという私達の経験によってすぐ反駁されるように見える。けれども、夢など見ないで眠っているというときは眠り自体をも記憶することができないのであって、目覚めたときは眠っていず、眠っているときは覚めていないという単純な事態が、眠りの記憶も夢の記憶もともに与えないのである。ところで、私達がその記憶していない眠りについて出来るだけ精密に思い返す毎日の習慣と習練をつんでいると、眠りの状態について何かを想起する以外に、それまでまったく記憶していなかった夢についてもふと想いだすことがあり、そして、幾度かその記憶していない夢についての想起が重なると、やがて私達は、私達にまったく知られることもなく、しかも私達の内部で絶えまもなくつづいているその活動に愕然とし、あらゆるかたちの夢を追ったあげく、ついに、ほんの端緒的な操作ながら自己の夢を制御することができるようにさえなるのである。

吾々が或る想念を半意識の裡から、謂わば巧みに保ちつづけているならば、忽然として整えられた絵画の裡に陥りゆく時間をそこに見ることが出来る。それが夢である。さてそうであるとして、想念の空間への転化はつねに心残りな忌まわしさをもっている。何故か。

これは、その頃書かれた私のアフォリズムの一節であるが、夢の制御は私のなかでこういうふうに起った。

まさに眠りにおちこもうとする瞬間、頭蓋の奥の暗い叢のなかにもはやあるかなきかに削られたかぼそい単一の想念をどうにかのこしておくのが、毎夜こころみつづけた私の努力なのであった。それは私自身と眠りのあいだにつながった唯一の圧搾パイプであって、いままさに眠りこむという最後の瞬間に、私はちらとひとつの単一の想念を思い浮べ、暗い叢のなかにそれをほおりあげて、そして、そのままがくりと眠りこむという具合に自分を訓練したのであった。そのとき私がちらと思い浮べる想念とは、友達の顔、或る場所、ひとつの気分から、ぼんやりした観念にまでわたっていたのであって、それは、その瞬間には、もはやひとつの想念というより、偽足をのばすアミーバーのような、いってみればイデーとイメージの原始の混合体といったふうな小さな標的なのであって、さらにいってみれば、私が脳裡にそれを思い浮べるのは、そのような標的を私から独立した一瞬の表象として宙に掲げておき、そして、私自身はがくりと向う側へ倒れこむ操作のためなのであった。ところで、そのとき、私が凄まじく震撼されたのは、謂わば単一な原始の想念の標的を宙に掲げたまま眠りの向う側に私が沈んでしまうと、その瞬間に、眠りの海面の直ぐ上の宙に浮んだその小さな標的が不意と鮮やかなかたちと輪郭をもった夢になったことである。私が習練をつづけてやっと保ちもったその原始の想念は、私が眠りの境界をこえるとともに、夢に転化し、そして、自己運動しはじめたのであった。

この夢の制御は、何時でも必ず出来るというものではなかった。けれども、私は、屢々、夢の出発点を自ら設定することができるようになり、その後の夢の展開がどのような経過をとるにせよ、その出発点を設定し得ること自体が自己の頭蓋から逆の世界へ踏みこんでゆくような異様な喜びであり、そして、かぼそく削られた単一の想念がひとつのかたちに変容するのを暗い頭蓋のなかでまざまざと眺めるのは名状しがたい驚異なのであった。

私にとって、それ以来闇と眠りは切実なものとなったが、さて、そのときの実験で最も困難であったのは、存在、と、暗黒について夢みることであった。

幾度も試みたあげく、何時も、どのような出発点を設定したらいいかと思い悩む苦痛が私にのこった。けれども、そのあいだにややそれに近づいたかのごとき夢は、なかったわけでもなく、あるとき、そのような抽象的な夢をみようとする意図もなく、フランクリンの凧が切れて虚空を揺れのぼって行ったらどうだろうという夢を試みたことがある。

　凧でもあり私でもある私はうまい具合に中空をゆらゆらのぼっていた。そこは遠く離れた空間な筈であったが、あたりは海底のような薄暗さを帯びており、ゆらゆらとのぼっている私を遮ぎるような何かが絶えず私の上方に動いている気配が感ぜられた。接触しかけては巧みに離れてゆくそれがついに不意と私に触れると、確かに私は感電した。私が虚空に揺れのぼったのは、放電を自らのなかにつかんでみたかったのだが、その瞬間に、私は存在のはしに来てしまってそこから離脱しかけたために感電したのだという判断が閃めく電光のように私のなかを走った。私は何時も、夢のなかにおける判断の電光のような速さと直接的な鋭さに感心していたが、この閃くようなとっさの判断と感電についての迫真的な感覚が総身を走るとともに、もはや凧ではなく私だけになっている私は、思いがけず、見る見る裡に縮小しはじめた。異常な夢を見たときは目覚めるのが通例であるのだけれども、そのとき何処まで縮小しつづけても覚めないので、しびれる不快な感覚のなかで私は忽ち考えることもできないほど微細な点になってしまい、そして、この私の縮小につれて、あたりの薄暗さもこれまた考えることもできぬほど暗さを増しはじめ、広大な驚くべき暗黒の空間が見る見る裡に私の前に拡がった。そして……恐らく、眠りのなかにはまた眠りがある。巨大な暗黒の空間のなかでしびれる不快感につつまれながらなお縮小しつづけている私は、すると、一種の失神状態に襲われて忽ち意識が消えはじめた。眠りのなかでさらに眠りこみながら、そのとき、私は、消失することもなく縮小しつづけるこの暗黒の空間のなかの感じは、これまでこの宇宙のなかですでに何物かが感じたものに違いないと感じた。すると、例の眠りの一瞬前に想念の小さな標的を素早く打ちたてるごとくに、ひとつの考えがさらに閃くような速さと迫真的な感覚をともなって、すでに微粒のような私のなかを走った。そうだ。無限の空間を落下する無限のデモクリトスの原子は、みな、この感覚を味わったのだ、と。

この夢は、私に、夢が単に幻想の繋ぎあわされた霊妙な織物なのではなく、ひとつの思惟の展開でもあることを教えたのである。

私達は、夢のなかで考えている。私達は、夢という手段によって考えている。しかし、こういう言い方は、恐らく、不正確なのであって、むしろ、こう言い変えた方がいいのだろう。私達は絶えず考えている。私達が白昼、考えていることは、とりとめないお喋りになり、また、目的をもった行動になり、また、ひとつの思想となる。そして、私達が夜、憩っているつもりの眠りのなかで、考えつづけていることは、きれぎれのとりとめもない夢となり、また、強く脅かす夢魔となり、また原始の観念の裸なかたちを示した暗喩となるのだ、と。嘗て、ひとりの唯物論者が、思想の脳髄に対する関係は、あたかも胆汁の肝臓に対する、または尿の腎臓に対する関係と同じであると述べて嘲笑されたが、私もまた敢えてこう言っておこう。あらゆる物質がどのような状況に置かれても絶えず或る種の電波を出しているごとく、それとまったく同じように、私達は寝ていても起きていても絶えず考えている、と。

このような観点は、けれども、一般に採用されない。これまで採られているのは、サルトルの整理に見られるごとく、夢を知覚の能力を欠いている状態と看做す規定であって、白昼の意識におけるがごとき自覚と反省と判断力がそこにないことによって、白昼の思考と夜の夢をはっきりと識別するところの観点である。このような観点は、私達の思考と想像力の異なれる作用と領域について、これまではぼ一定の見解を示しつづけてきているが、しかし、私はなおここでデカルト風に、理解する、欲する、想像する、知覚するなどの一切を含んでいる広い意味での考えるという言葉を使用して、白昼の思考と夜の夢のあいだにははっきりした区別をつけないでおく。その理由は、私の考えでは、夜の夢とは白昼の思考が徹底した判断力を失ったものであると見るより、逆に、夜の夢こそが私達の昼の思考の限界を怖ろしく明示していると見た方が、まず便利だからである。

私達は、夢のなかで、殆んど疑いを失ってしまう。微かな疑いを覚えることはあっても眼前に現われるあらゆる事物は忽ちに肯定されてしまうのであって、そこに不思議な事物が殆んど脈絡もなく次々に現われ、繋がり、展開してゆくとしても、それらはついに不思議ではないのである。自覚も反省も判断力もその僅かな兆しをそこに示さないわけではないけれども、絶えざる連続性をもって展開される事物のかたちを前にして、それらは忽ち働かなくなってしまうのである。夢とは、そのような不思議さの喪失、偶然と偶然とによってつながれた無限の連続性、絶えざる自己の登場、恍惚、恐怖、悲哀など原始の感情の強さなどの要素によって構成されたひとつの世界であって、それは、一見、白昼の思考から判断の徹底性にまつわる諸要素を取り除き去ってしまったあとの単色の世界であるかのごとくに見える。けれども、このような断定は夢から目覚めたあとの整理によるのであって、あらゆる不思議を論理的に追求し得る白昼の思考といえども、疑いに疑いつくしたあとなお眼前に厳として現存する事物についてはついに疑うことはできないのであって、与えられた空間と時間の偶然の出会いも、絶えずそこにある自己も、それらがそこにある不思議はまさにそれらがいまそこにあるという現存性によってついに不思議となり得ないのである。そこでは逆に目覚めぬ夢こそがひとつの範形となる。疑おうと否定しようと、押しても突いても、そこにまごうかたなき事物が現存しつづければ、それらがいかに矛盾齟齬しているかのごとく見えようとも、不審も疑いも憶測も判断もその現存する事物にあわせて決着せざるを得ないのであって、眼前に転換する事物の図絵をもちつづける夢が無限の肯定者となるごとくに、この現実のなかに投げこまれている白昼の思考も、まったく同じ理由で、ついにこの現実の窮極の肯定者たらざるを得ないのである。夢を夢たらしめている一種不思議な呪縛はまさに逆にこの現実をこそ縛っているのである。

私達は夢によって可能性の作家たる証明をうけ、ひたすら果てもない未知へ向って飛びたった筈であったが、しかし、夢がまず明らかにしたのは、眼前の事物の肯定、疑いの喪失、偶然と偶然との無限の連鎖、絶えざる自己の登場、原始の感情の強さであって、可能性の作家がどのようなかたちでまず現われねばならないかを、それは無情にも明らかにしている。そこには、眼前に見られるすべてをつづった単純な記録、偶然と偶然によって組みたてられた読物、出世主義の記念碑として自己を押しだした伝記などが見られ、これらはむしろ逆に夢に規制された現実のなかの産物として、如何に批評家達から叱責されたところでつねにそれ以上でもなくそれ以下でもないかたちで現われてくるのが必然である。私達は、白昼夢という言葉に目を見開いてみる幻怪な味わいをもった夢想というロマンティックな語感をもっているが、却って逆に、現実のなかの単純な記録であり、偶然の読物であり、自我の分析ではなくつねに出ずっぱりな自己装飾の伝記であるそれらの単純な肯定の書こそを、目を見開いたまま疑いもなく見つづけているところの人類の白昼夢と呼ぶべきかもしれない。

そうとすれば、ひたすら果てもない未知へ向って驀進する夢は、如何にして可能なのか。いわば可能性の作家に対する本来の衝迫力となっているこの種類の夢については、もはやここに考究している時間がなく別の機会にあらためて扱ってみたいが、ほんとうはこの種類の夢こそがこの文章の主題となる筈なのであった。無条件な肯定の夢と違って、通常の夢の裂目にふとかいま見られるところのこの陰秘な夢のかたちは現実変革の因子を内包していて、可能性の作家の最後の光栄ある方向を示しているのであるが、しかし、ここではもはや一二の暗示のみにとどめざるを得ない。

私はさきに、夢に規制された現実が単純肯定の書の産出者となることについて述べたが、夢はまたこのような単純肯定の現実によって逆に規制されてもいて、私達が通常夢と呼んでいる性質をそこに帯びさせられ、その夢の奥にかすめすぎる暗い翳の発展に目をやらぬ習慣をもつようになるものである。つまり、疑いの喪失、偶然の絶えざる継起、欠くべからざる自己の登場、強烈な原始の感情などによって絶えず規定されると、もはやすべての夢がその規定のもとにのみ想いだされるだけである。かくして、数十年みても、夢はつねに単なる夢に過ぎなくなる。夢を語ることは、かくして、つねに、痴人の夢を語ることになるのである。

ところで、私は、夢の出発について述べた。そこにはひとつの鮮やかな転化があり、原始の観念の裸のかたちは、さながら観念の核の成長のように拡大し、そして、謂わば観念の自己運動がもはやとめどもなくそこにはじまることを。もし私達が通常夢と呼んでいる規定を通して眺めてみれば、そこには思いがけぬ偶然の事象が継起してとどまるところを知らない筈である。けれども、自己実験によって夢の出発点をようやく設定し得たもののみには、その事物の変容と発展のかたちの意味がはっきり解っている。それは、暗い頭蓋のなかにほおりあげられた毬がひとつの曲線を描いて脳細胞の部屋から部屋へとつきぬけゆくたびに、異なった光の照射をうけて変容するさまに似ているのである。謂わば終りなき終り、無限の可能性へ向って、その小さな毬は飛び立ってゆく。そして、もし私がその毬自身になってみれば、未知とは闇を飛びゆくその毬が自己の狭い閾を超えるたびに絶えず現前してくるすべてであることが明らかになってくる。

さて私は、私が原始の観念の裸のかたちを夢のなかへ出発させ得れば、それは無限の変容を辿ることを知ったが、闇を飛びつづけるその原始の観念のなかに長くはいりこんでいると、夢を越え閾を越えてゆくその飛翔のかたちに思い至って、やがて不意と嵐のごとく震撼されるのである。例えば、「事物の窮極とその本元は達し得ざる秘密の中に隠されていて、彼は彼のつくりだされる虚無をも、彼の没入する無限をも、ともに見ることが出来ない」という章句を読むとき、そこにパスカルの顔など私に思い浮べられはしなかった。そのとき私に思い浮ぶのは、遥か遠くで投げあげられ抛物線を描いてひとつの暗い脳細胞のあいだを輝きゆく裸の観念のきびしい自己運動のかたちである。それはさらに数百年離れた私の脳細胞を通過しながらまた存在と暗黒について異なった刻印を押し、異なった微光をはなち、そして、さらになお停ることなく人類の記憶されざる夢のあいだを果てもなく飛翔してゆくのだろうといわねばならない。

アンケート

あなたが一番いやなことは？　こうとしか考えられぬこの思考法
どこに行きたいとお考えですか？　意識が即ち存在であるような何処かの世界
人生の最上の幸福は？　そんなものはありやしない
人生の最大の不幸は？　群棲しているのに単独者であること　或いはその逆
あなたが寛大になれない過ちは？　子供を生むこと
小説の主人公で好きな人物は？　ナスターシャ・フィリッポヴナ
歴史上の男性では？　哲学的自殺者
歴史上の女性では？　スクリーンの上の女性達
好きな画家は？　ルドンもカローもヴェラスケスも
好きな音楽家は？　そのときどきでラフマニノフだったり、ムソルグスキイだったり
あなたの好きな職業は？　宇宙占い師　但し、そういう職業があるとして
一番楽しいときは？　暁方の半覚半睡時

あなたが欲しいもの三つ？　大沈黙　時を告げない大時計　暗黒星雲

誰になれたらいいと思いますか？　宇宙人　Nobody

あなたの性格の主な特徴は？　暗さへの偏奇

友人に一番のぞむことは？　無限の時間のなかで偶然一緒に生れあわせた哀感

あなたの主な美点は？　あきらめ　そして、やけくそなことをあまり見せずに生きている

きらいな色は？　空しい魂をもちながら尊大なものの示す傲然たる色

好きな花は？　ルドンふうの幻の花

好きな動物は？　単性生殖するもの

好きな食物は？　水

好きな小説家は？　夜中に起きているドストエフスキイ

好きな詩人は？　これも暁方まで起きているラムボオ

好きな現存の男性は？　偶然一緒に生れあわせた友人達

好きな現存の女性は？　何処かのマダム

あなたの癖は？　外出すれば酔っぱらうこと

持ちたいと思う能力は？　古代インドの魔法

現在の心境を一言で？　寂滅

あなたの現在の文学的信条は？　できないことばかり考えること

座右の銘は？　そんなものはもたない

小説を書かぬ理由は？
「死霊」完結の予定は？

眼高低手の開きの幅の抑えきれぬ鋏状の増大
死ぬまでに。できねば『紅楼夢』のごとく誰かにのりうつって続けさせる予定。これ即ち死霊の『死霊』

原民喜の回想

或る暗い深さをたたえた透明な鏡の奥底にぼんやりしたさだかならぬ運命の捉えがたい影を覗きこむような一種不思議な感に何時も強くうたれるのは、生涯の三分の一近い十九年という短かからぬ時間を経過した「近代文学」の歴史を私が振り返ってみるときである。五分の一世紀という短かからぬ歳月の流れのなかで、ただひとり、原民喜さんの自殺を除くと、他の同人達のひとりもが欠けなかった健康の事態は殆んど奇蹟的な異常にさえ思われるのであった。

私達がかかった大患という点からいえば、私達の誰もが多かれ少なかれ記憶にのこるほどの病気をしており、例えば、平野謙の脱疽は滅多にない種類の変った奇病であったし、九州旅行に出て私達が互いに会わなかった一週間足らずの短い期間の裡に、大げさにいえば、それまでの体軀の半分近くまで不意と痩せてしまった荒正人の肝臓障害は恐ろしい危機のかたちを示したのであった。また、私自身についていえば、私がかかった結核の推移は長く、執拗な性質のものであった。

私は、自宅の奥の一室に病院用の簡素で頑丈な黒い鉄製の寝台を据えて寝ていたが、或るとき、その部屋へ平野謙が見舞いにはいってくるのを力もないぼんやりした眼付で眺めあげていると、入口をはいりかけた平野謙の面上に不意と鋭い驚愕の色がさっと走って、硬直したきびしい表情のまま閾の上に立ちどまってしまった一瞬のさまが、さながら映画のスクリーンの上の鮮明な大写しのように、私に見てとれたのであった。明らかに魂の底まで苛酷な驚きにとらえられてしまった彼は、あっ、埴谷はもう駄目だな、という声もない叫びをそのとき深い胸裡にあげたのであったが、力もないぼんやりした眼付ながら、私は激しく胸裡に驚愕した平野謙のその声もない暗い叫びを一瞬にして感得したのであった。頑丈な鉄製の寝台のなかに横たわっている私の顔付は、そのとき、凹んだ眼窩、尖った鼻梁、蒼黒い皮膚という標識のすべてが揃っていて、まさに瀕死の病人の《ヒポクラテス顔貌》をまざまざと示していたのであった。

このときの瞬間の印象がよほど強烈だったとみえて、その後私が回復してからも、私の病気時代の話になると、平野謙は必ず、埴谷はよく癒ったな、俺は埴谷はもう完全に駄目だと思ったよ、と繰り返していうのであった。ところが、そのような危うい病状にあった私も死の国の薄明の閾まで行ってからひき帰してしまい、私達のなかで死の国の暗黒の真っただなかへ赴いたのは、原民喜さんひとりになってしまったのであった。

原さんが吉祥寺へ引越してきたときすでに軀の具合が悪かった私は、原さんのところへ二度行っただけで、原さんの方から私のところへ訪ねてくるのが自然の習慣になってしまった。その頃のことで深く私の記憶にのこって忘れがたい事柄を二つほどここに書きとめておこうと思う。

原さんが借りた二階は私の家から二町ほどしか離れていない短い距離にあったけれども、私が二度訪れた裡一度は留守だったので、その二階の部屋へ私があがったのは僅か一度にしか過ぎなかった。

八畳か十畳の割合広い部屋の中央に机をすえて、そのとき原さんは『ガリヴァー旅行記』を子供向きの読物にする仕事をしていた。机の前に坐っている原さんと話を交わしているときはまったく気づかなかったことであるが、帰りがけに、恐らく原さんがはじめて来た私を案内したのだろう、私の前にたって歩いている原さんの背中をみると、原さんの着物の尻の部分が、ちょうど坐って坐布団にあたっているところだけ円く大きく抜けてしまい、痩せた原さんの肉体のその部分が蒼白く露わに見えていることに気づいた。それはまるで鋏で円く切り抜いたような大きな穴になっていて、机の前で仕事をしている長い勤勉な時間を示していたが、と同時にまた、それは構ってくれる者もない独身の荒涼たる孤独の時間の長い深さをも示していた。私は、それを繕わさせるから着かえて下さい、と何度も口の奥でいったが、またその着物を差しだすときの原さんのはずかしそうな黙った顔付を思いやって、ついに言葉に出すことができなかった。私は玄関で思いきり悪く暫らく原さんの顔を眺めていたが、やがて、最後まで言いだし得なかった後悔と何者へともしれぬ暗い憤懣とはずかしさの混淆した異様に重苦しい気分につつまれながら二町ほどの道を帰ってきた。ちょうど坐布団や畳など外界と接触する部分だけまるごとすっぽりとあいたこの着物の大きな孤独の穴は、とうてい忘れがたい私の第一の暗い記憶である。

第二の忘れがたい記憶は、それよりややあとの時期であったと思われる。或る夜、玄関の戸が静かにあいたままその後何の物音もしなかったので出てみると、そこに原さんが立っていた。玄関をあけたまま何時までも黙っているのは日頃の原さんの癖であるけれども、そのときあとで解ったことは、そとから帰ってきた原さんと外出する私の女房とがちょうど駅への途中で会って、ライスカレーがあるから食べてゆきなさいと口をかけた女房の言葉につられて、原さんはその夜私の家に立ち寄ったのであった。私は二人が出会って会話を交わしたことも知らず、また、原さんは何事によらず最後まで黙ったままなので、それからのことが起ったのであった。

私が原さんに、風呂にはいるかと質ねると黙って諾くので、まず風呂にはいってもらった。ここまではよかったのであるが、すでに夜で原さんが食事をすませているとばかり思いこんでいた私は、原さんが女房の言葉につられてライスカレーを食べるつもりで寄っているなどとまったく想像もしなかったのであった。それで、私は風呂から出た原さんの前に南京豆を出して話をしていたのであるが、あとから考えてみると、やはりそのときの事態は異様なのであった。原さんは、たとえていうと、真黒なビー玉といったような丸い瞳をもっているが、その印象的な眼で私を直視したまま、前に置かれた皿のなかの南京豆のからを何時までも指先でまさぐっているのである。私は原さんの細い指先と無数に砕けた小さな南京豆のからの果てしもない接触ぶりを眺めて、ちょっと心にかかる異様な気がしたけれども、しかし、それがライスカレーの出現を催促する無言の合図であるとはまったく気づかなかったのであった。女房が原さんに、ライスカレーを食べていらっしゃい、と親切にいい残しても、私と女房のあいだに目に見えぬテレパシーがあるわけでなし、私は原さんのビー玉のような黒い瞳の物言わぬ切実な訴えと、細い指先と砕けた南京豆のからのあいだにかもされる無言の催促の低音の交響曲についに気づかずじまいだったのである。そして、三時間ほどたったのち、原さんは黙って充たされざる空腹のまま帰っていった。

この小さな出来事も、あとになって、私に口惜しい心のこりのする忘れがたい暗い記憶となっててのこったが、こちら側に通常の場合に数倍する鋭い洞察力を備えた深い思いやりがなければ、殆んど永劫におし黙っている原さんの音もない気持に適切にあった応待はできないのである。文学は、私達の日常生活ではつねに黙りつづけているそのような原さんにとって殆んど唯一の透徹した洞察力を備えた深い交流の場所であったけれども、黒いビー玉のような瞳の奥にひそかに潜んでいる原さんの思いがけず気を使ったユーモアの落着いたかたちはいまだ私達に十分理解されてはいないのである。死ぬ前年の暮に、「群像」の大久保房男宛てに、原さんは次のような意味の手紙を書いている。そこではやがてきたるべき自殺について原さんらしいユーモアの深い味わいと奉仕を示して、この自殺者のまわりに飛びかう幾たりかの天使達に両手をもみしだかせ、強く泣き叫ばせたに違いない自身のなかに落着いた異常な静謐な趣きがその文中に率直に看取できるので、大久保君の許可をもとめてその手紙をここに掲げることにする。

「群像の合評会のところを今度は読みました　三人とも厚意ある批評だと思ひました　滝井さんにしろ泰淳にしろ僕のものを読んで知つているだけに怕いと思ひます　「歯車」のことを滝井さんは言つてゐますが　僕も芥川の作品のなかではあれが一番心惹かれてゐるものなのです　しかし「火の子供」を書くときにはそのことは念頭になかつたのです　僕が「歯車」を書けばやはり自殺することになるでせう　しかし芥川の場合は暗い宿命観と彼の近代精神とが嚙みあつて挫折したのですが僕にはもう宿命観はないやうです　だから仮りに僕が自殺したとしてもこれは単なる事故のやうなものになるでせう　僕にユーモアの文学を書けと言つてくれる人がときどきあります　僕に限らず日本文学で一番欠けているのはユーモアかもしれませんね

いい年をお迎へ下さい」

この手紙は昭和二十五年十二月二十日に書かれ、翌二十六年三月十三日の深夜、吉祥寺、西荻窪間の鉄路で原さんは昇天した。さりげなくこの世を去ってゆくことをひたすら念頭した原さんが、その自殺のかたちを単なる事故のようなものに見せたかったことに日常すべてについておし黙っていた原さん独得の極度に静謐のユーモアが切実に感得される。「近代文学」の終刊にあたって、ただひとりの死者である原民喜の透徹した心願を心から記念しておきたいと思う。

革命の墓碑銘――エイゼンシュテイン『十月』

私は台湾で生れ、中学一年までその南部で育ったので、少年の耳にはいってくるあらゆる報道もあらゆる知識も、内地（と本土のことを私達はそう呼んでいた）よりかなり遅れていたに違いない。だいたい台湾の南部は一年を通じて暑いところで、私達少年は冬でも裏の川で泳いでいたくらいであったから、終日、戸外で遊びほうけていて大人の話に耳を傾けることなど殆んどなかったけれども、或るとき、真面目な顔付をした大人同士の会話を傍らで聞いたことがあった。そのとき、私がなんとなく自然に聞き耳をたてたのは、彼等の会話の気配をあたりはばかって、声をひそめるといった特別の雰囲気がそこに感ぜられたからに違いなかった。彼等は傍らにいるまだ年ゆかぬ少年の私を無視して、こういったのであった。

――レーニンは独探だそうだ……。

その言葉は私の記憶に深く刻印されてしまった。「独探」という当時の特有の言葉は、暗い秘密と一種の戦慄を帯びていて、私の幼い魂を異様に脅かし摑えたに違いないが、それにしても、まだ年少の私がレーニンという外国の名前をそのとき憶えてしまったのは奇妙なほどであった。

ドイツの国内を封印列車に乗って横切ったレーニンが「独探」と呼ばれたのは、ただに吾国においてばかりでなく世界的であったらしいけれども、この「独探」という言葉は吾国においては当時一種の流行語になっていたらしく、曲乗り飛行家のアート・スミスが吾国にやってきて、その至芸を私達に示して帰ったのちも、「あのアート・スミスはほんとうは独探だったのだそうだ」という噂が大人達のあいだで囁かれ、そして、彼のすべてに魅惑されていた少年の私達になんとか理屈のつくせいいっぱいの抗議をしてみたい気分をひきおこしたのであった。

確かに、アート・スミスをすぐ間近に「実際に」見た少年の私達は、彼が、なんとなく悪と暗い秘密の代表である「独探」などではあり得ぬことを魂の奥で直覚していたのであった。

私はまだ小学生であったが、台湾における第二の都会、台北につぐ大きな都会である台南の郊外にある広い練兵場に先生に率いられてアート・スミスを「見物」にいったのである。

いま思うと、アート・スミスの芸は、私達が当時熱中した以上の素晴らしさ、宙を飛ぶ一つの物体がおよそなし得る芸当と冒険の極点ともいうべき絶妙さをもっていたと思われる。その理由は、ちょうど航空機の発達の適切な「初期」の段階に彼が遭遇して、彼の使用機の胴体が何物にも覆われていないため、張りめぐらされた細い、多くの鉄線とやや太い鉄骨がそのまま露出している、小さな、小さな、一人乗りの飛行機であったが故に、あのように自在に機体をあやつる軽妙大胆な芸当ができたのに違いないのである。

その後、私は幾度かいわゆる「高等飛行」の数々を眺めて、錐もみにせよ、横転にせよ、逆転にせよ、こちらの魂が宙に浮いているような或る種の喜びをもって見上げたことがあるけれども、鉄の塊りであるひとつの飛行機というより柔軟な肉体をもった一人の男が宙に跳躍しているような風情をもったアート・スミスの驚くべき芸にとうてい及ぶべくもないことが、何時も一目で解るのであった。アート・スミスの曲乗りの素晴らしさを説明するためには、例えば、数百メートル上空からさかおとしになってくる直滑降において、いっせいに見上げている私達観客の頭上僅か数メートルまでまったく垂直に落下しつづけ、そこで急に直角に機首をたて直すので、殆んど観客の頭に触れると思われる極度の低空を水平にかすめ飛んでゆく情景を想像してもらうといいのである。私達の頭上数メートルのところで殆んど九十度旋回して水平飛行に転じようとするいわば数瞬だけつづく緩速度の瞬間、先程述べたように、その一人乗りの飛行機は胴体に覆いがないので、その鉄骨の先端に腰かけてハンドルを握っているアート・スミスの足を踏んばった軀もハンチングをさかさまにかぶって飛行眼鏡をつけたその顔もまざまざとはっきり見ることができるのであった。

私はいま、アート・スミスがハンチングをさかさまにかむっていると述べたが、アート・スミスが私達少年に特別に「もてた」いきな点は、ひさしを後ろにしたそのハンチングのかむり方と絶えず微笑を浮べている小柄な童顔にあったといえよう。このハンチングをさかさまにかむる事態は、飛行眼鏡をかけるための必然な行為であって、そして飛行眼鏡をかけるのも、なんら覆いもない中空の風圧のなかをかなりの速力で飛びゆくことによる必然の行為なのであった。

私が先に述べたように、彼が操縦するのは一人乗りの小さな、小さな飛行機であったから（そして、曲乗り飛行終了後、大きな円を描いた周囲の観客に挨拶して廻るとき乗る自動車も、現在、遊園地で子供が乗るそれより僅かに長い胴体をもった、小さな、低い、一人乗りの自動車であった）、飛行に移る前の整備のすべてはアート・スミスが自分でやるのであって、翼に張ってある針金を緊めている彼を私達はすぐその脇までいって眺めたものである。そうしたたった一人でおこなう整備のあいだも、アート・スミスはハンチングをうしろ向けにかむっており、きびきびと手際よく各所を点検していったが、私達少年はすぐ間近で眺めているだけに、どちらかといえば、外国人にしては小づくりであったアート・スミスの「カッコいい」様子に目を見張っていたのであった。ハンチングをさかさまにかむったその魅力的な風貌に匹敵するのは、私のその後の短からぬ歴史を探してみても、『キッド』時代のジャッキー・クーガン以外に見当らぬほどであった。

従って、私達少年の魂に親しいあのアート・スミスが、帰国してから暫くたって「独探」と大人達にいわれるのを、私達は小さな胸のなかで容易に承服しがたかったのである。その噂がアメリカ本国へ帰っているアート・スミスにも伝わって、彼が怒っているという噂がさらに大人達のあいだで話されているとき、当り前だという一種復讐の充たされた気分が少年ながらしたものである。

そうした「独探」の受けとり方と殆んど同じように、大人達のいうレーニン「独探」説に対しても、そのままには受けとりかねる不信の念がまだ少年の私のなかに直覚されなくもなかったのであった。レーニンとは一種不思議な悪の秘密と戦慄をもった誰かであるというほかはついに何者であるかも解らなかったけれども。

ところで、その頃の少年時の私にとってレーニンに対する奇妙な対句がやがてできたのであった。大人達はそのときまたも声をひそめて「尼港の惨劇」について語り、そして「パルチザンの女隊長ニーナ」について述べるのであった。私は或る年長の青年に、軍服を着た男達の中央にたった一人まざっている若い女性の写真をみせられ、そして、これがあのニコライエフスクのパルチザンの隊長、ニーナだよ、といわれたのであった。パルチザンという言葉もまったく新しかったが、写真でみる丸顔の怜悧そうな大きな眼をもったひとりの女性が隊長というのも、少年の胸にひそかにしまっておくのに適わしい暗い秘密と戦慄をもっているようで、そのニーナという名前も一度で憶えてしまったのであった。そして、なにか普通とは違った種類の悪の象徴であるらしいレーニンとニーナの二つの名はどういうわけでか互いに相補っているような対句として少年の私の暗い胸のなかにしまいこまれてしまったのであった。

エイゼンシュテインの作品『十月』をみると、『戦艦ポチョムキン』もまたそうであるけれども、数かぎりもない多くの無名の大衆がそれぞれ「その瞬間における」主人公として写しだされている。確かに革命の主人公は、そのとき、その場で、精力的に活動しつづけたものの、やがて歴史の表面から消え去ってしまい、その後の歴史の小さな記録にもまったく登場してこないところの無名の大衆であって、よくこれほど違った種類の顔立ちをもった人物達を集め得たと思うほど、多様な風貌をもった無名の人物がそこに登場してくるのであった。すでに四十年以上たった一九二七年に製作された『十月』には或る種の古めかしさ、一本調子が感ぜられるけれども、そこにおいて最も新鮮なのは、登場するこの無名の大衆の顔と顔と顔……の生き生きした多用さであるといえるのである。その眉も目も鼻も口も髯も、顔の丸さも長さも、そのひとりひとりが私達の想像をこえていて、これほど見事で複雑な多様さが一時に一定の空間に発現しなければ、「革命」はついに起らないのだなと強い確信をもって啓示させせられるほどである。

ドイツ国内を封印列車に乗って通過したレーニンの一行はストックホルムへでてそこからフィンランド内を通り、最後はペトログラードの一小駅、フィンランド駅に到着する。恐らく、革命に固有な、とめてもとめても内部から奔りでて、ひたすら高まりゆこうとする、鮮かな火花の輝きを最も端的に象徴するものは、このフィンランド駅におけるレーニンと無名の大衆の接触の場面であろう。

フィンランド駅に到着したレーニンは、まずペトログラード・ソヴェトの議長チヘイズの歓迎の辞をうけるが、やがて屋外においてクロンシュタットからきた水兵達の群集の前で演説する。「同志、水兵諸君！　私は、諸君が臨時政府の約束のすべてを信じているか否かを知ることなしに諸君に挨拶する。しかし、私自身は、彼等が諸君に甘く語りかけ、多くを約束するとき、彼等は諸君とすべてのロシアの民衆を欺いているのだと確信する。民衆は平和を欲し、パンを欲し、土地を欲している。しかも彼等は諸君に与えるに、戦争と飢餓をもってし、パンを与えず、地主になお土地を残しているのだ。……われわれは社会革命のために闘わねばならない。その最後まで、プロレタリアートの完全な勝利まで闘わねばならない。世界における社会革命万才！」

これは最も素朴な、端的な、飾りもない言葉であるけれども、戦争と飢餓によって直接もたらされた革命が完全な勝利まで世界的規模で闘いつづけなければならぬという理念の基本がここに簡潔に要約されているのである。

フィンランド駅の前にいた群集の多くは労働者とクロンシュタットからきた水兵で、深い闇の周辺をペトロパウロフスク要塞から持ってこられたサーチライトの光芒が照らしだしていたのであった。象徴的にいえば、そこに在るのは、数多くの行動する無名の大衆と、その胸裡を長く照らしつづけるべき完全な勝利までへの世界革命という一条の光の接合であったといえるのである。

装甲車を先頭とする彼等の行列は、ボルシェヴィキの本部になっていたクシェシンスカヤ宮殿、嘗てのツァの愛妾であるプリマ・バレリーナが住んでいた場所へと進んだ。そこでレーニンはまた演説したのである。「われわれはいかなる議会共和制をも必要としない。われわれはいかなるブルジョア民主主義をも必要としない。われわれは、労働者、兵士、農民代表のソヴェトを除いていかなる政府をも必要としないのだ。」そのレーニンの演説を聞いたとき、一ボルシェヴィキはこういった。「レーニンは、このいま、三十年も空位であったヨーロッパの一王座に立候補しようとしている。それは、バクーニンの王座だ。レーニンは新しい言葉で、同じ古い物語を述べている。それはすべて、古い、捨てられた原始的なアナキズムの想念の繰り返しだ。社会民主主義者のレーニン、マルキストのレーニン、戦慄的な社会民主主義の指導者、そのレーニンはもはやいない。」

革命の奔騰のなかにおけるレーニンは確かに最もアナキズムの中心に近づいていたといえるのであって、「すべての権力をソヴェトへ」集中することによって「国家の死滅」がもたらされ得ると信じたのであった。けれども、このレーニンの考え方はまさにその後の党の指導者によって歴史の暗黒の彼方に投げすてられ、多くの独自な顔と顔と顔をもって構成されたソヴェトが年々骨抜きになってゆく過程、僅かな一部分に支配される国家権力が益々強力になってゆく逆の過程をわれわれはその後眺めつづけなければならなくなったのであった。

そして、われわれはいわば幕間狂言の喜劇をもさらに眺めなければならなかった。私達は単に老いゆく晩年のスターリンが猜疑深くなり、側近しか信頼せず、ひたすら自己の手許へ権力を集中した例を見るばかりでなく、先頃の中国の第九回党大会においても老いたる毛沢東が同じく猜疑深くなり、古い同志を信頼できず、側近しか信用できなくなって、ついには側近の最先端たる妻を党の歴史を無視して登用し、毛沢東、林彪、周恩来の妻達が中央委員として側近の系列をかためるにいたる歴史の怖ろしい愚行までも眺めざるを得ないところまでいたっているのである。

この意味で眺めれば、現在は埋もれ消え去った無名の大衆がその生命を投げうちながら行動しつづけたさまを白と黒の画面のなかに歴然とおさめたこのエイゼンシュテインの『十月』は、まさにロシア革命のみならず、世界革命の墓碑銘となっているといわねばならない。エイゼンシュテインが黒と白の画面のすべてに示しつづけた無名の大衆の多様な顔と顔と顔の革命の部分、レーニンの当時の言葉に示される革命の初心は、いまは忘れられ、ここにエイゼンシュテインの悲哀と悲惨の限りもない努力のみが古い記録となって暗くのこされているがごとくである。

私がレニングラードを訪れたとき、ネワ河の中流に多くの旗を掲げた数隻の駆逐艦や潜水艦が浮んでいた。そのときは解らず、ずっとあとになって知ったのであるが、それは海軍記念日の行事なのであった。そのとき、このネワ河にどうしてこれほど多くの軍艦がはいれるのだろうかという素朴な疑問を私は抱いたのであったが、その疑問は——また、革命当時、巡洋艦オーロラが冬宮に砲口を向けながらネワ河にいた疑問もまた、この映画『十月』のなかの数場面によって幾度も解かれている。労働者街と市内を遮断するため、ネワ河にかかった上下に開く開閉橋や横開きになる橋がゆっくりと開かれてゆくさまが橋梁の鉄骨の大写しによって示されているのである。こうしたネワ河にかかった橋のほかに、私が映画の画面に見入りながらはっきりと見覚えのあるのは、ネワ河に面した冬宮とエルミタージュの裏側の王宮広場に蜂起した武装兵がなだれこむ場面において広場の中央に高く立っているアレキサンドル記念柱であって、もし、五千年が諸君を見ていると、ピラミッドの前で述べたものにならっていえば、このアレキサンドルの記念柱についても、権力はいまだつねに権力のみをほくそえんで眺めつづけているといわねばならないのである。

「序曲」の頃——三島由紀夫の追想

この文章は、はじめ、革マル派の一員であった海老原俊夫の死と三島由紀夫の死が、いわば、左と右、他殺と自殺といったふうに対照的にかけはなれているにもかかわらず、私がかなり以前に書いた『憎悪の哲学』の内容をなしているところの三つの柱、第一に、やつは敵だ、敵を殺せ、という命令者とそれをうけて実行する命令受領者がいる階級構造、第二に、敵とは何かの考察を敢えておこなわない理論軽視、そして第三に、変革は自分達だけの手でという大衆蔑視の三つの柱を適用してみれば、両者の死が新しいかたちの「政治のなかの死」として同格であることからはじめ、さらに政治に対する文学の自律性にいたるまでをいささか骨格のある論文として仕立てあげるつもりであったけれども、三島由紀夫の印象があまりに生々しく、また、私のたてた論理の枠組みに緊密度が不足なため、どうにもうまく書けないので、いずれ——といっても、私のことだからだいぶ先になるであろうが、この両者の死に必ずしも限定せず、その他の政治のなかの死の場合も含めて、何時か扱うこととして、ここでは短い想い出だけにとどめておくことにする。

当時としては体裁も頁数も抜群であった季刊の「序曲」は、いま考えると、現在、筑摩書房からでている「人間として」に似た同人誌で、河出書房としても社の方向を決定するほどの大きな気組みをもってはじめたに違いないけれども、あまりに売れなさすぎたので創刊号をだしただけでやめてしまったのであった。僅か一冊だけしかないので、いわば「幻しのクォータリー」ともいえるこの「序曲」の話が河出書房の編集部からではじめたのは、「近代文学」の第一次同人拡大と第二次同人拡大のあいだであったから、昭和二十三年はじめ頃であったと思われる。実際に雑誌がでたのは二十三年末であったけれども、準備は随分前からやっていて、その結果、椎名麟三、武田泰淳、梅崎春生、野間宏、船山馨、寺田透、中村真一郎、島尾敏雄、三島由紀夫、そして私と十人の同人がきまったが、そのなかでは、勿論、三島由紀夫が最も若かった。そして、このクォータリーの建前は一応作家ばかりということになっていたから、寺田透は評論家でなく、詩人の佐沼兵助として参加していたのである。

十人の同人がきまったとき、社長の河出孝雄が築地の料亭に私達を招待したことがある。島尾敏雄は当時神戸にいたのでこれなかったけれども、そのほかのものは全部出席したのであった。現在では、私をはじめとして椎名、武田、船山、寺田と、みな年なみに老けてしまったけれども、その頃はそれぞれまだ若かったので、顔をあわせると談論風発といった趣きがあり、それに互いが知りはじめたばかりの最初の興味をもち持ちあっていて、各人にとって各人同士が新鮮なのであった。

武田泰淳は、そのとき、サイン帳をもってきて各人にそれぞれ一筆書かせた。私は私の前の椎名麟三が「何も判らん」と書いたあとに、

Da mihi basia mille, mea Lesbia, deinde centum atque mille.

と、カトゥルスの句、「与えよわれに千度《ちたび》の口づけを、わがレスビアよ、さらに百度《ももたび》、なお千度《ちたび》」のラテン語を書きつけ、そして、唇のかたちをあびせられたキスマークのように幾つも書きこんだ。

当時、武田泰淳はわれわれの誰にでも武田泰淳独特の深い興味をもって接していたのであった。そのとき、三島由紀夫がそのサイン帳に何を書いたか見ていなかったけれども、私達のなかで一番若く、しかも、かなり年齢がはなれている三島由紀夫にとって、私達のなかで、君、僕で話しあうのが何んとなくぎこちなさそうに見えた。戦後は、すべてのひとびとが対等につきあうのを建前にしていたので、すべて、君、僕で通用させる風潮は一般化していたのであったが、まだ二十三の最年少であった三島由紀夫にしてみれば、すべてが年長者である仲間達に、君、僕で呼びあうのは、自身に元気をつけてそれを敢えてするといった一種の踏み切りの感じが自分自身の内部にあったのだろう。頭の廻転の早い彼とスローテンポの野間宏の会話は、その頃から際だって興味深いものがあったが、三島由紀夫が「野間君」という口調には、思いきって決然といっているといった趣きがあった。

この戦後の対等の風潮はその時代に僅かつづいたばかりで、朝鮮戦争以後は、吾国の古くからの階層制に徐々と逆もどりしてしまったのであったが、その頃は、本人はぎこちなくとも、決して不自然ではなかったのであった。そして、酒がまわってきたとき、三島由紀夫は、その後ほかの席でもよくやったらしいが、「知らざあ言ってきかせやしょう」と弁天小僧のよく知られた口跡を一くさり、ちゃんと見えをきって、せりふ廻しも見事にやってのけたのであった。

その頃、「近代文学」は八雲書店からでていて、「近代文学」の同人達と社員全部の宴会があって各人が隠し芸を順々にやらされたとき、ちょうど中頃に立ち上った平野謙がなかなか名調子で「月も朧ろに白魚の……」とお嬢吉三の口跡をやったことがあるが、その平野謙のお嬢吉三と三島由紀夫の弁天小僧の組み合せはいわば一つの対として私に深く記憶されてしまったのであった。

私達の殆んど全部が酒をのむだけの芸なしであったので、そのとき三島由紀夫の弁天小僧は並はずれた遊び人であった河出孝雄をひどく喜ばせたのであった。

その後、私達は「序曲」の編集会議を兼ねて、神保町にあった「らんぼお」の二階の狭い会議室に集ったことがあるが、そのときのことはすでに『三島由紀夫』と題する文章に書いているので、それからかなりあとのことになるが、割りあてられた創刊号の原稿をようやくみなが書きはじめた頃、神田小川町の或る中華料理店の二階でおこなわれた座談会にまで飛ばねばならない。

この創刊号のための座談会には船山馨と島尾敏雄が欠席しているが、その他の八名は出席しているので、人数からいっても全体の頁数からいっても、それは当時の大座談会といえるのであった。私の手許からその「序曲」創刊号が失われてしまったので、細かい内容はここに述べられないけれども、この座談会で特筆すべきことは、いわゆる「戦後」の気分がそこに活気に充ちて横溢していること、そして現在は温厚篤実な学者文学者になった寺田透が当時は荒れていて、忽ち酔っぱらってくると、卓上の酒杯を次々とうちおとしたり、自分もその場に勢いよくぶっ倒れたりしたことの二つをあげねばならない。そのときの寺田透がひとつの鬱屈した大きな暗黒物体だとすると、三島由紀夫は一種不逞な活気に充ちみちた明るい精神なのであった。「僕は血がみたいんだ。ほんとうだぜ。」と三島由紀夫は肩をそびやかして全体に挑戦するように叫んだ。いったいひとびとが何をいっているのかさっぱり解らなかったとあとで述べているのは武田泰淳であるが、その座談会の席上でも中村真一郎はパイプをくわえつづけたまま、はじめからしまいまで一語も発言しなかった。最も醒めた眼で、うかされているような各人の発言や酔態を見守っていたのは、従って、中村真一郎ということになるであろう。座談会が終ってから私達は神保町の「らんぼお」へ赴いたが、そこで寺田透は、仕方なく笑顔を浮べている白髪の森谷均の前で、入口の大きな硝子をはでに割ったのである。

この創刊号には、当時、恋愛に悩んでいた武田泰淳が『「愛」のかたち』を書き、三島由紀夫はメディアを換骨した『獅子』をのせている。

それからすでに二十二年たってしまった。

一昨年、三島由紀夫と村松剛と私は「批評」の座談会で、ゲバラの死やキリストの死について話しあい、私が、暗示者は死ぬ必要はないと思うというのに対して、三島由紀夫は、いや、死ぬ必要があると思う、といったあと、私は、やがて私達は宇宙のなかの発信兼受信者として相互感応する何ものかになるといった「訳の解らぬ」ことをいって死生を越える観点をもちだしたけれども、三島由紀夫、村松剛の両君とも「ケムにまかれた」だけでその真意は解ってもらえなかった。たとえ私の真意が解ったところで、勿論、すでに、堅められつつあった死への決意を三島由紀夫が動かすことなどなかったのであるけれども。

「夜の会」の頃

廃墟——戦後派といわれる私達すべてはこの「一種充実した無の場所」から出現してきたが、しかし、それはそこを嘗て見なかったものにはもはやとうてい想像しがたい遠い世界である。それは、何処を歩いても私達の眼の前を絶えず遮蔽していたものが、不意と一夜にしてかき消え、微かな粉塵が薄黒く漂っている遥かな地平まで「何ら目を遮るものなく」一挙に眺められる思いもかけぬ種類の「開いた空間」の世界なのであった。そこには、嘗て築きあげられ、隠されてきた都会の何かが不意に露呈してしまったいわば裸かの原始があった。

私はこの焼け跡の廃墟についてすでに幾度も同じことを書いているが、この眼を遮るもののない開いた空間と裸かの原始こそ、視界を閉ざされつづけたそれまでの生活の日常では容易に与えられなかった二つの大きな方向——のっぴきならぬ観念的な思索と、根源への志向を否応なくもたらしたのである。

戦後文学者と呼ばれるものは、すべて、その二つの徴標をまぎれもなく負って焼け跡の廃墟のここかしこから兇暴なパルチザンのごとく現われたが、その二つの徴標へ「廃墟のなかの生活」という重い実体をさらにつけ加えて出現したのが椎名麟三の特質なのであった。

昭和二十二年の五月、まだ瓦礫の山が見渡すかぎり拡がっている廃墟のなかにぽつんと残った一つのビルディング、内部まで焼けおちた隣りのビルディングと生と死の双生児のごとく寄りそいあいながらこちらは焼けのこっているそのビルディングの薄暗い陰惨な地下室で「夜の会」の最初の会合がもたれたが、椎名麟三はそのときの印象を『永遠なる序章』のなかにつぎのように書いている。

「有楽町の駅を降りた刹那の、最初の一瞥で、これは銀座ではなく、他の異った町なのだという気がした。表通りの店々は、すこしも見覚えのない店がならんで居り、裏通りのあたりには、まだ焼跡の醜い跡が眺められる。しかし、数寄屋橋を渡って、P・Xの角まで来た数分間に、彼は、もうすっかりこの街に馴れている。銀座として、そして昔のままの一向変らない銀座として。」

「そして安太は大きなビルに隣合わせている貧しい昭和ビルの前に立っている。その隣はまだ焼跡であるそのビルは、その焼跡に面した壁が、黒々と煤けた色になっている。恐らく空襲のとき、火に舐められたのだ。彼は、そのビルの入口にかかった無数の標札のなかに、国際社会主義研究所という名を見つけた。それから彼は、暗いやっと人が通れるような廊下へ入って行った。だがビルのなかは、がらんとしている。人の気配もない。一階を探したが、それらしい名はない。全く探すほど部屋はないのだ。すると、何階なのだろうと彼はしばらく、細い狭い急な階段を眺めながら、息をしずめている。ひどく身体が疲れていて、肩のあたりがしびれたように痛い。あたりのコンクリートの壁は、いたるところが剝げ落ち、いたるところが薄暗く汚れている。隣が焼けたとき、ここへも火が入ったのであろう。」

「やがて、安太は歩き出した。そのとき、ふと、通りかかった二、三人連れが、どこかで飲んだらしい声で、歓声をあげた。

「ユートピアの会か。……ユートピア。馬鹿にするなっていうんだ」

安太は思わず、その青年達の罵声の的になった貼紙を見た。それは半紙に、「本日三時より。唯物史観研究。昭和ビル五階ユートピアの会」と墨書してあり、それには同志の方の参加歓迎と朱書してあるのだ。」

ここでは五階の「ユートピアの会」となっているけれども、実際の会合場所は長くくねった電線のコードが床上を這っている薄暗い地下室なのであって、絶えず声高く喋りつづけている岡本太郎と四癖も五癖もありげな不敵な面魂の花田清輝の二人が提唱者として薄闇の中央に坐っており、そのまわりに中野秀人、野間宏、佐々木基一、椎名麟三、梅崎春生、安部公房、関根弘、私などのまだ回復できぬままに瘠せた険しい顔がレンブラント光線を斜めに受けた一枚の絵画の構図のようにぼんやり浮んでいるのであった。秘密結社の発足にも似たその最初の薄暗いサバトの宴には篤実な渡辺一夫さんまで集められていたけれども、廃墟から出現した兇暴なパルチザンとしてはあまりに温厚すぎた渡辺さんはそれきりで、以後、「夜の会」の会員とはならなかった。ところで、異常なほど会合好き、研究会好きの組織者花田清輝は、それにひきつづいて、多摩川のほとりにある狛江村和泉の花田清輝宅（これは中野正剛の大きな邸宅をかこんで建っている数棟の長屋のなかの一つで、そこまではたいへん遠かったにもかかわらず、戦後の廃墟時代歩くことに慣れた私達は空間的に遠いとか時間的にひどく長くかかるとかいった事態など、いまから思うと不思議なほど気にしなかったのである。）、「夜」

と題する大きな絵がアトリエに置いてあっていわば「夜の会」の直接の象徴ともなった岡本太郎宅、それにまた、吉祥寺の私宅などに集り、それ以外にすることがないかのごとくに、飲み、且つ、論じたのであった。私の家では応接間の家具のすべてを取り払ってダンスもやり、当時の映画「安城家の舞踏会」をもじって杉森久英が「埴谷家の舞踏会」と名づけたその後の数多いパーティの出発点ともなったのであった。そして、岡本太郎が支配人を知っていた東中野のモナミを固定した集会場とし、紅茶一杯で数時間もねばる研究会を月に二回か三回くらい開くことになったのである。

私が発行後間もなく手許から失い、その後、竹内好からせっかく貰ったのにこれまた誰かが持っていってしまった月曜書房発行の『新しい芸術の探求』をいま手許に置いて参照できないので、その驚くほど数多かった研究会で誰と誰がどういう報告をしたかの仔細を明らかにすることができないけれども、最初、中野秀人が『神について』報告したときあまりにその論旨を皆が無視したという理由で、中野秀人が怒ってすぐ会員をやめてしまったことがまず想い出される。その中野秀人の『神について』と対応するごとくに、私もはじめの時期に『悪魔について』報告したが、この研究会の最初の時期は速記などとることもなかったので、それらの報告のすべては各人の遠い記憶のなかだけにしかないのである。速記がはじめられてからつくられた前記の『新しい芸術の探求』にのせられている幾篇かのなかに、『反時代的精神について』という題目の私の報告やゾラを論じた野間宏のリアリズム論や、マヤコフスキイを論じた関根弘の報告などが記憶されるが、椎名麟三もまたどもりどもり話すあの独特の報告を何かの題目、恐らく実存主義についておこなった筈である。このモナミにおける研究会は、はじめからしまいまで、誰でも出席自由であったので、のちに「世紀の会」をつくって「夜の会」を継承するかたちになった若手組の裡の誰かが当時おこなわれた幾つかの報告の仔細を或いは鮮明に記憶しているかも知れない。なにしろ一種無限軌道風な倦むなき戦闘力をもった岡本太郎を筆頭として、個性的な喋り手が多く、椎名麟三もまた、もし相手の胸の暗い奥のあたりが山頂なら、どもり、どもり、歩一歩とその相手の暗い胸の奥までよじのぼり、はいりこんでゆくのであったから、当時の出席者のなかの若い誰かがモナミ時代の私の記憶の欠落部を補ってくれると有難いのである。

このモナミでの研究会の帰りは必ず新宿のハモニカ横町の何処かへ行くのが私達の慣わしであったが、あるとき、まず直立した梯子段をのぼり、頭がつかえて軀を曲げながら飲まねばならぬ不思議な呑み屋の中二階で、月曜書房とともにスポンサーとなった奈良の出版社のいわば東京代表であった五味康祐が突如として私達すべてを痛烈に爆撃したことについては、私は『椎名麟三』という文章ですでに書いている。ここでは、無器用者揃いの「夜の会」の私達が一回は月曜書房、他の回は小山書店を相手に野球の試合をおこなったことを記しておこう。

そのどちらも、社長の前田隆治と小山久二郎が相手側のピッチャーをつとめたが、素人代表ともいうべき社長ピッチャーに「夜の会」側は二度とも負けたのである。岡本太郎は美校時代現役のキャッチャーをつとめたと呼号し、事実二塁へ球を投げる肩もよく、また、佐々木基一の球は不思議なほど速く、関根弘は一応捕球し、私自身は背だけは高いのでともかく一塁手をつとめたけれども、あとがたがたで、梅崎春生や野間宏や花田清輝や安部公房はひたすら芝生の上での観戦、応援組なのであった。そのどちらの試合であったか記憶ははっきりしないけれども、私達が椎名麟三を敢えてバッターに出すと、いままで野球などはまったくしたことはないというので、相手のピッチャーにできるだけゆっくり投げてくれと頼んだところ、椎名麟三はさながら宙高く浮んだ魔物の長い鼻柱でも狙うように白いボールなど無視してまったく見当はずれの中空をゆっくりと叩き、三球とも三振した。そのとき、私自身も佐々木基一もヒットがでず、確か、瀬木慎一、針生一郎といった、後に「世紀の会」をつくった若手組のひとびとともに、その頃すでに野球評論の専門家になっていた大井広介も芝生の上に坐った観戦組の一人だったので、恐ろしいほど記憶のいい大井君に、日頃は高尚な野球理論を説きながらいまはどたどたと一塁へ向って不恰好に空しく駆けてゆく私達の実態を見せてしまって、しまったなあと嘆じたものである。その当時、椎名麟三には松本を中心とした信州に若い愛読者が数多くおり、そのなかの一人で、また、当時神保町の角にあった喫茶店「白十字」の息子で、早稲田大学の学生でもあった萩元晴彦君がそのとき私達の傭われ三塁手になり、一塁へ投げるその球の驚くべき強肩ぶりによって相手ティームをおびやかした唯一の人物となったが、同君はその後、ＴＢＳのプロデューサーかディレクター時代、三里塚の映像について首脳部と衝突し、テレヴィジョンとは何かという問題の鋭い提出者となったのであった。

私達――花田、野間、椎名、梅崎、佐々木、私の六人はまた月曜書房が創設した戦後文学賞の銓衡委員になり、第一回、島尾敏雄『出孤島記』、第二回、安部公房『赤い繭』を選んだので、神保町へ移った月曜書房に集まる機会がさらに多くなったが、そのたびに内心のすべてが言いつくせないことに悶えどもりながら最も熱烈に文学の本質論から説きはじめたのは椎名麟三なのであった。その時期、安部公房は確かに「夜の会」のなかで急速に成長、変貌し、田中英光は私達の親密な会合を覗いて、心の底から、羨しいなあ、という嘆声を発したが、いってみれば、その時代こそ、花田清輝のアヴァンガルド理論と椎名麟三の実存主義との不思議な深い蜜月がこれまでの日本文学に思いもかけぬ新しい実質的な成果をつぎつぎと生みだしている一種「奔出の時代」にほかならなかったのである。

戦後文学の党派性

「群像」一月号の座談会、『戦後文学を再検討する』のなかで、柄谷行人がこう発言している。

柄谷「前に埴谷さんと話をしたら、埴谷さんは、高橋和巳、あんなのは文学じゃない、野間宏、あんなものはだめだ、椎名麟三は、あれだけやっていてもキリスト教会の政治にまたまきこまれてしまっている。もし共産党の体験ということが充分に検討されていたならば、キリスト教会のそれだって同じなんだということが、どうしてあの人にはわからないのかというふうなことをいうわけですよ。埴谷さんという人は、そういうことを考えていながら、表では全然いわないで甘やかす人だけれども。だからだめだと思うのです。(笑)しかしそれはぼくもそう思うのですよ。」

こういったあと、椎名麟三の『深夜の酒宴』、野間宏の『暗い絵』についての柄谷行人自身の考えを述べている。

柄谷君にはじめて会ったのは或るパーティの帰りに誰かが、これは柄谷行人です、彼はブントの出身なんですよ、といって私に紹介したときである。ひとびとが出口に向ってぞろぞろ帰っているなかだったので、私は、誰かの口調のように、あ、そう、といっただけで柄谷行人自身と何も話をしなかったが、ブント出身という紹介の言葉は印象にのこった。私は目を悪くした関係もあって、できるだけ必要以外の文章は読まず、柄谷行人の書くものにも格別注意していなかったが、その後、武田泰淳の『富士』の書評を読んだとき、この取扱いにくい作品の核心に迫っているので感心し、柄谷行人は若いらしいけれどなかなか優秀だなとはじめて思ったのである。たまたま平野謙と話しているとき、その『富士』評の話がでて、平野謙もあれはいい、優秀だといって意見が一致したので、私はひそかに柄谷行人を嘱目していたのである。

筑摩書房の武田泰淳全集の補巻となっている『武田泰淳研究』の収録作品のおおよそは古林尚君が選定したものであって、私はただ相談にのっただけであったけれども、この選定の際、古林尚君のリストからおちていた柄谷行人の『富士』評を収録するよう勧めたのも、前記のような記憶があったからである。いま、あらかじめ、こういうことを述べておくのは、私達は互いの書いたものを或る程度読んでいないかぎり、偶然会ったとき話しあうことなど稀だということを記しておきたかったからである。

新宿に「茉莉花」というバアがあり、出版社のひとびとや執筆者がそこの主たる客であるが、十数年前、この茉莉花の前身である「未来」へ、出発したばかりの「あさって会」の全員を椎名麟三がひきつれていって紹介して以来、私もその後屢々そこへ行っているが、さて、そこで柄谷君に四回くらい偶然会ったのである。その裡二回は遠くから目礼しただけで話をしなかったが、あとの二回はそこで話したのであった。その裡一回は短く、他の一回はやや長かったが、といっても、互いに連れがあって、私の連れがたまたま移動したとき柄谷君が私の傍らへ来たのであるから、その長いときの話も恐らく三、四十分くらいであったろう。柄谷君とはこのバア茉莉花で夜更けに会っただけで、そのほかに会ったことはないので、前記の話はそのやや長話のときでたものと思われる。

と思われる、と私がここでいわねばならぬのは、私達は恐らく文学の話を主にして、前記のひとびと以外についても話したのであろうが、どのような話をしたのか私は記憶していないからである。この茉莉花で私は偶然いろいろなひとに会い、そのときどきであまり脈絡のない、こちらのひとから向うのひとへ、さらにその隣りへと話が飛びちがう種類の雑談や或いは二人だけで頭を寄せあった一応真面目な文学談をしたりすることがあるが、柄谷君との話もそのなかの一つで、思いがけぬひとが思いがけぬときに傍らへ坐るほかのときと同様に、会った日時も話の内容もはっきりと記憶していないのである。

ただつぎのことだけは明確である。私がたとえ酔っていたとしても、私が日頃抱懐しているところの内容以外は話す筈がないのである。そしてまた、要約していえば、この三人の文学と基本において同一志向をもっている私が、なんらかの個々の「部分的」意見を述べたとしても、こうした「全否定」をする筈はないのである。

はじめの高橋和巳についていうと、「文藝」の昭和四十六年七月臨時増刊号の座談会『高橋和巳、文学と思想』で、私は武井昭夫君の批判に触れながら高橋和巳の文体が読者に異和感をもたらすということを述べている。これに対して小田実が若い読者は異和感などもっていないと弁護しているが、私自身も単に文体の異和感についてばかり述べているのではなく、そのエッセイにはそういう翳りがないのだから藉すに年月をもってしたら高橋和巳は小説においても必ずそれを克服しただろう、それが三十九歳の若さで亡くなってしまって残念だというふうにいっている。こうした考え方は私の胸裡にあるのだから、柄谷行人が高橋和巳に触れたとき、高橋和巳は文章が悪い、とか、高橋和巳の小説の文章はだめだ、とかいったかもしれない。しかし、そのとき、柄谷行人が、あ、埴谷は俺と同じ意見をもっているなと思ったとしても、そのことから私の高橋和巳観は「あんなのは文学じゃない」という全否定になど飛躍しないのである。

先に平野謙に登場してもらったので、ここでもさらにまた登場してもらうが、私達が仮に「高橋和巳の小説は文章がだめだね。」「しかし、問題提出の仕方はシャープだね。」と或るとき話しあったとしたら、数日後、「高橋和巳の小説は文章がだめだね。」と再び話しあい、それだけで終ったとしても、「問題提出の仕方はシャープだね。」という嘗ての言表の沈黙の層がいまの言表の部分をも支えているのであって、その沈黙の層は高橋和巳像の一つの基底となっているのである。つまり、部分的否定は全否定にならないのであるが、さらになおつけ加えていえば、その評者の内面の姿勢によってはそれは「部分的否定」にすらならないのである。私が高橋和巳に、時折、君は構成力はあるのだから文章に気をつけることとか、小説は論理だけではないとか言ったのは、これではだめだという歯がゆさの底に基本的な共感の上に立った深い期待があったからである。そうした精神の奥の基本的姿勢がなければ、私生活においても親密な関係を長くつづけられる筈はないのである。もし胸裡における共感もない二心、表面だけは認めて裏面では認めないといった二重の感情をひそかにもっているとしたら、文学の世界で、それが相手に忽ち感得されない筈はないのである。それが大きなゆるい規制をもった団体のなかなら「お前の文学を全的に認めぬ」というもの同士が同一組織にいる場合もあるであろうが、その場合でも、彼等は親密な「文学的及び私的交友」を保つことなど決してない筈である。

私達はすべて何らかの欠点をもっている。全能者達が文学をやっているのではないのである。けれども、評者内部における精神の姿勢の持ち方によってそこに述べられる欠陥の性質も意味も方向も変るのが当然であって、それは文学に従事するものにとってすでにその第一歩に置かれているところの既知の前提である。

さて、つぎの野間宏と椎名麟三であるが、この二人は高橋和巳より遥かに大きく、深く、そしてまた切実な背景をもっている。敢えていえば、私達は敗戦という一つの転回点がなければ、何かを書くということのとうていできなかった一卵性双生児にほかならない。私達はつぎつぎに時間を隔てて出てきたのではなく、まったく「同時」に廃墟のなかに「生誕」、出現した。同時に生き得たという生の原質への深い共感が私達の見えない底の暗部を堅く支え、そして、幸福なことにその文学的志向を同一にしているという発見が私達を忽ち親友とし、同志としたのである。戦後すぐは今から想像できぬほど多くのひとびとが互いに各人の家を訪れあった時代であるが、私達もまた互いの家を頻繁に訪ねあい、夜を徹して話しつづけ、そして酒をものんだのである。それらはすべて、学校も地域も同人誌も同じくしなかった、昨日までまったく見知らなかったもの達が、互いの精神の深い奥にどれほど辿りつき得るかという貴重で稀な実験が試みられ、そしてそれが果たされ得た貴重で稀な時代の貴重な事態にほかならなかったのである。そうした精神の暗部での共通項を互いに発見しあったからこそ、「夜の会」、「近代文学」、「あさって会」と現在まで四半世紀以上、文学的にも家族ぐるみの私的な交友をも親密に持続し得たのである。

私は私自身の生と存在のあり方について懐疑的であるけれども、しかし、「近代文学」の仲間達、「あさって会」の仲間達と偶然その時代を同じくし友人たり得たことに、万分の一の確率でしかあり得ぬ何かに偶然当ったような不思議な祝福の手を覚えざるを得ないのである。そんな私が、「野間宏、あんなものはだめだ」とどんなに泥酔したところで言う筈はないのである。

親友はその親友が他のひとにいっている悪口を聞いたら驚くに違いない、といった言葉を聞いたことがあって、それも或る種の真実を含んでいるかも知れないけれども、悪口と一般にいわれるものも単純な悪口から親愛の念の表明にいたるまでの多様な陰翳を含んでいることも洞察していなければ、また、何ものをもっても砕き得ぬ親友なるものが或るときは真に可能である人間の精神の一つの基底をも知悉していなければ、それは大まかな真実にすぎないのである。先に述べたように私達のなかで何らかの欠点をもたぬものはいないけれども、その欠点への言及が一つの否定へ向うか、或いは向上への希求の親密な過程にあるかは、先の高橋和巳の場合に触れたごとく、話者に何らかの精神的紐帯の熱情が存するか、或いは聴者に何らかの全体的洞察の努力があるかによって、まったく正反対にさえ分れてしまうのである。批評家があるとき知る文学的核心とは、果てもなく拡がる全体的考察のなかを往きつ戻りつするときようやく直覚的にとらえ得る何かであって、そこにはつねに果てしなき全体的洞察の努力がなければならない。

昭和二十六年、私が軀を悪くして東大の医学部を訪れていた頃、本郷真砂町に住んでいた野間宏の家へ何時も寄って、当時、「人民文学」の仕事をはじめていた野間宏に、政治にひきずられないようにしてくれ、『崩解感覚』の線をつづけてくれといったが、「政治と文学」は私達を重く苦しい試行錯誤へ長くひきずる一つの重要課題であったから、私は柄谷行人に野間宏における「政治と文学」といった話をしたかも知れない。しかし、私が政治について語り、そして、戦後の政治に対する野間宏の文学の位置を述べたとしても、私の話の要約が「野間宏、あんなものはだめだ」という全否定の言葉になる筈はないのである。たとえ野間宏と私との長い交友の仔細の全部を知らないにしても、柄谷行人が一つの全体的視野のなかで私の話を聞いていたなら、もし私がそういったとしたら、「でも、埴谷さんは、戦後初期の停電時代、日本橋でランプを一緒に買ったり、懸命にダンスを教えたりしていましたね。そして、その文学を積極的に支持していましたね。それがどうしてそんなことになったのです。」と昔の小さな事例からでもはじめて、まず驚き、そして、疑問を呈し、反論し、追求しなければならぬ筈である。文学とは、精神の共通項に達しようとする人類の努力と操作のいまのところ最善のものであるから、共通項の破綻はまた文学的精査の強力な課題である筈である。けれども、そこに聴者の疑問も追求もないのである。

椎名麟三が洗礼をうけるとき私が強く反対したことはすでに書いているけれども、その後の私は椎名麟三の入信に一つの必然性を覚え、教団の仕事を苦労してやってるなと遠くから感心しながら見ている単純な気持以上は深く考えていなかったので、この柄谷行人の言葉に接すると、これもこちらの言葉の或る部分が柄谷行人の胸のなかで一つの全体となったのだろうと思わざるを得ないのである。

ところで、この柄谷行人の断定的な発言を読みながら、私が最も不思議に思ったのは、ただ野間宏についてばかりでなく、埴谷発言なるもののすべての内容について柄谷行人自身なんら疑問をもっていないという点であった。ここで私はほかの或る事態をひとつの中間曲のように挿入してみようと思う。

私は『伊東三郎の思い出』という本を渋谷定輔、守屋典郎とともに長くかかって編集しているが、昭和四十六年四月、伊東三郎の二回目の追悼集会を行ったとき、羽仁五郎が出席した。羽仁五郎は私達が三ちゃんと呼んでいた先輩の伊東三郎の古い友人で昔から羽仁さんと呼んでおり、そう呼ぶのが自然なのでここでも羽仁さんと呼ぶが、羽仁さんはもし埴谷君が出席するならでてもよいといって、この会にはじめて出席したとのことであった。どういう点の私に興味をもったのか知れないけれども、私はこのときはじめて羽仁さんに会い、そのとき一度しか会っていないのである。そして、会が終ったあと、東京駅の近くの小さなバアに私が案内して行きあたりばったり入ったのであった。こうした会の帰りに友人達とビールをのむのは何時もの例であるけれども、その行きつけの店が遠かったので、東京駅の近くのバアへ無選択にはいったのである。このとき、羽仁さんと一緒だったのは、渋谷定輔、守屋典郎、稲岡進、絲屋寿雄、私、それにもう一人誰かいたような気がするが、カウンターに腰かけてから、羽仁さんは、どうして吉本隆明君は自分をあんなに攻撃するのだろうと私に訊いた。吉本君は権威をみな打倒しているので、羽仁さんも権威なのですよ、と私はいった。その当時、『闇のなかの黒い馬』がでていたが、羽仁さんは、君も夢の話など書かずに政治の小説を書いてくれと私に言った。私とのまとまった話はそれ位であったが、何らかの興味をもっていた私と会ったことと、また、守屋典郎が、歴史を書くものは反対意見をもったものの意見をもそこにとりいれなければ公平な歴史とはならないという話を集会でしたことに気をよくして機嫌がよく、私達がまったく知らない種類のヨーロッパの酒を注文して、バアテンダーを困らせたりした。

私がこうした話を書いているのは、その後、羽仁さんが『アウシュヴィッツの時代』という本を出し、寄贈をうけたので冒頭をみると、私自身も聞かず、守屋典郎に確かめても、渋谷定輔に聞いてもまったく言われなかった羽仁さんと私との会話なるものがそこにでているからである。少し長いけれども引用してみる。

このあいだ埴谷雄高君に会ったのだが、彼はだいたいあのグループの先輩格で、埴谷君の影響を受けているような連中は、みなペシミスティックな、夢みたいな話ばかり書いているのだよ。これは、学生がまた悪い影響を受けるし、だから埴谷君に会って、『どうしてきみはいつまでも夢みたいな話を書いているのだ』とぼくがいったのだ。そうすると埴谷君が『政治的に絶望しているから』というのだ。だからぼくは『三里塚を見て、政治的な絶望だなんていうことは、どの口からいえるのだ』といったら、埴谷君はさすがに、『そういわれればそうだ』なんてね。『少し心を入れかえろ』といったら、少し心を入れかえたらしいんだ。というのは、四、五日前の『読売新聞』に、埴谷雄高君がずっと〝ドストイェフスキーと私〟というのを書いていたのだが、その最後のあたりで、武田泰淳の『風媒花』について、『風媒花』というのは非常な傑作だといっている。ドストイェフスキーを現代に生かしたものだという。現代は、自分は誰に、どういう理由で殺されるのかわからないで殺されていく。他方には自分が人殺しであることを、ぜんぜん意識しないでいる連中がいる。現代はそういう時代である。そういうことを武田泰淳が『風媒花』で書いているというのだ。ほんとにそういうことを書いているかどうかぼくは知らないんだ。武田泰淳のものは『司馬遷』一冊しか読んだことがないから。

だけどアウシュヴィッツの時代というのは、そういうことなのだ。

現代がアウシュヴィッツの時代であるという導入部として私との会話が述べられているのであるが、ここにでてくる会話はまったくおこなわれなかったものである。そしてまた、まったくなかった話が、五木寛之『箱舟の去ったあと』の『絶望的青春論』に出てくる。これも引用してみよう。

羽仁　あなたも新宿とか銀座のバーなどへは行くの？
五木　かなりよく行くほうですね。
羽仁　ぼくはああいうのは大嫌いなんだな。よんどころなく誘われて一度か二度行ったことがあるけど、つまらんね。だけど、いわゆるインテリというのは、みんな銀座とか、新宿あたりのバーに行くでしょう。このあいだ埴谷雄高が会のあとでぼくをそういう所に誘うんでね、「おまえまでがこんなことをやってるんじゃ見込みはないぞ」といったんだ。
五木　しかし、バーもいろんな人がいておもしろいじゃないですか。客だってホステスだって、実にさまざまですし、ちょっと世間の縮図みたいな感じもあるでしょう。

この本も著者から寄贈をうけ冒頭にあったので偶然目にとめたものである。五木寛之君はここで一般的弁護をしているが、この羽仁発言もまったくなかったものである。

そこで、そのとき発言されなかったことが発言されたと思いこまれるのはどういう事態によるのだろうかと私は考え、そして、やがてつぎのような推定をしたのである。戦後の「政治と文学」論争のとき、荒正人と平野謙は中野重治から「下司のカングリ」と呼ばれ、私達はカングリ派となった観があったが、探偵小説好きの同じ一員として私もまたいろいろ推理し、想像したあげく、やがてこういう想定に到達したのであった。

羽仁さんの胸裡には、まだ会ったことのない埴谷雄高について或る考えがあり、三里塚についての或る考えがあり、そしてまた、バアについての或る考えがあった。そして、埴谷雄高と会ったあと或る時期が推移すると、その胸のなかだけの考えが埴谷に会ったとき「発言した」筈の現実の会話として「記憶」されてしまったに違いない、と。

この羽仁五郎発言をここに或る心理的資料の一挿話として挿入したのは、柄谷行人の発言の根拠についていろいろ考えたあげく、私はまた、かたちは違っても基本的には羽仁さんの場合と同じようにここに私の言葉として述べられているのは、高橋和巳、野間宏、椎名麟三に対する柄谷君自身の考えであるに違いないという想定に達したからである。私が述べた或る部分が柄谷君が日頃から抱懐する或る部分に重なったと柄谷君が思ったとき、私の述べた「部分」は柄谷君の胸裡で一つの既知の「全体」となったのである。

柄谷行人はひきつづいてこう述べている。「埴谷さんという人は、そういうことを考えていながら、表では全然いわないで甘やかす人だけれども。だからだめだと思うのです（笑）。」

私達は文学というそのはじめから終りまで「評価」の宿命を負った世界にいるのであって、すでに述べたごとく、たとえ表で全然言わなくとも、長くつきあっている「文学仲間同士」には相手がどのように「評価」しているかは解らぬ筈はないのである。そして、これもまたすでに述べたごとく、向上へ押しすすめる否定の鞭ではなく、まったく全否定する相手とは親密な仲間になどならないのである。けれども、私は作家はほめられることによって成長すると思っているので、幾人かの著者から単行本の推薦文を頼まれるとき、つねにその長所をとりあげて書いており、それが「甘やかす」ことになるのなら、「甘やかす人」という評言を私はここで甘受する。尤も、そうした鼓舞法がだめかどうかはまた別問題に属する。

この座談会の出席者の裡では柄谷行人が最も若い世代に属している。私はこの文章で柄谷行人とともに、また、柄谷君とも書いているが、敢えてそうしているのは、この座談会を読みながら、柄谷行人は若いのに冴えた洞察力を備えていてやはり前に思ったとおり優秀だなと思うと同時に、柄谷君はまだ若いから気負っていて生意気なところがあるなとも思って、本来、母とその子と他人の子とが群棲している人生のはじめから私達に絶えず体験されてきているところのもの、胸のなかの精神の志向の方向によって同じ一語の表明もその意味と色彩と陰翳をまったく異にしているという心情談義をいささか遅く生れた相手に私の方から勝手にしているつもりになったからである。ところで、そうした六十代の私とまだ三十代の柄谷君とのあいだの決定的な差異を感ぜざるを得なかったのは、先に述べた「仲間」についての意識である。

この座談会で三島由紀夫について論ぜられているとき、こういう会話がある。

柄谷　そのリアルというのは、非常に問題なリアリティーだよ。ぼくは根本的にきらいなんですね。

それは。
磯田　ぼくはそれが根本的に好きなんだな。
柄谷　だからぼくは、磯田さんという人は根本的にいやだと思っているわけさ。（笑）

文学論と人間論がここでは直結しているけれども、ここに交わされた会話を読みながら、私は嘗て或る座談会で吉本隆明が磯田光一に向っていったことを想いだした。その言葉を正確には覚えていないけれども、或る論議のなかで、吉本隆明は「だから磯田さんはだめなんですよ」といったふうな言葉を述べたのである。そして、磯田光一は、直接自分に向ってそういった吉本隆明に対して並々ならぬ敬意を払って回想していた事態を、一種重なる聯想として私はすぐ想いだしたのである。その磯田光一が直接自分に向っていう柄谷行人に対していまどのような敬意の念をもっているか知らない。私がその二つの事態を重ねて聯想しながら感じたことは、私達の後代はまさに解体と自立の世代であり、そして、そこには当然のことながら、さまざまな自立と解体のかたちの移り行きがあるということである。

これに対して狭義の戦後文学で括られる私達は、戦争の重圧を同一に取り払われたという共通項をもって、恐らく、長く歴史の上でも稀な事態と思われる「同時結集」をおこなった対照的な世代である。それは徐々に一箇所に集ってきたのでなく、焼跡の廃墟のここかしこから現われてきたパルチザンのように、各自の差異を当然大きくもちながら、ただその作品を読み志向の同一性を知ることだけによって忽ち同時結集したのである。

解体の時代においても胸裡深いただの一点の共通項によって結ばれる連合体の可能を信じる世代、政治の幻滅のなかにおいて政治の止揚をなお希求して心の隅からそれを捨て去らない世代、敢えていえば、ひとりひとりかけ離れた文学的営為のなかでただその生の基本的姿勢を同じうするということだけによって互いを擁護しようとする「文学的党派」の世代に私達は属するのである。

敢えて繰り返していうが、私達は一つの党派性の上に立っている。野間宏が、日本文学の変革をその文学的課題としていることはすでに知られているが、私達すべてが、野間宏ほど壮大ではないにせよ、多かれ少なかれ、生と存在の現実にとどまらぬ変革を希求していることによって結びついているのであって、目に見える、また、目に見えぬ相互影響をもそこに見出そうとする或る種の核探索の姿勢をもとうとしなければ、私達の若い批評家達は、或る歴史的整理を緻密におこない得るだけで、ただに私達の生の記録をのこすばかりでなく、人間性の未来に迫ろうとした戦後文学の内実の可否を精神の法廷で検討することなどできないのである。

花田清輝との同時代性

花田清輝が狛江の中野正剛邸の一画から現在の小石川原町へ越してから暫らくたってのことであるが、いまは忘失してしまった何かの用件のため、私はその家を昼間訪ねたことがある。玄関へ出てきた彼はそのまま私をつきあたりの書斎へ連れてゆきそこで話すことになったが、私がはじめてはいったその書斎の左手の書棚に多くの書物がぎっしり並べられているのは、当然として、変っているのは、右手の机の前の窓が厚いカーテンで隙間なく覆われていたことである。恐らく四畳半くらいと思われたその小さな部屋の中央にはいまでは見られない古風な白い平笠の下に燭光の淡い電燈がついていた。つまり、彼は昼間でも暗くしている書斎のなかにいたのである。

「デュパン探偵だね。」

と私がいうと、彼は「うふふふ」とその不敵な顔つきに似合わぬ羞かしげな表情を小さくすぼめた口許に示して微かに笑った。

同時代というものは恐ろしいもので、私達はそれだけで互いの基本心情の底辺が解ったのである。

花田清輝も私も明治四十二年の十二月に生れたけれども、戸籍上の生年月日はまったく同じ明治四十三年（一九一〇年）一月一日となっているのである。私の場合は十二月十九日に台湾新竹で生れ、本籍の福島県の小高町役場へ出生届が着くまでには当時かなりの日数がかかったので、いっそ翌年の一月一日生れにしてしまえと父が勝手に決めたのであった。花田清輝の場合の父母の考え方もまた十二月の何日に生れたのかも聞いたことはなかったので、どちらが少し先か後か気にもとめなかったが、いずれにせよ、私達二人はまったく同時代者なのであった。

（なお附記すれば、十二月生れを翌年の元旦生れとすることは、当時の父達に「流行って」いたものとみえ、藤枝静男はちょうど二年前の明治四十一年一月一日生れとなっている。）

そうした私達の青年時代は、恐らく欧米の探偵小説の古典が「娯楽的というよりむしろ文学的なかたち」で最もよく読まれた一種論理的想像力の時代であるが、ポオは私達二人にとってもまったく最初の光栄ある先人なのであった。そして、花田清輝の深い精神の始源にも私の暗い始源にもデュパン探偵の「闇」と或る種の「推理癖」が一筋の縒り糸のごとくうけつがれたのであった。尤も、花田清輝の場合は、彼の『復興期の精神』を読むとすぐ明らかになるがごとく、ポオが分析的知性と呼んでいるものを闇の前に置き、しかも、チェスタトン風な逆説に支えられた明晰、つまり、「逆説的明晰」とでも称すべき新しい方向へむかって歩一歩と踏みだしつづけたので、彼における虚無も暗黒も私とはいささか違うものになってしまった。私の場合はいわば彼とまったく逆方向を辿り、宇宙の闇と精神の闇の始源の袋小路へだんだんと後ろ向きにのめりこみ、そしてついに広大も深遠も荒唐無稽もともにどっぷりとのみこんでいる真暗なデモノロギイの領域の癒しがたい耽溺者となってしまったのである。

このポオについて附言すれば、或るとき、当時神田にあった月曜書房の一室で二人でポオ礼賛を昼から夕暮まで数時間もやった果て、『メールストロームの渦』を記念する作品を二人とも必ず書こうではないかと約束して、私の方は約束通り、『虚空』を書いたことは、現代思潮社版の『虚空』のあとがきに記した通りである。ところが、そのとき約束を守った私はただそれ一回だけ作品を書いただけで、その後まったく何も書かず怠けていたのに逆比例して、そのとき約束を守らなかった花田清輝は、後年、一見ポオとは無関係に見えながら、しかも、デュパン風、或いは師父ブラウン風な推理力をここかしこに発揮するエッセイ風小説を続々と書いたのであった。そして、これまたずっと後年、私も『闇のなかの黒い馬』のなかの数篇をやっと書いてただ一篇だけではとうてい足りぬポオの深い文恩へ対するささやかな記念碑をようやく建てたのであった。

ところで同時代における同質性はただに探偵小説だけにとどまらず、闇の奥の遠い向う側の不思議な次元から映画館のスクリーンの上にだけ出現してくるような映画の人並以上の愛好家に二人ともまったく同じようになってしまったことにも示されている。彼の風貌はヴィクター・マチュアそっくりであったから、喧嘩をすればその膂力はサムソンぐらいは強そうに見え、事実また、論争相手をぐっと不敵に睨みつけ、凄んでみせることも屢々あったのである。

そのような探偵小説と映画のほかに、さてまた、もう一つ、いってみれば、遠い後天的な事態が一種生れついて以来の素質に転化したかのごとき最重要な二人の同質性をつけ加えると、戦争中、ワルソーゲットーの蜂起もワルソー蜂起も実際にはおこなわず、心の闇の奥だけで架空の蜂起をつづけていた結果、ついに身についてしまったところの「曖昧性」がある。

いま何処でそう述べたのか、残念なことに思いだせないけれども、たしか或る座談会のなかで私は花田清輝を「ダブル・スパイ」と規定したことがあった。へえ、俺がダブル・スパイかよ、ヴィクター・マチュアそっくりの鋭い凄みのある眼付と顎をつきだしながら、彼は私に文句をいったが、東方会の黒シャツを着て文学者達をおどかしながら他方で「文化組織」を出していた花田清輝ほど典型的でないにせよ、すべての企業、すべての経営、すべての行動が戦争目的にそってもはや停らない大きな車輪のように動いているとき、必勝の信念の保持者や何処にもつとめないで済ませられる或る種の金持ち達を除いて、敢えていえば、「厭戦、或いは反戦の気分を内面にもった生活者」の殆んどすべてが、多かれ少かれ不思議なダブル・スパイ的生き方をしたのである。花田清輝の文体も私の文体も、極めて大きくくくれば、曖昧文体に属するのであって、よくよくよくよく読めばぼんやりとわかってくるもののよくよく読んだくらいではとうてい底の解らぬその曖昧文体こそは、鋭さと鈍さの重なりあった監視の眼が闇のなかの獣のようにここかしこに絶えず光っていた戦時の抑圧下にぴったりと身についたものである。これを探偵小説ふうにいえば、その曖昧文体こそはデュパン探偵だけにはすぐ解読されるものの、ほかのものには再読三読くらいではとうてい真意の解らぬ或る種の暗号文のごとき複雑曖昧な組立法をもっているのであるが、これをさらに逆言すれば、その曖昧文体は一つの小さな小さな種子の灰色の芯を隠すのに七色の果物の皮をかむせるといったふうに七面倒臭い論理的組立法で仕組まれ工夫されているのであるから、もし全体の暗号の鍵がひとたび発見されてしまえば、一見「まったく」解らぬその暗黒の謎語が白昼の下に忽ちばらばらとはしからはしまでひとつのこらず、すべて「はっきり」と解けてしまうのである。尤も、敵にさとられぬふうにひそかにひそかにひょいと手渡して伝達してしまおうとする同じ種類の曖昧文体といっても、分析的知性型の花田清輝のそれと暗黒星雲型の私のそれは頭蓋のこちらのはしとあちらのはしほど大きくかけ違っており、花田清輝のそれは私のそれより遥かに「弁証法」的で、また、「明晰」なのであった。例えば、Aが神でZが悪魔のように見えるが、実はZこそ神で、Aは悪魔なのであるまいか。いや、神も悪魔も本来は同一物で、ほんとうは状況によって違った顔を示すだけではあるまいか――というのが、花田清輝における弁証法的曖昧法のパターンの原型である。そこには、まず、神と悪魔、精神と物質、集団と個人といった対立物が提出され、それらがつぎに相互ともに否定されてジン・テーゼへ辿り行くといったいわば正統的「弁証法」の筋道が曖昧の薄闇のなかの赤い導きの糸となっていて、エジプトの死者の棺のなかの棺をまずあければさらに棺があり、その棺のなかの棺をさらにつぎつぎと開いていったら最後の小さな棺を開いてもそこにかたちの存する木乃伊はなく、ただ空々漠々といった虚無の無限積み重ね方式の私と較べれば、同じ命名の曖昧方式といっても、最前列の明晰派と最後列の晦暗派ほど大きく違っているが、この曖昧のなかの明晰、明晰に組立てた曖昧といった花田清輝のテーゼとアンチ・テーゼの入れ換え方式の大工夫は、戦争が終ると、戦時中とはまったく別な運命をもつことになったのである。武田泰淳流にいえば、生き恥さらして生きのこったものと、花田清輝流にいえば、協力のなかの抵抗という唯一の言質を携えて生きのこったものに対する後代の評価が大きく推移、変化したのである。

花田清輝と吉本隆明が論争したとき、たまたま、私は『決定的な転換期』と題する時評で、死の国から帰ってきた吉本隆明の世代に花田清輝を含める私達の世代すべてが全的敗北せざるを得ない事態

について書いたが、そのとき、

　　抵抗が協力であり
　　協力が抵抗であると
　　誰が知ろう

というユーリピデスのパロディをいささかユーモラスに高く掲げて、このような花田式テーゼとアンチ・テーゼの相互入れ換え方式も、これも悪くあれも悪いとまったく同じくまたこれもよくあれもよいという埴谷式全否定即全肯定曖昧方式もともに通用しない新しい戦闘方式の時代へ移りゆく予感を述べたのであった。

　花田清輝を回想するこの文章では、彼と私のあいだの異質性に殆んど触れずむしろ同質性の方だけを多く強調して書いているが、それにしても、共闘者達の心理伝達における曖昧方式から自立戦闘方式へ移りゆくこの決定的な転換期への踏みこみの断層の大きさに較べれば、花田清輝と私との論争は、一見、インパーソナルな「物」とパーソナルな「魂」といういわば古典的な、より決定的な対立に根ざしているかのごとく見えるけれども、しかもなお、それが一方は実存に投げこまれた魂であり、また、他方はシュールリアリズムの彼方の物であったことを思えば、私達の対立は、いってみれば、逆説を弄する探偵師父ブラウンと間の抜けた大泥棒フランボーの或る枠のなかでの対立のごときものであり、最後まで論争をつづけたといえ、同時代の共通項と同一の徴標をもってアイロニカルにまたユーモラスに論争したのであって、そしてまた、喧嘩しながらも爛酔すれば同じ歌しか唄わぬ同時代者の奇妙な同質性をもって相次ぎ去ってゆくのであろう。

花田清輝と私が会えば必ず、宇宙のすべては精神の意味づけによって存在するという古典的な私と、世界のすべては物の並立と組合せのなかにあるというアヴァンガルドの彼とのあいだのいわば「価値賦与論」と「コラージュ論」の論争をはじめる喧嘩友達の間柄になるよりまだ遥か前、酒をかなりのむ私と殆んどのまなかった彼との二人が或る夜居酒屋で私は極大、彼は極小ほど飲んで歩きはじめると、何処まで歩いても互いに話がつきず、また、極小しかのまぬ彼まで含めて二人とも羽化登仙したふうにぼんやり歩きつづけていたので、たしか本郷三丁目の交叉点の真ん中で向う側の交番から高く手をあげて呼んでいる若い巡査の顔を遠い霧のなかの不思議な顔でも見るように二人で眺めていると、不思議な事態はまさに逆で、話に夢中になっていた私達は赤信号の交叉点の真ん中をぼんやりつき切って歩いているのであった。

交番のなかへ呼びこまれた私達は交通違反で本署へ出頭することという小さな書式を手渡されることになったが、より多い量の酒で彼より十倍くらい気の大きくなっている私は、君の名はださないでいい、俺がひとりでゆくから、とフランボー役を引き受け、翌日、署に出頭すると、同じように出頭していた十数人の間抜けたフランボー達と長く長く待たされたあげく、若い署員から極めて短い交通規則の解説を聞かされただけであった。

後日、いささかおとなしげな顔付をした花田清輝が、罰金をとられたのかと聞くので、いや、同じ間抜けなひと達と一緒に、交叉点では信号を必ずみることという恐ろしく簡明単純な訓話を聞かされただけだと答えると、それまで済まなそうに背をまるめていた花田清輝はさっと逞しいヴィクター・マチュアの顔付にもどって、そんなところへ行かなかった俺だけがこの世で間抜けではないといったふうに無性に嬉しがって、その精悍な顔付に似合わぬ彼特有の小さな口の開き方で何時までも長く笑ったのである。

追記　花田清輝の生年月日は、新潮社『日本文学小辞典』の佐々木基一の記述によったが、その後に出された『箱の本』所収の年譜によれば、明治四二年三月二九日生れとなっている。しかし、彼と私との生年月日がいささか離れていても、彼と私との「同時代性」は変らないのである。

「お花見会」と「忘年会」

武田泰淳は小さな内輪の集りをもつことが好きだったので、吉祥寺に近い高井戸時代、竹内好、丸山真男、私の家などで廻り持ちの会を開き、この四家の家族ぐるみの酒宴を催したのであった。酒宴の最後は各夫人を相手に「サーヴィス魔」の私が踊るのが慣わしとなり、竹内好ははじめからする意志がなく、丸山真男は意志があったけれどうまくならなかったのに、武田泰淳ひとりは戦後すぐの「埴谷家の舞踏会」のはじめからその身体つきに似合わぬ軽妙なリズム感があって、誰にも「習わぬ」のにちゃんとステップを踏んで踊ったのであった。この中期の高井戸時代のことは別の機会に詳しく書くとして、ここでは後期の集り、「お花見会」と「忘年会」の二つだけ記しておくことにする。

武田泰淳は必ずしも「吾国特有に存する食通」の部類にはいっておらず、どちらかといえば、「味めくら」の私に近い方だったと思われるけれども、中国料理が好きで、昭和四十六年十一月野間宏『青年の環』の谷崎賞パーティで脳血栓に襲われる二年前、赤坂の栄林別館へ開高健夫妻と私達夫婦を招いて食事したことがあったが、食事後、夜の靖国神社へ桜見物に行こうと彼からいいだし、闇のなかに白く浮いている桜花の下をぶらぶらと歩いたのが「お花見会」のはじまりになった。

翌年、開高健夫妻が私達を田村町の王府に招いたが、そのとき、ポルノ好きの開高健が裏面にさまざまな姿態のポルノ写真がうつっているトランプを持ってきて、武田夫妻や私達夫婦に「精密に見ること」を強要した。この精密に見ることを強要するのは開高健の永劫に癒しがたい「趣味」で、そのとき、五十三枚に及ぶそのポルノ写真の姿態にあてられたのか、私は気持が悪くなり、暫らく部屋の隅に椅子を並べた上に仰向けに寝ている破目になった。私の心臓の持病がはじまった頃であるが、酒にはいる前の宴席で寝こんだのはこれがはじめてである。

その夜は、靖国神社でなく、千鳥ケ淵の桜並木の下を歩き廻り、ここでは手が延ばせるほど枝が低いので、私が満開の白い桜の花を揺すってみたりして、向いのフェアモント・ホテルの喫茶室にはいり、その一劃だけ照明されている見事な桜花を高い硝子戸越しに眺めながらまたビールをのんだのであった。

三度目は私の招待の番であったが、そのときはすでに脳血栓の遠い予兆でもあったのか、武田泰淳は外へ出たくないといい、赤坂の武田邸で開くことにし、赤坂コーポラスの庭に咲いている僅か数本の桜を窓硝子戸越しに眺めただけで、これまでのように夜桜見物には出なかったのである。

つまり、「お花見会」は四十六年十一月の脳血栓にいたるまで三回おこなわれたのであるが、実は、「お花見会」そのものがこの文章の主眼ではなく、以上は「お花見会」の裏側を書くための導入部ともいうべきものなのである。

百合子夫人は武田泰淳にとって天から地にわたる生活の一切そのものであり、影と形のごとくつねに相伴っていて、「百合子がいなければ武田家は崩壊だ」と武田泰淳自身屡々繰返していたほどであるが、百合子さんはビール好きなのに自動車を運転せねばならぬため殆んどつねに一、二杯しかのめず、そして、「サーヴィス魔」の私は一瞬の切目もなく自分の全時間を拘束されて絶えず武田と離れずにいなければならず息も抜けない百合子さんへの「最大」の「同情者」で、たまたま百合子さんが武田の代理で何かの会へ出席すると、その帰りには必ず百合子さんを誘ってビールをのみ深更に及ぶので、埴谷のやつ、余計なことをしやがると武田は日頃から不満なのであった。

ところで、その武田泰淳の心のなかの薄暗い不満がはっきりかたちをとって外に出るようになったのは、辻邦生が品川のマンションに移って、百合子さんと私達夫婦を呼んだときである。辻夫人の手料理を御馳走になって、広い各室の内部を案内され、かなり酔っていた百合子さんが寝室の中央に立って「焼けるわ！」と百合子さん特有の天衣無縫な無邪気な声で高く叫んで辻夫人をびっくりさせたあと、帰りに赤坂の知り合いの地下のレストランへ寄ったのであった。女房が先に立ち、百合子さんがそれにつづき、私は一番あとから階段を降りはじめたのであったが、ちょうど中頃で百合子さんが足を踏みはずしてすとんと尻もちをつくと、そのままの姿勢でごとごとっと鈍い音をたてて、二、三段ずり落ちたのであった。しかし、こういうときは酔っている無抵抗な身体の「徳」であろう、二、三段ごとごとっと腰かけたままずり落ちても身体の重心を失わず、最後まで真っ逆さまにならなかったので大事にはならなかった。ただ脱げた片方の靴が階段下まで身代りのごとく飛んだのである。そのとき階下のレストランはもう終業していたのでそのまま百合子さんを送って帰ったが、そのとき百合子さんの仔細にわたる報告が武田泰淳の胸裡に長くわだかまっていた薄暗い不安と不満をいっぺんに爆発させることになったのである。

それ以来、百合子さんが武田の代理で何かの会へ出るときは、必ず出がけに、「埴谷がバアへさそっても絶対に行っちゃだめだぞ」と真剣無類な、五寸釘以上に大きな「釘」を幾度にもわたってさすようになったのであった。

ところで、ここへ「お花見会」の裏側が代って登場することになるのである。「お花見会」は何時も各夫妻全体の集会であったけれども、その裏にできたのは百合子さんと開高夫人牧羊子さんと女房の三人の「三人の女だけの酒宴」で、だいたい私の家でおこなうことになったのであった。

その或るとき、「女だけの酒宴」が終って三夫人がでてゆくのを私が送って、闇の街路へでると、大きな奇妙な黒マントを軀にばさばさっとかけたので百合子さんが「黄金バット」と巧みに名づけた牧羊子さんがまずそこで車をひろって帰り、百合子さんは私達夫婦が送ってゆくことになった。車中で、まだ飲む？　と訊いた私に、うん、飲んでもいい、と百合子さんがいったので、新宿の茉莉花へ暫らく寄って赤坂へついたのは午前一時すぎであったろう。

日頃は必ず、赤坂コーポラスの二階への階段をあがり、武田家の扉の前まで送ってゆくのに、このときに限って、百合子さんが、酔っていない、大丈夫よ、といい、また事実、足取りもしっかりしていたので、私達はタクシーの窓から、百合子さんが駐車場のコンクリートの斜面をのぼり階段を上ってゆくまで見送って帰ってきたのであった。

ところが、私達にとってまだ夜明けでない午前六時に電話のベルが鳴った。眠い眼で女房が出ると、花子さんの静かに落着いた声で、母はまだそちらにいるでしょうか？　と訊いてきたのであった。私の生涯でまったくすがりつくべき一本の細い藁もないほど気が動顚したのはこのときだけで、電話の傍らに立っていた私は、しまった、扉の前まで送ってゆかなかったので、百合子さんは氷川神社裏の暗い谷底へ落ちた、とその瞬間思ったのである。赤坂コーポラスの各部屋へはいる通路の反対側には高い手すりがあって、そこから向こう側へ落ちることは通常ないけれども、酔っていないと自身いったものの実は芯で酔っていた百合子さんはなんらかの具合でそこを乗り越え下の深い谷へまで落ちてしまった――そう私はもはや取戻しようもなく動顚しながら直覚したのである。花子さんは、父は四時頃から手帳を出してここへかけろというんですけれど、あまり早いからと私がとめて、今かけたのです、というので苛ら苛らしている武田が夜中ずっと起きていて、だんだん薄暗い不安におちこみ、ついに、埴谷のやつ、と抑えきれぬ怒りさえこめて花子さんをせっついているさまが花子さんの落着いている言葉の向こうに彷彿とした。

確かにコーポラスの玄関まで見送ったのだけれど――といったまま絶句している女房の後ろで、私は武田に一生会わす顔がなくなったと暗い海の底の底へ恐ろしいほど「底もなく」沈んでゆく気持になったのである。

すると、五、六分たって、また、花子さんから電話があった。――済みません、母は帰っていました、と日頃静かな花子さんには珍らしい高い笑い声を向こうにたてて報告してきたのであった。

あとで百合子さんに聞くと、その夜はあまり酔っていなかったので、日頃になく――日頃は靴を玄関に脱ぎとばし、服はそこらに脱ぎすてているのに、その夜は、どうしたことか、靴はちゃんと隅にそろえ、服もすべてきちんと片づけて布団へ入ったのだそうである。それで、まだかまだかと苛ら苛らして待っていた武田が、百合子さんの部屋を覗いたとき日頃と違ってあまりよく整理されていたので、「そそっかしいことに」、それほど小さくない百合子さんの身体を覆った布団の「人型」の盛り上りに気づかず——そして、夜中起きつづけながら一秒一秒と絶えず全身全霊で「埴谷を呪いに呪って」四時頃から花子さんを起こし、電話をかけろ、かけろと執拗に言いつづけていたわけである。ははあ、こんどは武田が暫らく俺に会わせる顔がないな、と暫らく哄笑したものの、その夜明けの激しい動顚と暗い底もない恐怖以来、百合子さんと飲んだときは真夜中の何時すぎでも必ず武田家の扉をあけてなかにはいる百合子さんを見届けてから帰ることになったのである。

赤坂に近づいてくると、何時も、百合子さんは「武田は起きてるわね」といい、「うん、彼はきっと起きているね」と私も間髪をいれず応じて滑稽に予測しあいながら赤坂コーポラスの階段をあがって、武田家の扉をあけると、確かに武田泰淳は何時も起きて部屋の真ん中に立っているのであった。私が、百合子ちゃんを確かに渡したぜ、というと、地上最高の苦い何かでも嚙み潰したような顔を苛ら苛らと待ちわびていた武田泰淳はして、「うむ」とも「ありがとう」ともいわず、逆に「上ってゆかないか」と心にもないことを私にいうのであった。「いや」とにべもなくいって私は何時もそのまま帰ってしまうのであったが、百合子さんへの「最大」の「サーヴィス魔」として、武田泰淳に「呪われたり」「ほっと感謝されたり」する複雑混沌たる心境をもたらす一種の波瀾惹起者に私が絶えずなっていたことは疑いない。

深い済まぬ心と同時にユーモラスな微笑の温かさも残る回想である。

さて、「お花見会」は脳血栓の前の集りであるが、脳血栓以後開かれたのは、竹内好夫妻、武田夫妻、私達夫婦の三組で暮近くおこなわれた「忘年会」である。これは赤坂の楼外楼でまず食事したあと、歩いて武田家へ行ってまた喋り直し、飲み直す会であった。自宅では百合子さんもビールを気置きなくのめるので、戯れに「御三家」の会と互いに称していたこの会は昭和四十七年、八年、九年、五十年と四回つづいた。

脳血栓後の武田泰淳の体調や私達全部の年齢をも考えあわせて開かれたこの会は、確か二回目から、楼外楼の女の子に持参した写真機のシャッターを押してもらって三組の夫婦の「記念撮影」をおこない、武田邸からの別れ際に、来年も元気で開かれるといいね、と必ずいいあっていたが、竹内好が開く番になって張りきっていた今年、五十一年の会はついに開かれずに終ってしまうことになった。

ところで、武田泰淳には一種真面目な顔付のままおどけるといった「大人」ふうな茶目気があって、二回目の会のとき、楼外楼の二階の席で不意に百合子夫人がことあらため威儀を正して立ち上ったかと思うと、台座の上に小さな裸かの女神が立っているトロフィーを竹内好夫人と私の女房に渡し、「賞状！」とまず一際高く叫んでから両手に掲げた一枚の紙片をゆっくり読みはじめたので竹内好も私もびっくりしてしまったのである。

その小さな裸かの女神が立っているトロフィーも「賞状」も女房がまだ押入れの隅にとってあったので、武田が執筆（恐らく口述）し、百合子さんが清書したそのユーモラスな「賞状」をつぎに掲げてみる。

殊勲賞　　技能賞

埴谷とし子さん

貴方は永久革命家たる夫、埴谷雄高氏と暗雲漂う非合法時代に結婚し、長き苦難の時代を経過し、戦後も或る時は死んだふりをして臥床し、或るときは新宿方面に出没して「お殿様」と噂される夫を庇護し、死霊の完成は未だしも、ついに「やみの中の黒い馬」の捕獲に成功し大学生及び人妻たちの人気者たらしめることに大いに貢献いたしました、よって殊勲賞、技能賞ならびに優勝女神像を授与いたします。

昭和四十八年十一月三十日　於楼外楼

竹内好夫人の場合は「敢闘賞」で、その言葉の仔細は忘れたけれども、何時も不機嫌な夫によくつかえてきたといった内容であった。

竹内好も私も、夜更けに百合子さんを送っていった私を迎える武田泰淳が示すようなむっつりした苦い顔をして、「賞状」をよどみなく読む百合子さんの朗々たる声に聞きいっていたのである。

竹内好の追想

竹内好にはじめて私が会ったのは、「中国文学を語る」という座談会を「近代文学」でおこなったときである。「近代文学」の事務所はその頃駿河台の文化学院の二階にあって、すぐ筋向いにある「生活社」から出されていた「中国文学」を編集していた千田九一は荒正人、佐々木基一の高等学校の先輩であったから、千田九一は「生活社」へくるたびに私達の編集室へも顔を出したのであった。前記の座談会も彼の世話になり、確か昭和二十一年中におこなわれたのに長く「寝かされて」いて、翌二十二年六月号の「近代文学」にのったのである。

そのときの出席者は、竹内好、武田泰淳、千田九一、荒正人、佐々木基一、私の六人で、この座談会がのる前にすでに竹内好には「近代文学」二十二年二、三月合併号に『藤野先生』を寄稿してもらっていており、「中国文学」と「近代文学」の同人達は互いに知りあいはじめていたが、けれども、その頃はまだ彼と私は知人といった間柄であった。

竹内好と私の関係が深まるのには、知りあうとすぐ親しくなった武田泰淳がつねに介在していて、「中国文学研究会」が開かれていた有楽町の「山の家」の隅の小座敷へも武田泰淳は私をつれていった。先頃の竹内好のお通夜の流れの席で、安田武がこういう古い話をした。彼が竹内好の原稿を「山の家」の酒席にもらいにいったとき、埴谷さんからからまれたというのである。私はそんなことをまったく忘れていたが、竹内好、武田泰淳のほかに岡崎俊夫、千田九一、飯塚朗など集っていたその席は一種の殺気が感じられるほどに荒れていて私もその激しい雰囲気のなかで日頃になく元気だったのかもしれない。その当時の「中国文学研究会」における或る種の昂揚した心の奔騰といった激しい雰囲気は武田泰淳の『風媒花』に描かれている。そして、昭和二十四年の冬だったと思われるが、朝日新聞にいた岡崎俊夫の世話で湯河原にある新聞寮に、私達揃って一泊旅行をしたことがある。「中国文学」側から岡崎俊夫、竹内好、武田泰淳、千田九一、小野忍、斎藤秋男と大半来たのに「近代文学」側からは佐々木基一と私だけで、他に宿り客のいない寮で夜遅くまでのみつづけ、まだ若かった斎藤秋男がとっくりをもって台所と座敷のあいだを絶えず往復しつづけたのであった。その翌朝、本多秋五がきたけれども、どうもつきあいは「近代文学」側が悪かった憾みがある。

けれども、竹内好と私はそのときもまだより深くなった知りあいで、彼と私が親しくなったのは、それよりずっとあと、彼が昭和二十九年暮吉祥寺へ引越してきて、その暫らくあと、私が満四個年の結核生活からようやく回復した頃からである。竹内好の家は東町、私のところは南町で鉄道線路を距てて三丁ほど離れており、その場合も武田泰淳が介在して両家の往来がはじまったが、殊に昭和三十二年暮、武田泰淳自身が上高井戸のアパートに越してきてからは、こんどは「やたら」に竹内、武田、私の三家族が竹内家または私の家に集まったばかりでなく、竹内家のそばの丸山真男家をも捲きこんで、いわば廻り持ちの会合を頻繁に開き、その間、「埴谷家の舞踏会」も幾度かおこなったのであった。むっつりしている竹内好が踊れば必ず面白い不思議な風景になった筈であるが、その頃は、彼は隅で飲んでいるだけで照子夫人の踊るのを機嫌よさそうに眺めていた。

ところで、武田泰淳がやがて上高井戸から赤坂へ越したあとも、竹内家と私のところで酒宴はひきつづいたのであった。不思議なことに、どちらかといえば好き嫌いが人並はずれてはっきりしていて極度に頑固な竹内好と私の気があったばかりでなく、これまた正反対の気性の竹内夫人と私の女房も親密になって、家族ぐるみの絶えざる往来になったのであった。私は女房に日頃から「味盲《あじめくら》」といわれており、事実、食物はすべてどうでもいい方で、女房のつくったものを決してほめたこともないのに、竹内好は味に「うるさい」方だったので、料理自慢の女房は「珍味」をつくるたびに竹内好のもとへわざわざ持参し、そして、ほめられ、嬉しがっていたのである。

この「味盲」と「味が解る男」の大きな差異は、趣味の大きな差異にも及んで、私はだいたいすべての面においてつきあいのいい方であるけれども、彼の「運動を主体とした」趣味のすべてに「つきあい」がまったく悪かったので、いまから思うと一度くらいはつきあって何処かへ行っておけばよかったと悔やまれる。

彼の並々ならぬスキイ好きはいわば晩年の狂い咲きであるが、軀の芯の底まで冬になると動きだすほど気にいったらしく、毎年、冬の気配が近づくとともに私を誘い、そして、そのたびに私は不器用で、しかも、徹底して寒がりだから、絶対に行かないと、彼の「頑固」ぶり以上に徹底して頑強に断わりつづけたのである。やがて彼は私へのスキイ勧誘を断念し、数段程度をさげて、温泉のある宿屋で飲んでいればいいと「非運動的」に力説した。けれども、彼の意見はそれまでつねに彼なりの堅固な力強い根拠があってまったく明断であったのに、この「ただ飲んでいればいい」という説得はまったく確たる根拠ももたぬやみくもの単純力説だったので、君達がスキイをしているあいだ俺が幾度も温泉にはいったりひとりで飲んだりしててもまるで仕方がないよ、と私は彼の生まれながらの性癖である「とりつくしまもない」むっつりした顔付を見せながら彼の最後の説得もまったく受けいれなかった。そこで、冬のスキイのかわりに、こんどは夏の海水浴行きが出現したのである。殊にいまとなっては、あれほどにべもなくむげに断わるのではなかったと思い返されるのは、病気の年、つまり、昨年の夏、こんどこそというふうに、こんどは君の故郷の福島県相馬の松浦湾へ行くのだから一緒にゆかないか、とこれは彼なりに気を使ったいささか巧妙な説得性のある誘い方をしたのである。しかし、徹底したものぐさで小旅行もせず、また、身体を動かすすべての種類の運動をまったくする気がない私は、これまた、心臓の持病には海水浴などとうていだめだと直ぐ断ってしまったのであった。

そうした点、私は彼の「運動」の趣味に対してまったく「つきあい」が最後まで悪かったけれども、しかし、手先を動かすだけの「趣味」のほうは互いに長く持続した。碁は彼が初段、私が話にもならぬ最低であるが、二人で碁会をつくり、これは一度中断したけれども、いまでも「一日会」としてつづいている。最高段位をもつ文学者達がひしめきあって数人もいるのだから、この碁会の風景は壮観であるが、この盛大な「一日会」にも彼はもはや悲しいことに出席できなくなった。そして、いわば最終的な「趣味」の飲む方は、これは最後まで私は必ず彼につきあったのである。私がまだ健康な頃は「午前様」というのが私につけられた綽名であったが、心臓を患ってからは、その「午前様」の称号をさながら「東洋的禅譲」の美徳のように彼に円満自然に譲るようになり、私より遥かに酒の強い彼はまた私より頻繁活発な「午前様」になったのである。けれども、いまから考えると、すでに食道を冒されていたためであろう、最後の年の彼の酒はめっきり弱くなっていたのであった。

彼が毎日通う仕事場は小平にあったが、魯迅の翻訳に極度の根をつめて吉祥寺までやっと帰ってくるとつい一杯やりたくなる、そういうとき呼び出していいか、とこういう点はまことに律儀な彼らしくあらかじめ予告しておく電話があった。いいよ、いつでも行く、と何気なく答えた私がそれからすぐ間もなく呼びだされると、まだそれほど飲んでいない彼の足許がすでにまったく覚つかなく、ひどくふらついて危いので、居合わせた藤田省三に家まで注意して送りとどけてもらったことがあった。そのとき、残念なことは、彼自身も私達も、その日頃にない重い疲労の危うさを毎日仕事場へ出かけて全力を傾倒している魯迅翻訳からくる疲労のかたちというふうにだけ受けとっていたのである。

竹内好は、日中両国双方の襞にまで踏みいった、彼ならではなし得ぬ深い中国論にせよ、その独特な広さと深さをもったナショナリズム論にせよ、また、安保闘争の場合の確固とした決断にせよ、現実生活に飽くまで立脚した質実明快な主張をもっていたのに対し、私の書く小説の類はどうにも訳の解らぬ架空のもので、あまりに互いにかけ離れていたため、日頃は相手の話をいわば尊重して聞いているだけでなんら意見の食いちがいなどなかったけれども、ただひとつ彼と私のあいだで大きくかけ違ったのは毛沢東の評価についてであった。彼は誰も知る見事な根拠地論をすでに遠く書いたくらいだからその毛沢東の全面的支持には堅固な根拠があったのに対し、私は、権力奪取前の毛沢東は竹内のいう通りだけれども、奪取後の毛沢東は、ひとつのカンパニアに人民が倦いた頃につぎの新しいカンパニアを絶えずつぎつぎとおこして、否定を内包すべき国家権力の構造から人民の眼を遠くそらさせたばかりでなく、自分自身もまたそこから眼をそらしてその国家権力自体のなかに自己をひたすら保持しつづける人物になってしまった、これは、革命における自己否定性の喪失で、毎年のように他国を侵略するカンパニアをおこしつづけて、絶えず敵をそこに設定することによって人民の眼を自国内部の国家権力の暴力性から決定的にそらしつづけたヒットラーの方式と殆んど同じだと私はいったのである。毛沢東とヒットラーを同一視する私のこの極論には、竹内好もとうてい承服しかねて私に確然たる異議を申し立てたが、どちらかといえば、彼はつねに寡黙沈着であるから、つづけて連打する小太鼓のうるさい響きのあとにまことに大きな鐘の重々しい底力のある音がたったひとつだけ、ぼーんと長い余韻を帯びて決定的に響いてくる趣きがあった。

丸山真男と竹内好の会話を傍らから聞いていると、丸山真男が五百語くらい機関銃のごとく述べるとやっと竹内好の一語が最後に重い臼砲のごとく返ってくるという具合で、その音質と音量の差異は、コムピューターを組みいれた最新最高級のステレオと朝顔型の喇叭を備えた古風な蓄音器の対比といったくらいのいささか滑稽な構図がそこに覚えられるのがつねであったが、私と竹内好の場合においても、私のせきこんだ小太鼓のお喋りの三十語のあと、まことに重厚堅実無比な竹内好の落着いた巨大な重々しい鐘の響きに似たひとつの結語がかえってくるといった具合であった。

その毛沢東論議においては、私の架空の観念的理論は高い宙天からつるされた大きな重い鐘のまわりをめぐって徒らに空まわりしている趣きがあったが、そのなかでたった一つだけ不思議なことに竹内好に認められた珍らしい事態がある。それから遥か数年後になってからであるが、彼が東洋的禅譲の美徳の現われであると私に述べていた事態、つまり、毛沢東が国家主席を劉少奇に譲ったことについて、あれはやはり埴谷のいうように心ならず無理強いされていたんだなとこれまた全体会議で立ちあがった毛沢東の重々しい最後の一語のごとく彼は重厚に私にいったのであった。

ところで、文学論についていえば、私の方は竹内好の『魯迅』に感心し、また、コミンフォルム批判当時、日本共産党について書いた彼の文章に感服していたのに対し、竹内好自身は私のものにかぎらず戦後文学について限られたものしか読んでいなかったので、現代文学についてはほとんどつねに私の方から一方的に報告するばかりで、互いに焦点を重ねあわせて論議しあうことは思いのほかにすくなかったのである。彼は太宰治と中野重治と井伏鱒二の心底からの愛読者であったけれども、戦後文学は野間宏の『真空地帯』を認めただけで、魯迅をあれほど深く追求した彼の一種確然たる硬骨性に支えられた文学基準からすると、武田泰淳の作品も私の作品も一種あやふやな惰弱なものとしてなかなか容認されなかったのである。「中国文学研究会」の初期の頃は、敢えていってみれば、彼はすでに重厚に出来上った大人で、武田泰淳は彼からみてまだ稚さをのこした子供であったから、さらに大まかにいってみれば、彼はそのとき「手とり足とり」して武田泰淳を徹底して鍛えあげ、教え、育てたのである。武田泰淳には、勿論生来、抜群の資質があったけれども、しかし、その当時の竹内好に対する懸命な抵抗の努力の継続がなければ、その後の武田泰淳のあの目ざましい成長の過程も現在のかたちとは違っていたに違いない。前期の竹内好と後期の百合子さんの二人のまぎれもない存在は、武田泰淳をして武田泰淳たらしめた金剛石の最も適切な磨ぎ砂にほかならなかったと私は思っている。

竹内好は、敢えて評論家廃業の宣言をしたくらいだから、殊に後年は文学作品になど目を通さなかったけれども、竹内、武田という優れた思索的文学者が偶然運命的な親友になるという容易に得がたい組合せが生れたのに、一方が他方の作品をあまり読まぬのが口惜しく、武田泰淳の話がでると、これまでの日本文学とまったく質的にちがってかけ離れている彼の作品の並はずれた大きさを私はつねに強調したのであった。けれども、嘗て『風媒花』を認めなかった竹内好は長く私のいうことを容易に聞かず、埴谷は武田のファンだからな、と何時もいったのである。しかし、さらに後年、他の武田の作品と違ってはじめからおわりまで緊密度の持続している『富士』が武田泰淳の作品中でも殊に傑出している傑作であると私が繰返して述べたので、埴谷がそれほどいうなら『富士』だけは読んでみようと彼はやっと答えたのであった。とはいえ、一日の休みも惜しんで魯迅の個人訳に全力を傾倒した努力の持続のなかで、『富士』を読む機会はついに彼になかった。

こんどの病中、先に亡くなった武田泰淳に対する竹内好の言及は私達の胸が痛むほど絶えず多く、すぐに武田の名がでてきたが、髯がのびてくると、彼は仰向けに寝たまま、持ちあげた鏡のなかのそれほどやつれていない自分の顔を眺めながら、どうも武田に似てきたな、いや、東郷元帥かな、それより中江兆民にいちばん似ているようだなといった。或る日、彼はほかの話の合い間に、ふと、武田は成長したな、それは尊敬する、とゆっくり私に述べたのであった。そして、武田が芸術院会員を断ったというのは本当か、それはずっと前、芸術選奨を断ったことの間違いではないか、と私につづけて訊いたのであった。いや、ほんとうだ。丹羽文雄が電話したとき、武田はその場ですぐ断ったのだ。そして、百合子さんにこのことは誰にもいうなと武田がきびしく口どめしたので、そのまま何処へも拡がらなかったけれど、『目まいのする散歩』の受賞式のあと、そのときの電話の内容を丹羽文雄自身から俺は聞いた、と私が述べると、すぐ眼前に大きな頭蓋をみせている竹内好はゆっくり頷いて瞑目した。

　極度の権威嫌い、官僚嫌いのため、ずっと以前、武田は北大の助教授などになって駄目になったといい、また、最近、武田はほうぼうの文学賞の銓衡委員などになって文壇的になったと慨嘆していた「国士」竹内好にとって、武田が芸術院会員を断ったというその報告は、武田はやはり昔なりの武田だったという心の底の一種明るい是正の喜びを病床の彼の胸裡深くもたらしたのであった。

　三月三日の夕方、武田百合子さんから私に電話があって、「海」にだしている武田泰淳についての日記が田村俊子賞に推薦されたといってきたけれども、どうしたらいいでしょう、というのであった。喜んで受けたらいい旨を私は述べ、百合子さんも、ではそうしますと病院からかけている電話の向うでいった。そして、そのまま百合子さんは病院にとどまっていて、竹内好の最後には彼の三人の弟子達とともに病室の前の廊下に立って見守っていたのである。

　極めて極めて大ざっぱにいえば、竹内好は毛沢東、武田泰淳は生活という幅の見つくせぬほど広い裁判所で弾劾される小毛であるという不思議な対照の妙を示しつづけてきたばかりでなく、その最後の病状もまた対照的であったが、明と暗の対照が竹内好の最後の日にもこのように重なったのは、一種運命的な二人の親友のつながり、無理にいえば、この世界とあの世界のこちらのはしとあちらのはしからひそかな秘密の遠隔操作を互いにおこなっているかのような二人だけの一種親密な共同作業の気配をそこに深く感ぜしめるのである。

錬金術師・井上光晴

井上光晴は天性の「全身小説家」である。この特異体質或いは特異精神においては、机に向かって白紙の上に字を書いている時だけが小説を書いている時間ではないのである。

彼が誰かとバアで喋っているとき外を通ると、あ、井上光晴がいるな、と解るほどの大音声で話すのが常であるが、その大音声を発するときもまた、彼はつねに「小説」を書き、喋りつづけているのである。

私が、彼と飲んでいるとき、傍らの女性が私を指して、この方どなたなの？　と聞いたからたまらない。彼は、この方は奈良の高僧で、四つ寺を持っておられ、その一つを先頃四億円で売られ、こんど東京にマンションを求められて、身の廻りを世話する女性を探しておられる、とあまりによどみなく自然に述べたので、その女性は忽ち信用し、私の身の廻りの世話を志願し、その夜私達についてきたのである。このような奇抜なフィクション中の人物に私がされることはあまりに多く、私は笑いを嚙みしめながら悠然と、フィクションとサーヴィスの精神に充ち充ちた彼の潑剌たる顔をこの数十年眺めているが、そのときの彼の顔から、大きくいえば、無から有をつくる天地創造の神、小さくいえば、何んでも金《きん》にしてみせるという天才詐欺師カリオストロの情熱的な顔を思い浮かべざるを得ないのである。

私と「戦後」——時は過ぎ行く

八月十五日、はじめてその声を聞いた天皇の放送が終わるとすぐ、私は、当時、丸の内の昭和ビル二階にあった新経済社に出かけてゆくと、召集ですでに少なくなっていた社員の裡、校正部員がただひとり何の仕事もないテーブルの前に腰かけてぼんやりしていた。その彼をお堀の向こうの松蔭へまで連れだし、俺は今日でやめる、宮内に会うと、とめられるに決まっているから、宮内には会わない、君からよろしく言っておいてくれ、と、戦争中、旧左翼時代からのまことに長い仲間である宮内勇が社長で私が編集長をつとめていた経済雑誌を、私はまったく一方的に勝手にやめてしまった。

その校正部員は、私に、これから文学をやるのですか、と訊き、私が、うん、そうだ、と答えたのは、この校正部員の知人で当時興風館の編集長であった村上信彦から頼まれてドストエフスキイの『悪霊』論であるウォルインスキイの『偉大なる憤怒の書』を私がその二年前に訳したことを彼が知っていたからである。

その八月十五日以前、同じ丸の内の麻生鉱業東京事務所にいた荒正人が、毎日、二階への階段を口辺に白い泡をためたまませかせかとあがってきて、いわゆる「情報」を私に訊きつづけていたのである。「ウラン爆弾が落ちた！」と編集室で思わず私が叫んだものが、トルーマンによって「アトミック・ボム」と呼ばれていることを短波放送で知ってから、「日本を震撼させた十日間」と私だけで勝手に呼んでいるそれからの毎日、毎時、極端にいえば、毎分、毎秒、「降伏情報」を求めてピョートル・ヴェルホーヴェンスキイのごとくひたすら「狂奔」していた私が、十日の御前会議で、降伏がついにやっと決定した、と彼に告げたとき、憤激と歓喜のあまり無気味なほど奇怪に歪んだ荒正人の顔付を、私は生涯忘れられないのである。

このあまりに多くの死をひきつれた「敗戦」こそがまず第一の重要事である。

そして、第二には、「近代文学」の創刊をあげねばならない。十二月三十日、発売所となっていた吉祥寺の協同書房へ、いまからは想像できぬことであるけれども、驚くべき部数の「一万部」が印刷所から送りこまれ、それを、戦時中、じゃがいもや米を買い出しに行ったそのままの延長のごとく、大きなリュック・ザックに、創刊号は表紙もない「とも紙」の薄い八十ページだったとはいえ、だいたい八百部ぐらいを無理やりに押しこんでぎっしりと詰めて、荒正人と私の二人は、幾往復も繰り返して、当時、「近代文学」の事務所であった文化学院の二階へまで運んだのである。それをさらに、平野、本多、佐々木、荒、埴谷の五人が、それぞれ割り当てられた地区の各書店へ百部、二百部、三百部といった具合に配布して歩いたのであるが、「懦夫」平野謙も「優男」佐々木基一も背負ったリュック・ザックの並々ならぬ重みに腰をとられてよろよろしながら、文化学院の階段を降りていった姿をいま想い返せば、私達は、「一生に一度しかできない」ことを敗戦の年の暮におこなったといえるのである。たとえ薄い創刊号にせよ、七百部、八百部、九百部という「各人の能力に応ぜぬ」重荷を無理やりに背負ったこの「よろよろ族」の各人が生涯の友となるのは当然であるけれども、その第一次、第二次の同人拡大によって、さらにより多くの終生の友をもまた「近代文学」は私に得させてくれたのである。戦後における生活の核心は、従って、この「近代文学」刊行の十九年につきるといっても過言ではないのである。

そして、第三に挙げるべきは、中学時代から長く持ちこして、屢々発病を繰り返した肺結核が、戦後、満四年寝こんだとはいえ、ストレプトマイシンによって「完全」に治ったことで、青年時、これこそ、「終生離れぬ無二の友」と思いこんでいたものが、私からかたちもなく目にも見えず、最後の親密な交歓すらもかわさぬままに、ついに何処かの他界へ立ち去ってしまったことである。「近代文学」の創刊に力をかしてくれた協同書房の大橋静市は、私より一年早く発病し、占領軍からストレプトマイシンを「闇買い」して、「不規則」に注射したので、ついに癒らなかったに対して、一年後に私が発病したときは、吾国の医師へのストレプトマイシン使用が許可された時期とまさに重なったので、私の場合は、癒ったのである。病床に見舞った大橋静市の瘦せた顔を思うにつけても、将来、癌の治療薬の出現が、僅かの時間の差で、或るひとびとの生と死を大きく分けるであろうと思わざるを得ないのである。

ところで、抗生物質ペニシリンにつぐこの新薬ストレプトマイシンの出現は、功罪ともにあって、その後、恐れ入ったことに四十年にもわたって、原稿用紙の上に私の尽きせぬ妄想を記させてくれたと同時に、うんざりしてもうんざりしきれぬほど「ボケ」るまで私を無理やり生きのびさせ、まぎれもない「老害」をあたりにふりまかせることになったのである。そして、この「自他」ともにうんざりする「老害」は、私が一日より多く生きのびるに従って、いってみれば、さらに加速をともない、「癌細胞の倍々ゲーム」ふうに増大すること間違いないのである。

「私と「戦後」」を問われて、全的精密なコムピューターに戦後の私なるものをかけてみれば、だんだん加速している裡に忽ち天文学的数字ふうに飛躍する脳細胞大崩壊のマイナスの暗黒面のみが増えてくる濃い灰色の後半生であった、ということになるのであろう。

戦後文学「殺す者」「殺される者」ベスト・テン

これは私の妄想によるものであるが、××十万年前、古生人類時代、人間が人間にようやくなってまだ他の動物を襲う石器の類の道具をも知るところなかった採集主食の時期、つまり「素手」ですべてを処理していた頃すでに「ひと」による「ひと」の襲撃、「殺人」がおこなわれていたのであろう。「素手」で相手を殺すこの地球上最初の「殺人」行動が、採集物の分け前争いにかかわる「食」によるものかそれとも「性」によるものか、果たしてどちらをはじめとするかは、古生人類が何処から何処へと移り住んでいたかを明らかにするごとく、容易に解き難い遠い根源的主題であるけれども、素手で相手を殺した手の感触が、「罪の意識」の拭い去りがたい心の遠い木霊となって深夜鳴りひびくといった事態はそのとき、殆んど生じ得なかったであろうことは、確実である。換言すれば、自然のなかの動物性をいまなお保ち残している「ひと」は、「殺人」が「罪」であるという意識をもつまでに、いわば、幾通りもの精神革命を経過し、自他に反逆し、さらにまた、こと新しく、深く、長く、自他への反逆をなお経過しつづけなければならなかったのである。というのも、汝、殺す勿れ、は、殆んどあらゆる宗教の第一教義であったにもかかわらず、歴史上における大量殺人の多くは、宗教対立によるものであって、その大量殺人についての各宗教の自己是認の怖るべき深さをみるとき、人性の基本のまことに「変革困難」な事態に思い及ばざるを得ないのである。

そして、時、と、所、と、肉体、に絶えず危うくも作用される私達のなかの私が、古生人類時代の何処かに生れていれば、この私こそが、食の争いによる「兄弟殺し」、性の争いによる「長老殺し」の全人類を通ずる殺人者第一号となりおおせたかもしれぬのである。ところで、この私自体以外に代替えのきかないこの私は、二十世紀初頭、吾国の植民地時代の台湾に生れたのであるから、世界的にみれば、戦争と革命の時代、私の用語をもってすれば、戦争と革命の変質の時代に、そして、吾国についていえば、第一次大戦の遠い影響と、その後のいわゆる十五年戦争の大いなる直接影響のなかで成長することになったのであるが、このようないわば全的死の時代において、或る時期には、死が遠く、また、或る時期には、死が極度に濃密なかたちをとって切迫してのしかかり、しかも、時、と、所、の僅かな差異が、その死の受けとり方の大いなる差異をもたらすことは、不思議なほどであるといわねばならない。この死の時代を、青壮年、で過したいわゆる第一次戦後派の私達より、僅か十数歳若い井上光晴、針生一郎が、戦後、「新日本文学」や「近代文学」に接して、こういう考えをもっていた人々が吾国にいたのか、と衷心より驚いたのは、まことに僅かな時空の差が大きな思考の差をうむをいわせずもたらしている人間精神のまことに数多い段落をもった幅を示している事態である。

そして、ここで扱うのは、その全的死の時代に、青壮年期を過したいわゆる第一次戦後派の作家達がもたらした最大の功と罪の内実である。

文学上の基本でいえば、第一次戦後派の人々の大半は、自己史の精密さより想像力の飛躍へ向ったた点でいわば一種創造的軌道の上にあったが、死、についての旧制度からの反逆と全的転換を各人おこなったことによって、まず、戦後における「思索革命」の先行者となったのである。

そして、その「思索革命」の内容とは、「戦死」から「戦争殺人」へのコペルニクス的意味転換にほかならない。これを単純化していえば、天皇のために「敵兵、敵の人民」を殺し、「自ら」はいさぎよく死ぬ、という牢固たる国民性発揮から離れて、「殺人者」たる自己の覚醒への精神飛躍を、第一次戦後派の作家達がもたらしたということである。これこそ、日常思索の在り方についての最大の功である。ところで、ここにもまた、時、と、所、の差異が存して、同じ第一次戦後派のなかにおいても、「殺人者」たる「自己」の自己弾劾の濃淡の差がなお存することに、注目しなければならない。

私は、先に、功と罪といったが、「殺人者」たる「自己」の自己覚醒の価値転換の革命性に、すでに濃淡の差があることこそ功の不足のはじめであって、この「思索革命」を吾国のひとびと一般に根づかせる持続力をもち得なかったことが、罪のおわりである。

すでに、若い読者にとっては、「持続力なきまま」忘れられているであろう作品をも含めて、ここに、自他の「戦争死」の通常認識から、戦争における自他の「戦争殺人」へ向っての、そしてさらに、戦争ならざる状況における自他の「殺人性」へ向っての意味転換の突出を敢えてなし得た作品をここに取りあげることとする。死と殺人は、およそ、言葉と文字のはじまりから記されているけれども、全的死の全的殺人の内実に深く踏みこむにいたったのは、石器、刀剣、鉄砲、核兵器、電波兵器が一地方から全世界へ向って拡がり、革命がさらなる革命を呼ばねばならぬ二十世紀の一種悲愴冷厳たる運命であって、その大いなる渦に沿い、ここに「戦争死」から「戦争殺人」への内実転換へ向かいゆく作品のベスト・テンを、敢えて掲げてみることとする。

まず第一に登場してもらわねばならぬのは、私達の真善美ばかりでなく偽悪醜の隠された暗い裏側を一瞬に直覚するばかりでなく、それらが混沌とまじりあった灰色の世界の人性の驚くべき多様性を洞察した武田泰淳で、彼の洞察は、過去、現在、未来にわたっている点において、ずばぬけており、心の遠い奥底で生れない方がよかったと思いながら生きている矛盾否定型の私も、まあ、武田に遭ったただけよしとせねばならぬと生の向日性へ向っての揺り戻しをいまだにうけているのである。

彼は、『審判』で書く。中国のA省に出征した補充兵の主人公は分隊長につれられて町はずれへ出たとき、小さな紙製の日の丸の旗をもった二人の農夫らしい男に会い、彼等が差し出す紙片を分隊長が読むと、それは日本の部隊長の証明書で、これらは自分の隊でよく働いた善良な農夫で、もとの村へ帰してやるので、途中の日本部隊は保護せられたいと記してある。よし、と彼等に通過を申しわたした分隊長は「やっちまおう」とやがて囁き、「おりしけ！」と隊員に命じ、彼等の背後から発砲させたのである。この二人の農夫を殺した主人公は、そののち、人々が逃げ去った村にのこっていた盲目の老夫と聾の老妻に相対したとき、やってごらん、という内部の囁きにこれまた応じて、盲目の老夫を射殺してしまう。この主人公は、ところで、敗戦後、無辜のひとびとを殺した罪の自覚のなかで、日本への帰国を拒否する。帰れば、昔ながらの毎日のなかで、その自覚を失ってしまうだろう、それを失わないために殺した農夫や老人の同胞の顔を見ながら暮らし、「絶えざる」自己審判をおこないつづけようとする。戦後すぐ書かれたこの作品『審判』は、いまなお暗く怖ろしい力価を保ちもった預言の書であって、ヨーロッパのごとくどこもかしこもすぐ国境で「殺した同国人」と日常相接している場所と異なり、遠い海のなかの島の住人である「殺人者」の日本人達は、『審判』の主人公の言うごとく、「多くの仲間は報告すべき相手を持たず、今なお闇黒のなかに沈黙している」のである。

ところで、戦場となった他国での「殺人者」から自己の同胞に対する「殺人者」の内実に、さらになおまた、武田泰淳は四肢を極度にまで拡げ跨っているのであって、或る種の極限状況のなかで死んだ仲間の人肉食、より正確にいえば、死んでもらうことをひそかに望んだ仲間の肉を敢えて食うときの「食うもの」と「食われるもの」の「極限的」生と死についての深い考察を『ひかりごけ』でおこなっている。

そして、過去、現在の「殺人」の意味ばかりでなく、なお、未来の殺人の「来るべき意味」にまで思い及んでいるのが、武田泰淳の洞察の瞠目すべき不気味なほどの大きさである。それは、帝銀事件の毒薬、原子爆弾などがさらに未来へ向ってより広く展開し発達してゆく日常的、非日常的な発動のかたちであって、『風媒花』で、彼は書いている。ひとりの老婆の殺害について全身全霊をかけて思い悩んだあの「私達」のラスコールニコフは今や旧式きわまる殺人者にすぎない。

「加害者と被害者は、もはや一対一で面と向ってはいないのです。さっき僕は、人間のわかりにくさが最近ひどくなっていると申上げましたが、それは人間と人間の関係がわかりにくくなっているからです。殺す者と殺される者の関係が、実に複雑かつあいまいになりつつあります。毒薬にしろ、原子爆弾にしろ、いざ使うとなれば、実に簡単に人を殺せる。あまり簡単に殺せるから、一体誰の意志で何の理由で殺されるのかわからないうちに、殺されるという事態が発生します。したがって犯人不明の大量殺人が白昼堂々と、奇怪不可思議な名目のもとに行われることになる。つきつめれば殺す張本人は、どんな奴をどんな具合にどれだけ殺したか、勘定もつかぬということになりつつあります。自分が誰の犠牲になり、誰を犠牲にしているのか、それがお互いにわからない。犯人探しがむずかしいだけじゃない、被害者を探すのに五里霧中です。加害者が実は被害者、被害者が実は加害者という実例は、我々が日常見なれ聴きなれていることですし、真犯人と被害者がどこでどうつながっているのか、それが容易に摑めない。と言うより絶対に見当がつかずに終ることもありそうです。逮捕されない犯人、発見されない被害者が無数に存在することは言うまでもない。犯人御当人が被害者に向って、逮捕令状を発することも、大いに可能です。告訴されない罪、宙に迷った罰で地球は充満しています。」

とうとうここまできてしまった。『審判』の主人公は、殺した者の同胞の顔を見なくなると、自分の罪を闇黒のなかにおしやり沈黙してしまう、として、殺した者の同胞のなかで自己審判をおこないつづけ、「黙示録」のラッパをまず吹いたけれど、日頃吸っている空気、飲んでいる水にも、告訴されない罪、宙に迷った罰が充満している「黙示録」以上の生物世界の未来に、その後の私達は直面してしまったのである。そして、この武田泰淳の遠く、早く、深い洞察が、「戦争によってある国が滅亡し消滅するのは、世界という生物の肉体の一寸した消化作用であり、月経現象であり、あくびでさえある。」「滅亡はそれが部分的滅亡であるかぎり、その個体の一部更新をうながすが、それが全的滅亡に近づくにつれ、ある種の全く未知なるもの、滅亡なくしては化合されなかった新しい原子価を持った輝ける結晶を生ずる場合がある。その個体は、その生じ来たるものの形式、それが生じ来たる時期を自ら指定することはできない。むしろ個体自身の不本意なるがままに、その意志とは無関係に、生れ出づるが如くである。」という滅亡論の思索の冷厳性と、さらにまた、司馬遷の数多い記録のなかから、権力の頂上にあるものの内的暗部、「始皇楽しまず！」の一句を凝縮された薄暗い宝玉のごとく取り出してくるニンゲン論の徹底性とのまことに幅広い両面にわたって裏打ちされたところの源初窮極的殺人論であることに、留意しておいてもらいたい。

文学の世界の幸いは、ドストエフスキイとトルストイがその時代の対偶として出現したごとく、武田泰淳の諸作品に向きあって大岡昇平の諸作品がまた出現したことであって、『審判』に向かいあった『俘虜記』は、「敵を殺さず」、『ひかりごけ』に向きあった『野火』は、「人肉食を敢えてせず」、一種予期せざる組合せをもった全体性が戦後文学にもたらされているのである。これまですでに多くを武田泰淳に費しているので、これらの大岡昇平の作品の細説はここでおこなわないが、ところで、この幸いな両端をもったにもかかわらず、「殺す者」と「殺される者」についての複雑さ執拗な考察の場が僅かに武田、大岡の諸作品の対比にしか存せず、その他の諸作品をつらぬくものがひたすら「殺される者」の側の「死」にのみ存したということこそ、敢えて、戦後文学の功罪における罪の小さからぬ部分といわねばならない。

しかも、このようなアンケートの通例として、一作家一作品とすると、『審判』、『ひかりごけ』といったここに決定的主題を提出した作品でなく、一種独自な「殺させる」内容をもった『富士』を武田泰淳の代表として挙げざるを得ないので、「殺す者」と「殺される者」の戦後文学ベスト・テンというここでの題目は、いささか羊頭狗肉の感をまぬかれない。とはいえ、私達は、「これだけしかなし得なかった」のだから、思索不足の苦痛を傍らに携えながら、なお、実は12となったベスト・テンをここに挙げておく。

戦後文学「殺す者」「殺される者」ベスト・テン

①　大岡昇平　『野火』（新潮文庫）
②　梅崎春生　『桜島』（新潮文庫）
③　野間　宏　『崩解感覚』（新潮文庫）
④　長谷川四郎『シベリヤ物語』（晶文社）
⑤　原　民喜　『夏の花』（新潮文庫）
⑥　福永武彦　『死の島』（河出書房新社）
⑦　椎名麟三　『深夜の酒宴』（冬樹社）
⑧　中村真一郎『死の影の下に』（河出書房新社）
⑨　武田泰淳　『富士』（中公文庫）
⑩　島尾敏雄　『孤島夢』（晶文社）
⑪　三島由紀夫『金閣寺』（新潮文庫）
⑫　堀田善衛　『広場の孤独』（新潮文庫）

時は武蔵野の上をも

丸山眞男の学問的業績については、他の方々の論に任せ、私は日常の極めて僅かな部分について報告する。

中央線の電車路の、新宿から吉祥寺へ向って右側が吉祥寺東町で、左側が吉祥寺南町であるが、丸山眞男と竹内好の二人の住居はともに東町で、歩いて三、四分の短い距離にあったが、南町の私の家からは、丸山、竹内の両家とも二十分くらいかかる遠い距離にあったので、地図の上に線をひくと、両辺が細長いV字形になるのであって、丸山眞男の竹内好訪問が極めて頻繁であったのは至当といわざるを得ない。現在、丸山、私とも嘗て通りであるが、竹内好については過去形を使わねばならず、その住居にはいま次女夫婦が住んでいる。ところで、竹内好が元気でいた頃、歩いて僅か三、四分だったので、その想念が或るところまで飛躍すると、さらにつぎへ飛び、つぎつぎへ切れ目もなく飛んで、拡がりに拡がって停らぬ思考型の丸山眞男は、と同時に、足もまたすぐ動く行動型でもあったので、その想念披瀝と検証のため、直ちに竹内好のもとに赴いたのである。

ここで、いささか注釈しておかねばならぬことは、いま、想念披瀝と検証とをいわば同格に記したが、その内容は大いなる差異を保ちもっていて、より正確にいえば、熱烈なる思索と魂の永劫とまらざる告白と、竹内好によらざる丸山眞男自身の帰宅後におけるこれまた長い自己検証と、言い直さねばならないのである。そしてまた、さらに注釈附記せねばならぬのは、大きくみれば、やはり思索型であった竹内好は、重厚、沈着、といった錘りを生涯携えつづけたのですぐには立ち上らず、竹内好が丸山眞男の許へ赴くのはまことに稀で、いってみれば、生活上の儀礼的訪問といった場合に限られていたのである。ところで、それにまったく相反して、丸山眞男の竹内好訪問は、思索的自己検討に発してまた思索的自己検討に終るところの非生活的、非儀礼的な、全精神思索活動のいわば自己運動としての竹内好訪問だったのである。

たまたま私が竹内家にいるとき、丸山眞男が訪れると、玄関をはいった瞬間から発せられる言葉は竹内好と相対して腰掛けるまでも、腰かけても、つづきにつづいて、その二人を横から眺めていると、われわれがもっている筈の思索方式は、これほどまで極端に違っているのかという対照の妙に、驚かされ、というより、震撼され、と大げさにいってみたいほどに驚かされ、びっくりし、感銘し、生と学問の思いもかけぬ巨大な幅について、三嘆、四嘆、五嘆くらいはせざるを得なくなるのである。

丸山眞男の携えきたった思索内容は、さながら数マイルに及ぶ弾帯を備えた機関銃の無限発射のごとく切れ目もなくつづきにつづいて、横にいる私が、いまとまるか、とまるか、と時折息を切る相手をいれてみるけれども、停らないのである。自宅を出たとき、また、短い距離を歩いていたとき、何かの核心と核心がつながっているかのごとき内面を携えていたに違いないけれども、竹内家に到って数語を発した途端に、この世界の地水火風も、生の人情の機微も、階級社会の構造も、つながりにつながって、丸山眞男は喋りとまらないのである。これはもはや内面のトランス状態であるのであって、たとい丸山眞男自身がとめようとしても、精神の自動機械と化した原言語発動は、宗教のなかに時たまある、お筆先、以上にとまらないのである。

ところで、緻密でしかもそのはしの見渡しがたいほど巨大な体系である言説展開のまぎれもない無停止活動をすぐ眼前にうけながら、頭の大きな叡山の僧の修業中のごとく長く長く黙っている竹内好は、数十分後、ふと相手が息をついだとき、さながら、ごーんと鳴って余韻を長く長くそして重く響かせる山寺の鐘のごとく、そうかね、とようやく一語を発するのであるが、この、そうかね、が納得の語であるか、不満の表明であるか解らぬまま、息をついだ丸山眞男は自分の相手は山寺の鐘などでなく、永遠そのものであるかのごとくに、なおまた喋りに喋りつづけるのである。

思い返せば、竹内家の応接間における丸山語録は、教室における講義以上に、録音、記録しておきたかったところの「永遠に消え去ったところの貴重な内的過程語」であったのである。

この丸山、竹内対坐の図と較べると、私の場合は、如何に日常的に低落していたことであろう。竹内好が容易に納得せぬ「重厚」そのものといった戦闘的学問の世界に端坐していたのに対して、私は魯迅と比較にならぬ軽薄な妄想家であったので、天にも地にも明るい丸山眞男は山寺の大きな大きな鐘ならぬ私に向きあうと、音楽についても映画についてもまことに多く教えるところがあったのである。

私達の世代は、少年時、映画と音楽に育てられたところの大ざっぱな意味での西欧派で、大岡昇平と話して倦むところないものこそ、またトーキー以前の、そしてまたカラー以前の古い、古い古い映画にほかならなかったのである。東京と京都というかけ離れた都市に住んだまま日頃まったく会うこともない松田道雄さんともし大岡昇平同様話しあうことがあったなら、恐らく古い古い映画について幾晩語りに語っても語り尽きることがないであろう。丸山眞男との映画談議は、やや新しく、ブルーバード時代、連続映画時代、「監督」グリフィスがまだ「俳優」であった古い古い時代にまで遡ることはなかったけれども、しかし、妄想者の私と違って学問的思索者の丸山眞男は、学校で教わるより、映画で教わる方がより深かった、というまことに感銘深い思索語を私に吐露してくれたのである。

ところで、古い音楽についての思索的享受者でもあった丸山眞男は、ここでは私の知らぬ古い古い作曲家も新しく新しい前衛作曲家をも、私につぎつぎと教えてくれたのである。私の姉は音楽学校に行っており、その、いわば教条主義的音楽は、バッハ、ベートーヴェン、ブラームスという謂わゆる3Bで、ベートヴェンの第九の初演が上野の奏楽堂でクローン先生指揮のもとにおこなわれたとき、中学生の私は、姉と佐藤美子が合唱隊のはしのはしにいるのを「眺め」たのである。私が姉から、音楽について僅かに教わったのは、器楽科でなく声楽科の生徒である姉にはあまりに難しくて繰返し繰返し弾いていたシューベルト魔王の出だしの部分だけで、スクリーンのみ仄明るい闇のなかを、朴歯の下駄の音を忍ばせながら歩いてゆき、オーケストラボックスを覗きこんでひとつひとつ自分で覚えたものは、伴奏音楽だったのである。尤も、私がオーケストラボックスを覗いた武蔵野館は、間奏音楽の時間には、ミハエル・グリゴリエフが指揮棒を本格的に振る高級館だったので、楽長が選ぶ伴奏音楽も「名曲」並で、悲しい場面にはショパンの雨だれ、マスネーのエレジー、いささか物悲しい場面にはチャイコフスキーのアンダンテ・カンタビレ、不気味な場面にはベートヴェンのコリオラン、嵐の場面には田園の嵐、ウィリアム・テルの嵐、のどかな場面にはグリーク、ペールギュントの朝、ウィリアム・テルの朝、軽快な場面にはシューベルトのミリタリー・マーチとだいたいきまっていて、そのなかで、突撃場面にも必ずでてくるウィリアム・テルのロッシーニはあまりに屢々使われるので、また、イワーノフのコーカサスの風景（当時の私達はコーカサスの酋長と言い、また、レコードのレーベルにもコーカシアン・チーフと記してあった）は私達に絶えず口ずさまれ口笛を吹かれたので、二人ともやや格下げされ、全面通俗曲としてレコードでも聞かれたのは、オリエンタルダンス、東洋の薔薇、キスメット、太湖船といった曲であった。少年時のこうした習慣は恐ろしいもので、私は成年時になっても、バッハ、管弦楽組曲二番、ベートヴェン、アパッション、モツアルト、四十番第三楽章メヌエットくらいで停ってしまい、映画の伴奏音楽の方はどんどん増えつづけていったのである。

このような私の音楽的通俗性に鉄槌を与えてくれたのは、丸山眞男である。まずヴィヴァルディを私は教えられ、出て間もないイ・ムジチの四季を購入すると、その後、この四季が吾国でのベストセラーになったので、丸山眞男には流行的先見性が存するが、とともに、非流行的先見性もまた存するのが、沈思し、饒舌になる丸山眞男の思索の両端性である。

バロックのヴィヴァルディを私に教示した彼は、やがて、現代のなかの現代（その当時）のベルクのヴォツェックを私に啓示し、これまた私は啓示に従って購求した。そのヴォツェックは四季と異なって流行とはならなかったけれども、思いもよらぬ活火山となってそのあと異様な熱気を奔出したのである。

同世代の大岡昇平が映画狂のひとりであることは先に記したが、正確にいえば、彼は映画のなかの一女優たるルイズ・ブルックス狂であり、さらにまたより厳密に限定すれば、ルイズ・ブルックスが演じた映画パンドラの箱のなかのルル狂といえるのであった。そして、映画狂であると同時に丸山眞男と同じ程度に深い音楽狂でもあった大岡昇平は、嘗て丸山眞男に私がオペラ、ヴォツェックを啓示された遥かあと、活火山の再噴火のごとくに、アルバン・ベルクのオペラ、ルルを私に語って倦むところがなかったのである。ヴォツェックからルルへ——これは丸山眞男の啓示から大岡昇平の再生への道であって、ルイズ・ブルックスはルルに扮したことだけで、調べ魔大岡昇平の存する吾国においては、リリアン・ギッシュとグレタ・ガルボに並ぶところの大女優になりおおせてしまったのである。

武田泰淳が高井戸へ越してきた数年間、竹内家、丸山家、私の家三軒の廻りもちで、四家族の酒宴を開いた時代、サーヴィス魔の私がこんどは諸夫人の踊り相手となって、映画と音楽に新たな舞踊をつけ加えたものの、これには啓示も再生の内実も存せず、古い記録だけがまだ若かった私達の遠い伝説のごとく残っている。いまは武田も竹内も百合子さんもなく、確かにその当時元気に踊った筈の私は、足が悪くなってよく歩けず、三大お喋り学者のひとりであった丸山眞男もまた軀を悪くして、互いに時折葉書を交換するのみとなってしまった。歳月は武蔵野の上をも粛然と過ぎ行ったのである。

初出一覧

何故書くか　「群像」一九四九年三月
あまりに近代文学的な　「文学界」一九五一年七月
三冊の本と三人の人物　『ドストエフスキイ全集』月報　一九五三年三月
農業綱領と『発達史講座』「文庫」一九五三年一二月
歴史のかたちについて　「近代文学」一九五四年一一月
還元的リアリズム　「近代文学」一九五五年五月
アンドロメダ星雲　「新日本文学」一九五五年九月
永久革命者の悲哀　「群像」一九五六年五月
単性生殖　「近代文学」一九五六年六月
踊りの伝説　「新潮」一九五六年七月
存在と非在とのっぺらぼう　「思想」一九五八年七月
闇のなかの思想　「群像」一九五九年五月
夢について——或いは、可能性の作家　「文学界」一九五九年八月
アンケート　「文藝」一九六三年一〇月
原民喜の回想　「近代文学」一九六四年八月

革命の墓碑銘——エイゼンシュテイン『十月』「海」一九七〇年三月
「序曲」の頃——三島由紀夫の追想 「文藝」一九七一年二月
「夜の会」の頃 「展望」一九七三年六月
戦後文学の党派性 「群像」一九七四年二月
花田清輝との同時代性 「文藝」一九七四年一二月
「お花見会」と「忘年会」「展望」一九七六年一二月
竹内好の追想 「群像」一九七七年五月
錬金術師・井上光晴 「すばる」一九八一年九月
私と「戦後」——時は過ぎ行く 「群像」一九八五年八月
戦後文学「殺す者」「殺される者」ベスト・テン 「リテレール」一九九二年秋
時は武蔵野の上をも 「現代思想」一九九四年一月

著書一覧

＊単行本及び全集・作品集・評論集等を掲載し、文庫等での再刊本、各種文学全集への再録、共著、訳書は除いた。
＊※印は対談を示す。

『フランドル畫家論抄』　洸林堂書房　一九四四年五月（筆名＝宇田川嘉彦）
『死靈　第一巻』　眞善美社　一九四八年一〇月
『不合理ゆえに吾信ず　Credo, quia absurdum.』　月曜書房　一九五〇年一月
『濠渠《ほりわり》と風車《ふうしゃ》』　未來社　一九五七年三月
『鞭《むち》と獨樂《こま》』　未來社　一九五七年六月
『幻視のなかの政治』　中央公論社　一九六〇年一月
『虚空』　現代思潮社　一九六〇年一一月
『墓銘《ぼめい》と影繪《かげえ》』　未來社　一九六一年六月
『罠《わな》と拍車《はくしゃ》』　未來社　一九六二年一月
『垂鉛《おもり》と彈機《ばね》』　未來社　一九六二年四月
『闇のなかの思想　形而上学的映画論』　三一書房　一九六二年一一月
『甕《かめ》と蜉蝣《かげろう》』　未來社　一九六四年七月

『振子《ふりこ》と坩堝《るつぼ》』未來社　一九六四年八月
『ドストエフスキイ　その生涯と作品』日本放送出版協会　一九六五年一一月
『彌撒《みさ》と鷹《たか》』未來社　一九六六年一一月
『影絵の世界』平凡社　一九六六年一二月
『架空と現実※』南北社　一九六八年七月
『渦動と天秤』未來社　一九六八年一二月
『凝視と密着※』未來社　一九六九年六月
『闇のなかの黒い馬』河出書房新社　一九七〇年六月
『兜《かぶと》と冥府《めいふ》』未來社　一九七〇年六月
『姿なき司祭　ソ聯・東欧紀行』河出書房新社　一九七〇年九月
『橄欖《かんらん》と塋窟《カタコム》』未來社　一九七二年六月
『欧州紀行』中央公論社　一九七二年一二月
『埴谷雄高評論選集1　埴谷雄高政治論集』立石伯編・講談社　一九七三年四月
『埴谷雄高評論選集2　埴谷雄高思想論集』立石伯編・講談社　一九七三年五月
『埴谷雄高評論選集3　埴谷雄高文学論集』立石伯編・講談社　一九七三年六月
『黙示と発端※』未來社　一九七四年四月
『鐘と遊星』未來社　一九七五年九月
『死霊　全五章』講談社　一九七六年四月

『石棺と年輪　影絵の世界』未來社　一九七六年六月
『戦後の文学者たち』構想社　一九七六年一一月
『天啓と窮極』※未來社　一九七六年一二月
『影絵の時代』河出書房新社　一九七七年九月
『蓮と海嘯』未來社　一九七七年一一月
『薄明のなかの思想　宇宙論的人間論』筑摩書房　一九七八年五月
『埴谷雄高ドストエフスキイ全論集』講談社　一九七九年七月
『光速者　宇宙・人間・想像力』作品社　一九七九年九月
『埴谷雄高準詩集』水兵社　一九七九年一一月
『内界の青い花　病と死にまつわるエッセイ』作品社　一九八〇年八月
『天頂と潮汐』未來社　一九八〇年一二月
『死霊　Ⅰ』講談社　一九八一年九月
『死霊　Ⅱ』講談社　一九八一年九月
『死霊　六章』講談社　一九八一年九月
『微塵と出現』※未來社　一九八二年一一月
『單獨と永劫』※未來社　一九八三年三月
『戦後の先行者たち　同時代追悼文集』影書房　一九八四年四月
『暈と極冠』未來社　一九八四年五月

『死霊　七章』講談社　一九八四年一一月
『ラインの白い霧とアクロポリスの円柱』福武書店　一九八六年二月
『覺醒と寂滅』※未來社　一九八六年四月
『死霊　八章』講談社　一九八六年一一月
『謎とき『大審問官』』福武書店　一九九〇年四月
『雁と胡椒』未來社　一九九〇年七月
『無限と中軸』※未來社　一九九〇年一一月
『滑車と風洞』未來社　一九九一年二月
『重力と眞空』※未來社　一九九一年八月
『幻視者宣言　映画・音楽・文学』三一書房　一九九四年三月
『虹《にじ》と睡蓮《すいれん》』未來社　一九九五年五月
『螺旋《らせん》と蒼穹《あおぞら》』未來社　一九九五年九月
『死霊　九章』講談社　一九九五年一二月
『超時と没我』※未來社　一九九六年四月
『跳躍と浸潤』※未來社　一九九六年五月
『瞬發と残響』※未來社　一九九六年六月
『死霊　Ⅲ』講談社　一九九六年七月
『埴谷雄高エッセンス』石井恭二編・河出書房新社　一九九七年四月

『散歩者の夢想』角川春樹事務所　一九九七年一二月
『作家の自伝１００』日本図書センター　一九九九年四月

＊

『埴谷雄高作品集』（全一五巻　別巻一）河出書房新社　一九七一年三月〜八七年二月
『埴谷雄高全集』（全一九巻　別巻一）講談社　一九九八年二月〜二〇〇一年五月

編集のことば

松本　昌次

「戦後文学エッセイ選」は、わたしがかつて未來社の編集者として在籍（一九五三年四月〜八三年五月）しました三十年間で、またつづく小社でその著書の刊行にあたって直接出会い、その謦咳に接し、編集にかかわらせていただいた戦後文学者十三氏の方がたのみのエッセイを選び、十三巻として刊行するものです。出版の一般的常識からすれば、いささか異例というべきですが、わたしの編集者としてのこだわりとしてご理解下さい。

ところでエッセイについてですが、『広辞苑』（岩波書店）によれば、「①随筆。自由な形式で書かれた個性的色彩の濃い散文。②試論。小論。」とあります。日本では、随筆・随想とも大方では呼ばれていますが、それは、形式にこだわらない、自由で個性的な試みに満ちた、中国の魯迅を範とする〝雑文（雑記・雑感）〟といっていいかと思います。つまり、この選集は、小説・戯曲・記録文学・評論等、幅広いジャンルで仕事をされた戦後文学者の方がたが書かれた多くのエッセイ＝〝雑文〟の中から二十数篇を選ばせていただき、各一巻に収録するものです。さまざまな形式でそれぞれに膨大な文学的・思想的仕事を残された方がたばかりですので、各巻は各著者の小さな〝個展〟といっていいかも知れません。しかしそこに実は、わたしたちが継承・発展させなければならない文学精神の貴重な遺産が散りばめられているであろうことを疑わないものです。

本選集刊行の動機が、同時代で出会い、その著書を手がけることができた各著者へのわたしの個人的な敬愛の念にあることはいうまでもありません。戦後文学の全体像からすればほんの一端に過ぎませんが、本選集の刊行をきっかけに、わたしが直接お会いしたり著書を刊行する機会を得なかった方がたをも含めての、運動としての戦後文学の新たな〝ルネサンス〟が到来することを心から願って止みません。

読者諸兄姉のご理解とご支援を切望します。

二〇〇五年六月

付　記

本巻収録のエッセイ二五篇は、『埴谷雄高作品集』全一五巻・別巻一（河出書房新社　一九七一年三月～八七年二月刊）、及びエッセイ収録の各単行本を底本としました。『埴谷雄高全集』全一九巻・別巻一（講談社　一九九八年二月～二〇〇一年五月）は、著者の没後刊行なので、特に訂正はないものと考えます。

本巻の編集にあたって、黄英治氏、人見敏雄氏に貴重なご意見をいただきました。記してお礼申し上げます。

なお、カバー絵については、著者のエッセイ「ルクレツィア・ボルジア――バルトロメオ・ダ・ヴェネツィアの絵」（「潮」一九六九年八月号）があります。『兜と冥府』（未來社　一九七〇年六月刊）、『欧州紀行』（中央公論社・一九七二年一二月刊）、前記『埴谷雄高作品集』第五巻、『埴谷雄高全集』第八巻に、それぞれ収録されています。

埴谷雄高《はにやゆたか》（1909年12月～1997年2月）

埴谷雄高集《はにやゆたかしゅう》
——戦後文学エッセイ選3
2005年9月20日　初版第1刷

著　者　埴谷　雄高
発行所　株式会社　影書房
発行者　松本昌次
〒114-0015　東京都北区中里3-4-5
ヒルサイドハウス101
電　話　03（5907）6755
ＦＡＸ　03（5907）6756
E-mail : kageshobou@md.neweb.ne.jp
http://www.kageshobo.co.jp/
〒振替　00170-4-85078
本文・装本印刷＝新栄堂
製本＝美行製本

乱丁・落丁本はおとりかえします。
定価　2,200円十税
（全13巻・第3回配本）
ISBN4-87714-336-X